DROEMER

Über den Autor:
Robert Kisch ist das Pseudonym eines preisgekrönten deutschen Journalisten, einer sogenannten Edelfeder, hochdekoriert mit den wichtigsten deutschen Journalismuspreisen, Stipendien und Auszeichnungen. In der Wirtschaftskrise verlor er seinen Job und arbeitete daraufhin als Verkäufer in einem der großen Möbelhäuser Deutschlands. Nach der Veröffentlichung seines Romans »Möbelhaus« und seiner Freistellung reiste er durch Deutschland auf der Suche nach dem Glück.

ROBERT KISCH

GLÜCK

Ein Tatsachenroman

DROEMER

Besuchen Sie uns im Internet:
www.droemer.de

FSC
www.fsc.org
MIX
Papier aus verantwortungsvollen Quellen
FSC® C083411

Originalausgabe April 2016
Droemer Taschenbuch

Ein Imprint der Verlagsgruppe
Droemer Knaur GmbH & Co. KG, München

Redaktion: Antje Steinhäuser
Covergestaltung: NETWORK! Werbeagentur, München
Coverabbildung: plainpicture/Andreas Körner
Satz: Daniela Schulz, Puchheim
Druck und Bindung: CPI books GmbH, Leck
ISBN 978-3-426-30538-6

2 4 5 3 1

Die Göttin Großstadt hat uns ausgespuckt,
in dieses wüste Meer von Stein.
Wir haben ihren Atem eingeschluckt,
dann ließ sie uns allein.

Wolfgang Borchert

Aus und ein

1

Heute ist der Tag meiner Kündigung.
Allerdings kann ich mir den Satz noch zehnmal in Gedanken vorsagen und werde ihn trotzdem nicht begreifen. Auch nicht beim elften Mal. Nicht in der Bedeutung, die er in Wahrheit trägt. Nicht in der Dramatik, die er offensichtlich besitzt. *Heute ist der Tag meiner Kündigung.* Wobei ich mir das Szenario in den letzten Wochen immer wieder ausgemalt habe, mit wechselnden Fantasiefiguren. Und letztlich verläuft alles doch ganz anders.
»Kaffee?«
»Gerne …« Streng genommen habe ich seit zwei Monaten mit so einem Gespräch gerechnet.
»Wasser?«
»Gerne …«
Die Erbin ist sehr intelligent. Und auch sehr nett. Wir stehen anfänglich noch herum, und ich habe fast das Gefühl, dass sie genauso verblüfft ist wie ich über diese bizarre Beliebigkeit unserer Sätze. Das ist so banal, unsere Begrüßung, unser Smalltalk.
»Jaaa …«
Und ich habe beinahe das Gefühl, dass wir uns mögen. *Was nicht sein kann.* Weil Eulenberg, der mit seiner Einschätzung meist richtigliegt, immer betont, dass sie noch schlimmer sei als der Alte. Also muss ich davon

ausgehen, dass auch diese Form der Nettigkeit nur eine ausgeklügelte Form von Schauspielerei ist.
»Wir müssen wohl noch mal über Ihr Arbeitsverhältnis reden …«, sagt sie.
Ich habe mich immer davor gefürchtet, dass alles auffliegt. Weil es mir peinlich ist. Obwohl ich das Richtige getan habe. Aber eine Folge dieser vermeintlichen Richtigkeit ist ein Aktenordner. Und ein Tribunal.
»Es lag in der Luft«, entgegne ich und meine natürlich nicht meine erwartete Kündigung und die hierfür einberufene Zusammenkunft. Bis alle Anwesenden nicken. Weil heute nämlich auch der Tag ist, an dem einer dieser äußerst beliebten Fußballtrainer um seine Entlassung gebeten hat, und alle sprechen davon. Sekündlich gibt es hierzu neue Eilmeldungen. Ich reibe meine Hände und rieche dabei einen merkwürdigen Geruch, obwohl ich mir die Flossen vor dem Gespräch noch gewaschen habe. Wie ein Radiergummi, denke ich, und reibe mir weiter die Hände und überlege, ob es von der Rolltreppe gewesen sein könnte.
»Manchmal ergibt sich alles von selbst …«
Mir gegenüber sitzt einer der Seniorbesitzer, außerdem wie immer eine seiner Töchter, die irgendwann mal das Sagen haben könnte, wenn sie denn wirklich will, und ansonsten jemand vom Betriebsrat, der aber nicht sprechen darf. Oder möchte.
Und es geht um meinen Vertrag.
»Wie haben Sie sich das denn vorgestellt, Herr Kisch? Wie soll es zukünftig weitergehen?«
Sie hat sich gut vorbereitet, die Erbin. So, wie man das wahrscheinlich lernt in Management-Seminaren. Also blättert sie in einer großen Mappe mit diversen undefinierbaren Einlegeblättern, verschenkt ein sanftes Lächeln, fast schon transzendent, und blickt abrupt nach oben.

»Keine Ahnung …« Ich habe ein Buch geschrieben, das in der Branche für einen gewissen Wirbel gesorgt hat, und sie sorgt sich vor allem darum, dass dieser Wirbel möglichst bald wieder verebbt.
Verständlicherweise.
»Hätte ich einen Plan«, sage ich, »dann würde ich nicht hier sitzen.«
»Okay …« Langgezogen, mit der Betonung auf dem letzten Ton.
Der Alte schweigt auffällig lange, als wolle er die Stimmung nicht zerstören, und auch er blättert mit ziellosen, langfingrigen Bewegungen in seinen Unterlagen. Augenblicklich wächst in mir der Wunsch, mir wieder die Hände zu waschen, was wohl an dem undefinierbaren Gummigeruch liegt, aber auch an dieser Blätterei, und an einer jahrelangen Angewohnheit. Pausenloses Händewaschen, sobald es unerträglich langweilig wurde in dem Möbelhaus, oder auch angespannt, erst einmal Händewaschen, denke ich. Um kurz rauszukommen. Durchzuatmen. Aus der Langeweile heraus: Händewaschen. Weil es sonst nichts zu tun gab.
»Wir werden schon eine Lösung finden …«
Es herrscht eine freundliche Atmosphäre, wie man zu sagen pflegt. Wir alle sind freundlich. Weil alles klar ist, alles gesagt ist, aber gleichzeitig steht so eine Ernsthaftigkeit im Raum. Wie Schweißgeruch.
»Ich gehe davon aus, dass wir so etwas finden …« Fast wie bei einer Beerdigung, denke ich. Aber wie bei einer Trauerfeier, wo man dem Verblichenen nicht besonders nahesteht.
»Wir möchten Ihnen einen Vorschlag machen …«, sagt der Alte.
Jedes Wort ist mit Bedacht gewählt. Wir alle sind bemüht,

unsere Worte mit Obacht zu meißeln. Ein bisschen Abfindung, ein bisschen Gutwilligkeit auf beiden Seiten, das Übliche. Der entscheidende Unterschied zwischen unseren Positionen ist, dass ich nichts mehr zu verlieren habe. Was soll mich denn noch schocken? Die angedrohte Kündigung? Der verlorene Ruf?

Und der zweite Unterschied besteht darin, dass ich keine Lust mehr habe, hier zu sitzen.

Ich schaue nach vorne.

Heute ist der Tag meiner Kündigung.

Ich würde am liebsten gar nichts sagen. So ein Schweigen, das die Verzweiflung aufzwingt, um ihre Macht zu demonstrieren.

Ich schaue nach unten. Atme. Und plötzlich steht mir klar vor Augen wie nie zuvor: Dann kannst du doch auch endlich leben!

»Können wir so machen«, sage ich.

»Sehr gut!«

Der Alte freut sich. Handschlag. Ich erinnere mich plötzlich an den Weg hierher, in dieses Büro, sehe mich schreiten, bleischwer, auf dem Weg zu meiner Kündigung, als würde ich es gerade noch verstehen, abspeichern, wie etwas zum letzten Mal abläuft. Eine Kündigung ist einerseits hochgradig einschneidend, denke ich, und gleichzeitig so unglaublich albern.

»Ja, dann … alles Gute …«

»Genau … alles Gute …«

Ich fühle mich wie ein Schauspieler, mehr noch wie eine Schauspielerfigur, wie ein Gegenstand, der sich nunmehr aufbröselt. Und vom Wind zerfressen wird.

Und alles löst sich auf.

2

Was da draußen dann den Boden erzittern lässt wie ein Koloss, was sich da vor meinem geistigen Auge aufbaut, mit gusseiserner Schwere, sind die Zinken HARTZ 4. Also zwinge ich mich, auf den Asphalt zu starren.
Dann kannst du doch auch endlich leben!
Ein Impuls zu gehen drängt mich vorwärts. Schnell zu gehen.
Auf dem Weg zum Parkplatz beginnt es schon, mit dem Laufen, auf dem Weg zum Auto: Plötzlich beginne ich schneller zu gehen. Ich kann nicht einfach nach Hause fahren, denke ich, sondern ich muss erst einmal rennen. Also beginne ich mit diesem unseligen Spazierengehen, mit diesem Füßewerfen, denn es ist ein Laufen, wird schnell und schneller. Zu Beginn.
Es beginnt mit diesem affigen Spazierengehen, denke ich, und spüre doch gleichzeitig, wie es mir guttut. Jeder einzelne Schritt lockert den Brustkorb, ich schaue nach unten und gehe. Und Gehen blockiert Grübeln. Tatsächlich. Gehen klärt Denken. Klärschlamm. Aber nur das schnelle Gehen, merke ich, nicht das Schlendern.
Bummeln ist Zufriedenheit, Sattheit, aber vor mir formiert sich HARTZ 4, es muss also schneller sein. Und ich gehe. Und ich starre auf die Menschen vor mir. Oder auf die Autos. Nur weg von den großen Buchstaben in

meinem Hirn, die mit dem »H« am Anfang, und den Folgen, also zwinge ich mich, dankbar zu sein. Ich zwinge mich, nicht darüber zu spotten, über diese Gedankenzensur, weil ich irgendwie den Koloss besiegen muss. Ich gehe.
Pilgern, denke ich, jawohl, denke ich, das werde ich machen.
Aber anders, sage ich mir, ganz anders.
Mein Pilgern ist doch auch und vor allem eine Form des Weglaufens, weil ich nicht weiß, was ich tun soll oder möchte, bevor diese *Sozialhilfe* mich auffrisst. Pilgern, denke ich, und mein Ziel besteht nicht darin, ein bestimmtes Ziel zu erreichen, sondern ich will wieder Hoffnung finden. Und Ruhe, in meinem Herzen.
Aber ich mag nicht über die Felder latschen. Ich kenne doch das Land, weil ich da wohnen muss, ich will nicht über die Felder rennen. Ich bin ein Städter, aus Leib und Seele. Verstädtert. Ich latsche doch nicht durch die Felder, wenn in der Metropole meine Heimat liegt. Und meine Seele. Und das Sehen und Streben der meisten Menschen. Also gehe ich auch nicht auf ein Ziel hin, weil mein Ziel kein Ort ist. Und auf gar keinen Fall will ich nach Berlin laufen, weil es über Berlin nichts mehr, aber auch gar nichts mehr zu schreiben gibt. Ab heute, denke ich, wird kein Satz mehr über Berlin geschrieben werden.
Mein Ziel ist eine Lösung.
Also laufe ich erst einmal immer nur die gleiche Strecke.

3

Gehen. Du kannst nichts und willst trotzdem einen Platz in der Gesellschaft haben, denke ich. Einfach nur deswegen, weil du atmest und lebst und umhergehst. Aber du kannst nichts. In dieser Wüste, in dieser Steinwüste aus Einsamkeit und Hektik und aus Gleichgültigkeit und Anonymität, und dabei wird mir plötzlich klar, augenblicklich, dass ich mich bremsen muss, vor allem in meiner Sprache. Ich muss das ausprobieren, zu schweigen, sonst monologisiere ich mich nur zugrunde. Und komme doch keinen Schritt voran. Während ich gleichzeitig bis zur Besinnungslosigkeit renne, immer nur schneller renne und renne. Ich kenne das, also muss ich ruhiger werden.
Schweigen.
Als erste Aufgabe, um den Dämon Hartz 4 zu bändigen. Was vielleicht eine bescheuerte Aufgabe ist, aber in mir drin wird es tatsächlich ruhiger. *Schweigen.* Weil ich mit meinem Quatschen nur wieder mein Handeln vorbereiten möchte, aber es gibt momentan kein Handeln, keinen Plan, nicht mal eine Vorstellung von einer Vision. Und deshalb muss ich schweigen lernen. Um das alles loszulassen: meine Angst, meine Kommentare, mein Kritisieren, meine Welt. Loslassen. *Schweigen.*
Um aus meinen Worten herauszugehen.
Um damit aus meiner Angst herauszuwandern.

Und erst einmal nur schauen.
Es wird sich schon etwas finden, denke ich, aber dieses Etwas musst du schauen.
Warum hast du nicht viel mehr riskiert? Es ist doch ohnehin alles vorbei. Warum hast du mit zwanzig nicht viel mehr über das Leben gelacht? Aus dem Scheitern heraus wirkt alles so lächerlich. Warum bist du überhaupt jemals unsicher gewesen? Warum nicht viel mehr Ruhe, viel mehr Offenheit in der Sekunde, und die Bereitschaft, einen Tag verstreichen zu lassen? Warum immer alles sofort erreichen, denke ich, und warum überhaupt etwas erreichen?

4

Gehen. Schneller. Ich sehe ein Haus, das zwar aus Stein erbaut (und das vermutlich schon vor vielen Jahrzehnten), vor kurzem aber täuschend echt bemalt wurde. Jetzt wirkt es so, als sei es eine zusammengehämmerte Bretterbude. Das ist mir noch nie vorher aufgefallen. Aufgepinselte braune Holzbalken erzeugen eine perfekte optische Täuschung. Sie scheinen kreuz und quer vernagelt, auf schwarzem Stein. Eine Terrasse im ersten Stock ist folgerichtig ein Baugerüst, schön von Efeu umrankt. Du hast noch nie richtig hingesehen, denke ich, und jetzt lauf nicht gleich wieder weg. Das ist die Wirklichkeit. Ein Mann steigt in sein Auto, vor dem Efeuhaus, und er streift nach dem Einsteigen zuerst lederne Autofahrerhandschuhe über. Noch bevor er den Motor startet, in einem stolzen Gestus, als müsse er damit seinen Weltekel bannen. Nur anschauen, denn wenn ich leben will, dann muss ich erst einmal still sein. Denn ich bin fünfzig, frisch gekündigt, frisch geschieden, arbeitslos, ohne Zukunftsperspektive – also kann ich mich entweder jetzt verkriechen, abtauchen, versumpfen, umbringen …

Oder.

Lächeln, denke ich.

Ich habe keine andere Wahl. Dieses Liebespaar auf der Straße anschauen, diese Frau mit ihren großen braunen

Augen, die scheinbar ohne Lidschlag offen stehen, wund beinahe, dabei aber in der Iris eigentümlich verschwommen wirken, so als wolle sie verhindern, dass man wirklich in sie hineinschaue; eine zierliche, unscheinbare Person, die aber plötzlich unglaublich zu niesen beginnt; und es zerreißt sie beinahe, ihren zierlichen Körper, und sie prustet in einer Lautstärke, dass sich die Leute auf der Straße ängstlich umdrehen. Ihr Mann dagegen hat eine Vorliebe für pathetische Gesten, legt seiner Frau unentwegt die rechte Hand auf die Schulter, und wenn er lacht, dann durchziehen abgeblätterte, goldene Füllungen die Unterseite seiner Zähne.

Lächeln, denke ich.

Nicht grinsen, nicht glotzen. *Wärme.*

Und Menschen suchen, die über den Dingen stehen. Einfach nur erst einmal lächeln. Wie über den Graffitikrieg an einer Fabrikwand. Letzte Woche hat da noch gestanden: JESUS IST SIEGER, das habe ich gelesen, auf dem Weg zur Arbeit. Einen Tag später hat es jemand übermalt, stattdessen: JUDAS IST SIEGER hingesprayt. Dann machte jemand daraus wieder JESUS. Die Gegner wieder: JUDAS. Dann war aller Platz verbraucht, die Wand verwittert. Und es blieb nur ein Wort stehen: SIEGER.

Du hast schon als kleiner Junge nur einen einzigen Weg geliebt, denke ich: Geradeaus. *Vorwärts.* Von der Haustüre aus, nur noch geradeaus, unabhängig von Straßen und Vorgaben. Immer nur vorwärts. Man kann dabei natürlich um ein Haus herumgehen, das auf dem Weg liegt, aber dahinter wieder auf den ursprünglichen Weg zurück. Durch Bäche und Flüsse, immer geradeaus. Bis ins Morgenland. Nur die Himmelsrichtung wird ausgelost.

5

Ich wohne auf dem Land, also dort, wo die Welt noch in Ordnung ist, wie es heißt, also nicht wirklich dort, wo sich Fuchs und Hase gute Nacht sagen, sondern eine Stunde hinter den Speckgürteln. Wo es zwar noch Bauern gibt, aber auch schon WLAN, Gülleduft, und auch schon Caffè Latte. Und Fitnessstudios. Und Graffitikurse im Jugendzentrum.
Ich wohne also auf dem Land, und während ich mein Verzweiflungsgehen plane und einige Sachen aus dem Auto hole und während ich vor allem noch diese Kündigung in den Knochen habe und meine Zukunft vor mir sehe, *ganz, ganz schwarz,* da spricht mich dieser Nachbar an und sagt, es sei noch Platz zum Bürgersteig.
»Bitte?« Ich verstehe nicht ganz, was er meint. Mir wurde vor einer Stunde gekündigt.
Er antwortet, mein Auto wäre nicht nah genug an den Bordstein geparkt. Er ist ein großgewachsener, schlanker Mann mit einer monströsen Brille auf der Nase. Die beiden Gläser scheinen das halbe Gesicht einzunehmen.
»Was ist daran so schlimm?« Ich wusste nicht mal, dass es in diesem Friedhofsviertel eine Schablone für ordnungsgemäße Parkmathematik gibt. Ich stehe dabei immer noch ein wenig neben mir, wegen der Kündigung.
»Nichts … Aber wenn ein Bus kommt oder so …«

In dieser Straße fährt kein Bus. Ich wohne auf dem Land. Hier ist noch nie ein Bus gefahren. Und selbst wenn einer einbiegen sollte, es ist mehr als genügend Platz.
Tatsache ist aber, es stört ihn. Es sieht nicht *richtig* aus. Der Nachbar trägt einen grünen Trainingsanzug mit altmodischem weitem Hosenbein, und er schüttelt pausenlos die Füße aus. Beinahe wie ein Sportler, der sich warm macht. Aber er läuft nicht. Und er ist unangenehm konsterniert, dass ich mich aufgrund seines Anliegens nicht sofort an das Umlenken begebe (und er spürt wohl eine leichte Feindseligkeit).
Durch diese Straße fährt aber kein Bus.
Hier ist noch nie ein Bus gefahren.
Es geht ihm einzig darum, dass meine Reifen nicht bündig an den Asphalt anschließen, denke ich, das bewegt ihn. Und mich auch.
»Nein …«
Er starrt scheinbar ins Leere. Ein Blick, als ob er seinen Geist ans zunehmend dunkle Firmament andockt, sich dort auflädt und heimlich einen Schwur ableistet. Und ansonsten mal eben seine Seele verkauft, um diesen Schwur erfüllen zu können.
Ich parke aber trotzdem nicht um.

6

An den Kölner Dom fahre ich als Erstes. Hier will ich starten, weil auch der blöde Jakobsweg nach Santiago de Compostela sich von hier aus gabelt. Außerdem treffen sich dort jeden Tag Tausende Touristen. Ich bin nämlich jetzt auch so einer, ein Pilger. Gemeinsam stehen wir also in der Sonne herum, lassen uns zärtlich bescheinen, von den letzten Strahlen, die durch die aufkommenden Wolken brechen. Den großen Jakobsweg kann ich mir ohnehin nicht leisten, das ist schon mal die erste Erkenntnis: Pilgern auf dem Land ist nur was für Wohlhabende. Dabei ist doch die Stadt meine Wüste, denke ich, meine Einöde, wo ich den Kampf mit meinen Dämonen aufnehmen muss. Weil fast alle Menschen heutzutage Städter sind.
Und ich will mir nichts anderes vornehmen, als nur zu rennen und zu schauen, was um mich herum geschieht, um mich von meiner Steinwüste an die Grenzen führen zu lassen. Nichts erreichen wollen. Denn hinter der Grenze warten nur Hartz 4 und »Ziehen-Sie-bitte-zuerst-eine-Nummer«.
Als hätte sich das Universum zu einem zynischen Kommentar entschieden, verschmelzen am Firmament inzwischen Gewitterwolken zu einer schwarzen Masse. Lautlose Blitze in der Ferne, zu Beginn, Schweißbrenner, Eisen, Assoziationen, als werde im Dunkel der Welt eine

schadhafte Stelle repariert. Wind bläst über die Domplatte. Überall kramen Menschen einen Regenschirm aus der Tasche, aus ihren Rucksäcken, aber die Wassermassen sind zu stark, also drängeln wir uns unter den Boutiquendächern zusammen. Touristen aus allen Teilen der Welt. Und wir warten. Enorm, denke ich, in dieser erzwungenen Ruhe, wie viele Gedanken mir jetzt erst bewusst werden, wie viele Verknüpfungen, Ideen, Fantasien, Abneigungen, die sich pausenlos anmelden. Und die ich nicht abschalten kann.

Als Kind, erinnere ich mich, bin ich bei Regen auf mein Fahrrad gesprungen, um die Route des Stadtbusses abzufahren. Dann habe ich den durchnässten Wartenden zugerufen: »Der Bus kommt gleich!« Das klingt wahrscheinlich bescheuert, aber es machte tatsächlich viel Freude, und die Leute lächelten mir zu. Im Regen.

Heute rollen grollende Donnerschläge heiser über die Domplatte. Als Kind, im Regen, ist mir auch der alte Mann aufgefallen. Jeden Tag, vor allem wenn es regnete, stand er an den Parkplätzen am Hauptbahnhof. An der »Park&Ride«-Station. Da, wo unentwegt Frauen zu ihren wartenden Partnern strömen, und umgekehrt, oder Töchter zu ihren Vätern. Also da, wo die meisten sich darüber freuen, abgeholt zu werden.

Der alte Mann fuhr allerdings jeden Tag wieder alleine weg. Ich habe ihn genau beobachtet.

Damals war das alles eher gruselig für mich, aber heute, im Regen, kann ich ihn plötzlich verstehen. Ich würde auch gerne noch mal jemanden abholen.

Enorm, denke ich, wie viele Gedanken auf mich einprasseln, die mir ansonsten gar nicht so bewusst waren. Aber weil ich jetzt warten muss und schauen will, merke ich erst, wie es in mir schreit und tobt. Wenn ich beispielsweise das Gewitter mit Blitz und Donner beobachte, dann sehe ich die Blitze, die Schweißbrenner, aber ich höre den Donner erst einige Sekunden später. Also höre ich jetzt einige Sekunden in die Vergangenheit hinein? Und ich denke daran, wie es mich jedes Mal irritiert, wenn Fernsehbilder nicht synchron zu den Lippenbewegungen der Protagonisten geschnitten werden. Manchmal ist das auch so ein Blick in die Vergangenheit, während das Bild über den halben Erdball geschickt wird, aber manchmal ist es einfach nur Schnittschludrigkeit. Also lass es sein, denke ich, dieses Kritisieren, weil es dich nicht wegbringt von deinen Ängsten, klammer dich nicht an dieses Zeug, sondern mach weiter mit dem doofen Freuen. Einverstanden sein. Einfach nur einverstanden sein. Und damit, dass alles vorübergeht und fließt. Und es regnet.

Die Gegenwart lieben. Denn wenn ich denke, also meine Gedanken nicht lenke, nicht eingrenze, dann geht es nur um die Arbeitslosigkeit und Hartz 4, die vollständige Stigmatisierung, also muss ich auf meinen Weg achten und darf nicht denken, also nicht spintisieren, nicht denken, nicht denken.

Und das soll mich von meiner Angst befreien?

Wie kannst du dich von etwas befreien, an das du dich klammerst? Mach dir doch endlich mal klar, du Idiot, wovor dich deine Ängste schützen.

7

Hier habe ich auch mal gearbeitet, denke ich, nur wenige Meter vom Kölner Dom entfernt. Als der Regen langsam verebbt. Das ist fünfundzwanzig Jahre her. In einem Sex-Shop, ich habe die Karten verkauft, für das Porno-Kino. *Und meine Angst lässt tatsächlich langsam nach.* Einmal war einer da, erinnere ich mich, der war noch nie in so einem Laden gewesen. Klassischer Kegelausflug. Der Mann war klein, schmächtig und bärtig, hatte auffällig dünne Beine, einen dünnen Po, und trug trotzdem eine enge, schwarze Hose, deren Gesäßtasche herumschlabberte. »Was muss ich denn machen?« So einer mit zittriger Stimme, steht vor den Video-Kabinen, überall um ihn herum das Flackern der Bildschirme, das gekünstelte Stöhnen der Aktricen, so einer, der völlig überfordert ist. Kippt dabei pausenlos seinen Kopf nach links und rechts auf die Schulterblätter, verzieht die Mundwinkel ruckartig nach hinten, bleckt kurz die Zähne, so dass ich an ein Pferd denken musste, dem ein Reiter an der Trense zieht. Sag ich: »Sie müssen Geld in die Kabine schmeißen.« Ich hab doch schon gar nicht mehr hingesehen, wenn diese Landeier kamen. Dann so ein Scheppern. Ich dreh mich um, steht der Typ vor der Kabine und schmeißt unter der geschlossenen Tür, durch einen kleinen Spalt hindurch, sein ganzes Kleingeld nach

innen. Und da drinnen saß noch ein anderer Mann, und der schreit und schreit.
Und das alles loslassen, denke ich gleichzeitig, versuchen zumindest, alles loszulassen, woran ich hänge. Um das zu erfahren, an dem ich nicht zu hängen brauche, weil es da ist. Ohne mich daran zu kletten, denke ich und erinnere mich gleichzeitig an Günter Lamprecht, den Schauspieler. Nein, er war nicht im Sex-Shop, aber es gab einen Schmuckstand davor. Der Besitzer des Stands war der Bruder des Sex-Shop-Inhabers, und deshalb durfte er seine Ohrgehänge dort anpreisen. Und deshalb verbrachte ich dort meine Mittagspause. Weil er ein witziger Kerl war. Und eines Tages stehe ich wieder draußen, mit meiner schwarzen Lederjacke, am Schmuckstand, im Verkaufsgespräch, und plötzlich schlendert Günter Lamprecht vorbei. Und schaut. Er hatte »Berlin Alexanderplatz« abgedreht, aber niemand sonst schien ihn in Köln zu erkennen. Er sieht mir in die Augen. Er schaut zweimal, als sei ich eine poetische Existenz, gewissermaßen aus dem Fassbinder-Reservoir, eine tragische Gestalt, mit dieser schwarzen Lederjacke, vor dem Schmuckstand, Fußgängerzone, Hohe Straße.
Er starrte wirklich zweimal.
Diesen Blick sehe ich bis heute. Wie er sich umdreht, mit diesen fragenden Augen, und ich bin der Einzige, der ihn erkennt.
Lächeln, denke ich.
Und genau in diesem Moment passiert etwas, was ich in diesem Moment auf der Straße noch gar nicht so recht einordnen kann (denke ich, während ich meine Notizen zusammenschreibe), denn eine Frau stellt sich einfach neben mich und sagt: »Das wird schon wieder ... Es wird alles gut ...«

Das ist alles.
Und dann lächelt sie.
Aber sie erweckt in mir tatsächlich eine Form von Glanz. Der sich wie ein warmer Hoffnungshauch in mir ausbreitet.

8

Ein Rucksack muss sein. Wenn ich schon pilgere, denke ich, dann mit Rucksack. Und mit Kappe. Und mit Stadtkarte. Kein Mensch hat heutzutage noch eine Karte, die er mühselig aufklappt, aber ich will nicht mit meinem Handy und einer blöden Software pilgern, ich will schließlich eine Lösung.

Ich will diese Menschen suchen, denke ich, überall, die über den Dingen stehen. Und mich dadurch von Hartz 4 befreien. Weiß eigentlich irgendjemand da draußen, was ein Arbeitsloser so denkt?

Ganz entscheidend, eine Karte, die mich gleich mal definiert, als eine Art Pilger, und dann erweist sich genau dieses Faltteil als entscheidendes Detail. In dem Moment nämlich, in dem ich sie aufblättere und umständlich irgendwie drehe, steht eine freundliche ältere Dame neben mir, die alleine schon dadurch auffällt, dass sie tatsächlich ein buntes T-Shirt mit bunten Cartoon-Figuren und Sprechblasenwitzen trägt, und dazu noch eine gelbe Hose, in einem wirklich strahlenden Leuchtton, und sie fragt neugierig: »Kann ich Ihnen helfen? Wo wollen Sie denn hin«

»Ja, wenn ich das wüsste ...«, antworte ich.

»Ungefähr?« Sie lutscht ein Eukalyptusbonbon und lässt es geräuschvoll durch ihren Mundraum flutschen.

»Keine Ahnung«, sage ich. »Ich habe ü-b-e-r-h-a-u-p-t keine Ahnung. Im Prinzip ist mir alles egal.«
Die Dame lacht laut auf. Als hätte sie verstanden.
»Viel Glück dabei«, sagt sie noch und verabschiedet sich.
Das gefällt mir. Ab jetzt, denke ich, wird das mein Prinzip: Karte und Ahnungslosigkeit.
Damit habe ich auch mein Pilgerziel gefunden: Nicht einen Ort will ich erreichen, sondern ich möchte jetzt jeden Tag so ein Erlebnis finden, ich will etwas spüren.
Also warten.
Und setze mich auf eine Bank. Und gähne. Und bohre mich gedanklich in diese Müdigkeit hinein, weil ich mir sage, du musst heute nicht mehr arbeiten, du darfst jetzt müde sein, einfach nur müde. Nichts machen, nichts erreichen. Einfach nur hier sitzen. Nichts darstellen, nichts planen. *Ich sitze hier.* Stille in mir. Staunen.
Und dann fällt mir mein altes Büro ein, hier um die Ecke, und ich suche das Vorhängeschloss vor dem Mülleimer, vor dem ehemaligen Gemeinschaftsbüro, das auch nach so vielen Jahren mit der gleichen Zahlenkombination gesichert ist. Ein schönes Gefühl, mal eben beiläufig eine große Mülltonne zu öffnen, in einer fremden Stadt, um ein Taschentuch hineinzuschmeißen.

9

Am dritten Tag sehe ich die Immergleichen.
Das geht schnell, wenn ich bei meiner Rastlosstrecke bleibe. Ohne Abweichung die Fußgängerzone hindurch, am Neumarkt entlang, bis ich die Ringe erreiche. Am dritten Tag entdecke ich dort Muster, und zwar immer die gleichen Menschen, die ebenfalls dort gehen, jeden Tag, und zwar wirklich jeden Tag. Mit dem kleinen Unterschied allerdings: Sie schlendern.
Für einen zufälligen Passanten sind das genau die Menschen, die ein Straßenbild ausmachen. Eine beliebige Zusammenballung zufälliger Existenzen.
Aber ich entdecke langsam die Strukturen dahinter.
Und die Immergleichen laufen nur hin und her. Sie laufen gegen die Zeit.
Zuerst die beiden Frauen, die sich täglich zum Spaziergang treffen und dabei ihre Schoßhündchen auf dem Arm tragen. Umweht von Einsamkeit. Aber das ist der Vorteil der Großstadtwüste, auf einer Pilgerreise, denke ich, weil diese Einsamkeit plötzlich so deutlich abstrahlt und mich dadurch öffnet. Nur die Einsamkeit macht das möglich, und die Stille, in all dem Straßenlärm. Und dann entdecke ich Herrn Fliege wieder. Das ist nicht sein richtiger Name (davon gehe ich zumindest aus), trotzdem nenne ich ihn so, weil er nun mal keine Krawatten, sondern

stets gemusterte Querbinder in unterschiedlichen Größen trägt. Und er trinkt jeden Tag um diese Zeit in einer Frittenbude seinen Morgenkaffee. Das ist keine schöne Atmosphäre, aber er hat damit vor zwanzig Jahren begonnen, habe ich inzwischen erfahren, weil die Frittenbude neben seiner Wohnung liegt. Er ist damit einer von vielen alten Menschen, wie mir aufgefallen ist, die in irgendwie *unpassenden* Läden Stammgäste geworden sind. Um Kaffee zu trinken. Und zu quatschen.

»Auch wieder da«, begrüßt er mich. Er ist Witwer, alleinstehend. Allerdings spricht er immer in der Gegenwartsform von seiner Frau. Wer Herr Fliege nicht kennt, muss davon ausgehen, er sei ausnahmsweise heute mal alleine unterwegs.

»Ich habe meine Route«, antworte ich. Und er will nie mehr darüber wissen. Was ich zu schätzen weiß.

»Wenn ich meine Route mit dem Auto fahre«, sagt er, »dann lege ich den Gurt nicht mehr an.« Er ist ein Gentleman, immer gut gekleidet, das muss ich ihm lassen, aber irgendwie entwickelt er unterschiedlich starke Schweißränder unter dem Hemd. Rechts stärker als links. »Dafür blinkt dann ein Symbol im Auto«, sagt er, »und das Blinken wird mit jedem Meter durch einen lauten Sirenenton unterstützt. Aber das nehme ich in Kauf.«

Anschließend erzählt er mir noch, wie jeden Morgen, von seinen Blutegeln. »Das ist eine Lebensphilosophie«, sagt er. Er besorgt sich die Viecher inzwischen sogar bei einem Händler. Und steckt damit in einem angeblichen Dilemma, weil er doch ein überzeugter Tierfreund ist. Denn nach der Therapie weigert er sich, die Egel einfach wegzuschmeißen. Also wohin damit? Jetzt pflegt er die Viecher bis zum nächsten Einsatz. Manchmal setzt er sie vorsichtig in der Nähe eines Baches aus. Umgekehrt aber hat Herr Fliege eine

Insektenphobie. »Mücken, Malaria!« Da kriegt er absolute Panik. Auch in Hotelzimmern packt der Mann sein Zelt aus, mitten auf dem Bett. Nur ohne Heringe im Boden. Aber all das ist eine wertvolle Lektion. Denn um wirklich schweigen zu lernen, muss ich erst einmal versuchen, die Klappe zu halten. Als ob ich aus der Welt aussteige, von außen nach innen, aus dem Plapperschweigen in das Gedankenschweigen. Tief hinab, wo das Schweigen in mir wohnt.

»Bis morgen«, sage ich und suche weiter nach den Immergleichen. In der Gegenwart leben, denke ich, das muss mein oberstes Ziel werden. Denn wenn ich mich auf die Zukunft beschränke, auf diese Düsternis, dann vergebe ich mein Leben. Weil sie nicht da ist, die Zukunft, sie ist niemals da. Aber ich lebe am Leben vorbei und schlage immer nur anderswo auf als dort, wo ich bin. In meinen Sorgen.

»Paule ...«, sagt die Katzendame, nur wenige Straßen entfernt. Wie offensichtlich jeden Mittag. »Paule ...«, krächzt sie monoton. Jeden Tag um diese Zeit macht sie einen Spaziergang mit ihrem alten Kater, habe ich inzwischen erfahren. Er schleicht und schlurft durch die Wohnung, ist krank, und traut sich nur noch mit seinem Frauchen auf die Straße. Und tapst wie ein Hund neben ihr her. Ohne Halsband.

Deshalb will ich mein Schauen, mein Herz, genau in diesen einzigen Augenblick legen. Weil er jetzt da ist: Gegenwart. Und wenn ich mein Herz in diesen Moment legen kann, denke ich, dann binde ich dort auch meine Aufmerksamkeit. Denn wenn ich nur in die Gegenwart schaue, aber mich nicht dafür interessiere, dann wird mein Bemühen mich nicht weiterbringen.

Raus aus meinen Sorgen.

Umgekehrt, frage ich mich, würde es mich interessieren, ob ich damit inzwischen nicht langsam auffalle, mit meiner affigen Rennerei. Und diesem Starren.
Aber ich traue mich nicht zu fragen.
Um mich herum grüßen sich derweil die Gastronomen aus dem Viertel mit erhobenem Arm, ruckartig, fast schon verboten, und gleichzeitig gesenktem Kopf. Aber sie sprechen keinen Ton miteinander. Und sie begrüßen nur ihresgleichen, wie Angehörige einer Untergrundorganisation.

10

Den Beginn der Mittagszeit eröffne ich damit, dass mir die gesammelte Häufigkeit von Kaugummiresten vor Kneipen und Geschäften bewusst wird. Ich bin regelrecht zum Kaugummi-Fachmann geworden in den letzten drei Tagen. Weil meine Sorgen tatsächlich wegschmelzen.
Meine Lieblingskaugummistelle befindet sich an einer Häuserwand am Stadtpark. *Früher,* kann ich mich erinnern, war hier nur Stein, vielleicht mal ein verlorener Abdruck. Inzwischen aber ist es anscheinend ein Ritual geworden, dort nach der Sauftour einen Kaugummi in die Reihe zu kleben. Jetzt pappen an der Stelle schon Tausende Speichelsteine, fein säuberlich angeordnet, in exakten Reihen. Sie trocken unterschiedlich, in vielen Farbschattierungen.
Ohne Ziel laufen, einfach schlendern, schauen, verlangt ein anderes Atmen, merke ich.
Tiefer atmen, denke ich, manchmal bewusster, um schwer zu werden. Tonnenschwer. Um nicht an meinen Gedanken, wie ein Gasballon, nach oben zu fliegen.
Das Ende der Mittagszeit wiederum bringe ich damit zu, mir eine bemerkenswerte Geste zu merken. Die mir erst dann so richtig bewusst wird, nachdem ich selber »Teil der Bewegung« werde. Sie besteht aus Männern in der Mittagspause, gut gekleidet, aber auch Handwerker sind

darunter. Sie alle kommen zum berühmten »Gulasch-Laden« und fummeln sich anschließend, auf der Straße, die Reste aus den Zähnen.
Inzwischen habe ich ohnehin die Vorstellung, dass alle Menschen, die jetzt an mir vorbeilaufen, irgendetwas essen. Ob nun Eis oder Döner oder Sonnenblumenkerne. Zumindest ein Kaugummi. Inzwischen kann ich allerdings auch nicht mehr flott argumentieren, was mein ganzer Gegenwartswahn *konstruktiv,* wie es heißt, also produktiv bringen soll. Vielleicht ist das alles zwecklos? Aber was bringt es mir, denke ich, stattdessen den ganzen Tag im Internet zu verbringen? Aktionismus vortäuschen, bei Stellenportalen? Oder in einem Café zu schmollen. Was bringt es mir, den ganzen Tag herumzuhetzen, auf der Suche nach einer möglichen Beschäftigung? Befriedigung? Was bringt es mir, über das Auf und Ab in meiner Biographie zu spekulieren? Mit fünfzig Jahren, arbeitslos, gekündigt. Gar nichts. Deshalb bin ich so versessen auf den Augenblick. Auf das Schweigen. Denn wenn etwas angeblich nichts bringt, dann meint man doch: kein Geld.
Dann würde ich aber auch nicht nach oben schauen. Und dort, über meinem Kopf, an allen vier Ecken eines Baugerüstes, sitzt jeweils eine unbewegliche Taube. Die grauen Wesen wirken wie jahrhundertealter Stuck. Dunkel und herrisch. Und dämonenhaft. Das ist Schönheit, denke ich, *lächeln,* und Schönheit ist völlig überflüssig. Komplett nutzlos. Wie alle wunderbaren Dinge im Leben: Völlig bescheuert, kostenlos, und überflüssig. Der ganze Kosmos ist doch nichts weiter als eine grandiose Ansammlung völlig überflüssiger Unglaublichkeiten. Seit Milliarden Jahren. Wollen wir den Wert der Milchstraße in Aktienkursen abschätzen? Sollen wir an Pluto einen Preiszettel befestigen? Nur das Nutzlose, denke ich, verdient meine

ganze Aufmerksamkeit. Der sogenannte Ernst des Lebens drängelt sich schon von alleine in den Vordergrund. Nur die Schönheit, denke ich, in all ihrer Überflüssigkeit. Und das mit allem Nachdruck.

Loslassen, denke ich. Da wartet ansonsten nur Hartz 4, genau vor dir, also loslassen. Weglassen. Auch das Koordinatensystem, um das meine Ansichten kreisen, alles Denken, Fühlen, Wollen. Ich spüre es doch, mit dem Moment, in dem ich mich auf den Irrsinn der Schönheit einlasse, auf den Irrsinn der Überflüssigkeit, wärmt mich wieder dieser Glanz. Und wärmt den ganzen Körper. Und wandelt sich, osmotisch, wie Parfumduft, in diese Straße hinein, in diese Stadt, in die Welt hinaus. Das muss so sein, denke ich, denn ohne Pathos kann ich mich gleich beerdigen.

Wieso kann ich mich eigentlich beim Denken beobachten?

Ich und du

1

Erlangen ist eine interessante Stadt. Nicht sonderlich groß, nicht überragend schön, aber irgendwie geben die sich hier in Mittelfranken überdurchschnittlich intelligent. Angeblich existiert in Erlangen die größte Dichte an Gymnasien in Deutschland, Siemens zentriert sich deutlich sichtbar um Hochschule und Forschung, und weil die Schlüsselindustrie sich beteiligt, ist es auch noch eine der vermögendsten Städte der Republik. Und ich komm da an, mit meiner Angst vor Arbeitslosigkeit. Na ja, eher mit einigen Fragen zum Gehirn. Das andere ist mir zu peinlich.

Hier will ich Professor Manfred Spreng treffen, den ehemaligen Leiter des Instituts für Physiologie und experimentelle Pathophysiologie in der Arbeitsgruppe Biokybernetik, einen Doyen der Hirnforschung. Einen, der wirklich über den Dingen steht (und der eine solche Einschätzung selbstverständlich ablehnen würde). Auf dem Weg dahin werde ich aber erst noch gewarnt.

»Vorsicht!« Ein energischer Einwurf einer jungen Leinenträgerin an alle Passanten, die ihren süßen Welpen streicheln wollen. »Vorsicht … der Hund küsst!« Blitzschnell fährt die Hundezunge heraus und leckt den Leuten über das Gesicht.

Das ist ein Einstieg, denke ich.

Seit über dreißig Jahren wohnt Herr Spreng in dem anliegenden Haus, erfahre ich bei Kaffee und Keksen, und drei Kinder sind hier groß geworden. Er ist eine freundliche, fast schon schüchterne Persönlichkeit.
»Sie können auch Saft haben.« Weit entfernt von professioneller Journalistenbetreuung. Angenehm.
Die Kekse erinnern mich an meinen Bruder, der früher nie Rosinenbrot essen wollte, wenn es auf dem Tisch stand. Die Augen auf den Rosinenbroten starrten angeblich immer so komisch.
»Sie haben Nachrichtentechnik studiert?«, frage ich zu Beginn, ein Begriff, der noch aus einer früheren Epoche zu stammen scheint. Denn das Spannende ist, dass Manfred Spreng als zusätzlich studierter Mediziner den Beginn des digitalen Zeitalters mit geprägt hat. Er weiß noch, wie die Dinger früher aussahen, die heute in jedem Handy aufleuchten und mitunter nerven, und ohne die nichts mehr zu gehen scheint. Als ein Computer noch locker die Größe eines Wohnzimmers in Beschlag nahm.
Damals war die sogenannte »Kybernetik« eher ein Randbereich.
Heute ist aus dem Anfangsbuchstaben ein amerikanisiertes »C« geworden. »Heute ist alles irgendwie cyber«, sagt er belustigt, dabei ist Kybernetik nichts anderes als die Lehre von der Steuerung und Regelung, sowohl in Menschen als auch in der Maschine. Denn in der Maschine kann nichts anderes sein als in unserem Gehirn vorgegeben. »Wir projizieren ja weitgehend das hinaus, als Techniker, was uns im Gehirn vorgegeben ist. Und die komplexe Regulation in einem Organismus ist hochinteressant.«
Man kann grundsätzlich Krankheiten als Kybernetopathie bezeichnen, also als Störung von Regulationen.
Da gehen wir doch direkt in die Vollen.

»Das Gehirn ist nichts anderes als ein Computer?«, frage ich, vielleicht ein wenig provokant.
»Die Parallelen sind in der Tat gegeben, und das hat mich auch damals besonders interessiert, so dass ich mich nicht im technischen Bereich engagiert habe, sondern im physiologischen Bereich, wobei mir meine Kenntnisse in der Computerwissenschaft sehr geholfen haben. Damals, in den sechziger Jahren, musste man seinen Computer noch weitgehend selbst entwickeln und zusammenbauen, löten.« Mittlerweile eine eher amüsante Anekdote, aber damals war der private Besitz eines Computers noch undenkbar. Es gab ohnehin nur Monsterkästen von IBM, in Großbüros, bei Statistikämtern, zur Datenverarbeitung. Nicht einmal in kleineren Universitäten standen Computer zur Verfügung. »Damals kamen die Amerikaner nach Erlangen, um sich gewisse Dinge abzugucken. Man pilgerte noch nicht nach Amerika.«
Unpassenderweise stören meine Schuhe. Sie sind alt und piksen innen im eingetrockneten, verschrumpelten Fußbett. Um das Sticheln zu verhindern, verlagere ich deshalb bei jedem neuen Gedankenschritt das Gewicht meiner Füße.
»Der Computer kann keine Schlüsse ziehen«, setzt Herr Spreng seinen Gedanken fort. »Der Mensch dagegen kann aus einem Bereich, den er gerade bearbeitet oder bedenkt, in einen völlig anderen Bereich springen. Der Computer ist allerdings desto besser, über je mehr Informationen und Wissen er verfügt, aber er schlussfolgert nicht. Und er kann auch nicht in Zusammenhängen denken.«
Das gefällt mir. Assoziationen sind einem Computer fremd sowie Allgemeinbildung. Oder wenn mir ein bestimmter Name nicht einfällt, ich mich aber daran erinnern kann, dass ich diese Person einmal vor einer Sparkasse getroffen

habe, während es regnete und eine schöne Frau in einem Buch las und dabei noch drei Vögel hintereinander herflogen und ein Bus durch eine Pfütze beschleunigte – und plötzlich fällt mir wieder der Name ein. Diese Art von chaotischer Zielführung kann ein Computer nicht begreifen.

»Wenn Sie in einem Zimmer sitzen und ein Buch lesen und die Standuhr tickt«, erläutert der Hirnforscher, »dann hören Sie das Ticken. Aber nach einer gewissen Zeit hören Sie das nicht mehr, wenn Sie sich auf das Buch konzentrieren. Das hat etwas mit Aufmerksamkeitssteuerung zu tun. Auch ein entscheidender Unterschied: Das menschliche Gehirn kann sofort sagen, das Ticken bringt keine Information, das Buch ist mir wichtiger. Also widme ich die beschränkte Kapazität, die ich habe, dem optischen Kanal und drossle den auditorischen Kanal. Ein Computer kann das nicht aus sich selbst.«

Wir sitzen dabei vor dem großen Fenster im Wohnzimmer, und ich erinnere mich, dass Fenster in meiner Kindheit eine große Rolle für mich gespielt haben. Nach der Schule habe ich mit zwei Freunden versucht, Bierdeckel in angelehnte Küchenfenster zu zirkeln. So etwas konnte ganze Nachmittage ausfüllen. Und gegenüber der Schule, im obersten Stockwerk des Nachbarhauses, stand manchmal eine schwarzhaarige Frau und sah aus dem Fenster hinunter in die kleine Stadt, während sie sich dabei kämmte und eincremte. Sie kam sich vollkommen unbeachtet vor. Die Kleinstadt scheinbar zu Füßen. Ohne die leiseste Ahnung, dass dort gerade drei Schüler den Verstand verloren. Während eine andere Nachbarin, genau ein Stockwerk darunter, manchmal um diese Zeit ihre Fenster putzte. Sie zog die Gardinen zur Seite und ließ dadurch einen Blick auf ihre riesige, lichtdurchflutete Wohnung zu. Es wirkte irgendwie brutal, erinnere ich

mich, beinahe obszön. Diese riesige Wohnung, so offen. So verwundbar.
»Ein kleiner Sprung«, entschuldige ich mich für meine Träumerei. »Der Computer ist also noch weit entfernt von einer Annäherung an Bewusstsein?«
»Bewusstsein ist mehr als die Summe aller Vorgänge, die wir messen können«, antwortet Herr Spreng. »Wir können sehr viel messen, elektrische Vorgänge, chemische Vorgänge, die im Gehirn ablaufen, aber wir wissen nicht, wie das Bewusstsein auf all diese elektrischen und chemischen Vorgänge blickt. Um daraus dann zu schließen: Das ist ein Baum. Das ist ein Freund. Das Bewusstsein hat sich bisher jeglicher Forschung entzogen.«
Ihm ist klar, dass er mit so einer Aussage Widerspruch von der Cyber-Front derer erntet, die einschränken: Wir sind lediglich *noch nicht* so weit. Früher oder später werden wir alles verstehen, ganz sicher, und früher oder später begreifen wir alle Vorgänge. Vor allem das Bewusstsein. Ein Klacks sei das.
Professor Spreng schüttelt den Kopf.
Möglicherweise ist das Tönen über den zu erstellenden Bauplan des gesamten Gehirns nicht mehr als eine Methode, um leichter an Forschungsgelder zu kommen. Andererseits natürlich auch Ideologie. Es muss so sein. Ich denke an meinen ehemaligen Hausleiter Braun im Möbelhaus, an seinen sektiererischen Positivismus. An die täglich gepredigte Vorgabe des unbedingten Erfolges. Für solche Menschen darf es keine Geheimnisse geben, keine Mysterien, alles muss klar und definierbar sein. Das menschliche Leben hat sich zu verhalten wie ein Verbrennungsmotor.
Anfang der achtziger Jahre, erinnere ich mich, war der US-Amerikaner Marvin Minsky so ein prophetischer Schreihals. Ich war ein junger Kerl und studierte »Mento-

polis«, sein Credo. Es war der Höhepunkt einer aggressiv-naiven Aufbruchsstimmung bezüglich Robotertechnologie. Minsky ist einer der Väter des Begriffs »Künstliche Intelligenz«. In den siebziger Jahren propagierte er, dass es nur noch wenige Jahre dauern würde, ganz bestimmt, bis es Maschinen mit der durchschnittlichen Intelligenz eines Menschen geben werde. Interessanterweise sollten diese Maschinen dann auch Shakespeare lesen. *Warum eigentlich Shakespeare?* Als ob irgendein Informatiker in seiner Freizeit Shakespeare lesen würde. Folgerichtig wimmelte es in »Mentopolis« von kantigen Sätzen: »Es besteht nicht der geringste Anlaß, daran zu zweifeln, daß Gehirne Maschinen mit einer gewaltigen Zahl von Einzelteilen sind, die in perfekter Übereinstimmung mit den Gesetzen der Physik funktionieren. Soweit wir wissen, ist unser Geist nur ein komplexer Prozeß. Die schwerwiegenden Probleme bestehen darin, daß uns unsere geringe Erfahrung mit Maschinen von derartiger Komplexität noch nicht erlaubt, mit Erfolg über sie nachzudenken.«
Eine Epoche, erinnere ich mich, in der Gehirne unentwegt mit »Computerchips« verglichen und ersetzt wurden. Irrsinn. Vor allem, wenn man bedenkt, wie altmodisch schon heute ein Chip ist. Allerdings herrscht dieser Geist unverändert im öffentlichen Kneipenthekenforum: Die Maschine wird uns eines Tages übernehmen. In weiten Teilen der Öffentlichkeit grassiert unverändert diese Vorstellung: Nur noch ein bisschen Forschung, und dann haben wir alles, und zwar wirklich alles verstanden. So mit Weltformel oder so ähnlich.
»Das Gegenteil ist der Fall«, widerspricht Herr Spreng. »Das Ganze ist mehr als die Summe der Teile. Und das Bewusstsein ist nicht fassbar.«

Mich durchfluteten dabei weitere Kindheitserinnerungen: Schneeflocken vor dem Fenster – von steiler Sonne bestrahlt, die dadurch blinken wie Glühwürmchen; Nebel vor dem Fenster, aufsteigend von schneeschmelzenden Holzdielen; zudem ein kleines Ladenfensterchen, aus dem eine alte Frau heiße Würstchen verkauft. Das Fenster stand immer offen, so dass vor der Fassadenfront eine Wolkenschwade stand.

»Wenn wir uns unterhalten«, führt Herr Spreng seine Gedanken weiter aus, »arbeiten wir auf der energetischen Ebene. Energie braucht Raum und Zeit, um übertragen zu werden. Es genügt eine Koordinate, Raum oder Zeit. Das finden wir auch im Gehirn, wir haben entweder eine Folge von Impulsen, wo durch die Dichte der Impulse Informationen übertragen werden, oder wir haben engrammatische Speicherung, also den Ort, den wir dann wieder aufrufen. Information ist etwas anderes als Energie.«

Diese Tatsache kann man mit einer simplen Melodie illustrieren. Die Schwarz-Weiß-Verteilung der Noten auf einem Blatt Papier ist etwas anderes als das gesungene Ergebnis, trotzdem ist die Information an Melodie in beiden enthalten. Von den Gefühlen, die diese hervorrufen kann, einmal abgesehen.

»Wenn man im Gehirn die letzte Koordinate, den Raum, wegnimmt«, sagt er, »dann sind wir an dem Punkt, den wir als Bewusstsein bezeichnen. Mit anderen Worten: Bewusstsein könnte etwas sein, das ohne Raum-Zeit-Koordinaten funktioniert.«

Hallo, denke ich plötzlich, das ist der Hammer.

Ich denke an meine Ausgangsfrage, die Reihung: Ich kann meinen Körper spüren, also bin ich davon überzeugt, einen Körper zu haben; ich kann meinen Gedanken folgen, also habe ich Gedanken – aber wer ist dieses »Ich«, das all das beobachtet? Das sich nicht ändert, seitdem ich pubertiere, oder wenn ich kränkle, oder lache, oder zum Orgasmus komme. Das ich offensichtlich nicht verlieren kann.

Wie das Leben.

Erstaunlicherweise hat schon Immanuel Kant von einer Raum-Zeit-Enthebung gesprochen, die unser Bewusstsein vollführen könne, auch wenn er vermutlich eine etwas andere Vorstellung davon hatte. Meint: Wenn ich meine Augen schließe, kann ich mich an meine Kindheit erinnern, als Zeitverschiebung, oder ich kann mir mein Wohnzimmer vorstellen, als Raumverschiebung.

»Und wenn das so ist, dass das Bewusstsein ohne Raum-Zeit-Koordinaten arbeitet«, sagt Herr Spreng, »dann bin ich als Naturwissenschaftler überhaupt nicht in der Lage, das zu messen.«

Vor etwas mehr als zehn Jahren war das noch anders. Es gab einen Riesenaufstand, als unter anderem Wolf Singer und Gerhard Roth ein sogenanntes, nein, »Das Manifest« veröffentlichten, eine Deklaration, die sich darin zusammenfassen lässt: In zehn Jahren haben wir alles erklärt. Sie schrieben: »Wahrscheinlich werden wir die wichtigsten molekularbiologischen und genetischen Grundlagen neurodegenerativer Erkrankungen wie Alzheimer oder Parkinson verstehen und diese Leiden schneller erkennen, vielleicht von vornherein verhindern oder zumindest wesentlich besser behandeln können. Ähnliches gilt für einige psychische Krankheiten wie Schizophrenie und Depression. In absehbarer Zeit wird eine neue Generation von Psychopharmaka entwickelt werden, die selektiv und damit hocheffektiv sowie nebenwirkungsarm in bestimmten Hirnregionen an definierten Nervenzellrezeptoren angreift.«

Mittlerweise sind diese prognostizierten zehn Jahre vergangen. Und nix ist passiert.
In dem Manifest hieß es: Man wolle in den nächsten zwanzig Jahren »widerspruchsfrei Geist, Bewusstsein, Gefühle, Willensakte und Handlungsfreiheit als natürliche Vorgänge ansehen, denn sie beruhen auf biologischen Prozessen«.
Gibt es also keinen freien Willen?
»Doch, den gibt es«, erklärt Spreng. »Man kann sich bremsen. Es gab zwar diese Experimente von Libet. Aber er hat vergessen, dass das Gehirn zurückdatiert und zum Teil auch vordatiert. Es lebt nicht im Jetzt.«
Der Neurophysiologe Benjamin Libet hatte Anfang der achtziger Jahre, also in der Minsky-Epoche, entdeckt, dass das Gehirn Bewegungen einleitet, bevor sich die Person bewusst dazu entschließt. Er wies nach, dass die Teilnehmer ihren Entschluss etwa 200 Millisekunden vor der Bewegung ausführten. Das sogenannte Bereitschaftspotenzial begann sogar schon etwa 550 Millisekunden davor, also weit vor dem Entschluss zur Handlung. Und dieses Ergebnis wurde dann gewissermaßen ideologisch aufbereitet: Es sollte das Ende des freien Willens propagieren.
»Was war denn eigentlich geschehen?«, erläutert Spreng. »Libet hat Probanden auf eine Uhr schauen lassen, und bei einer bestimmten Zeigerstellung sollten sie entscheiden, eine bestimmte Taste zu drücken. Er hat die Muskelströme gemessen, er hat die Gehirnströme gemessen, und festgestellt, bevor der Zeiger die Stellung hatte, hatten sich im Gehirn schon Potenziale geregt.«
Mehr nicht. Keine Cyborg-Geburtswehe.
»Wenn ich mir in den Finger steche«, sagt Spreng, »dann sehe ich die Wunde und fühle den Schmerz gleichzeitig, aber das kommt mir nur so vor. Die Schmerzfasern sind

sehr langsam. Die leiten mit maximal zehn Metern pro Sekunde, starker Schmerz sogar nur noch mit ein bis zwei Metern pro Sekunde, brauchen also ziemlich lange, bis sie im Gehirn sind, während das Auge sehr schnell arbeitet. Der Sticheindruck ist also schneller im Gehirn als das elektrische Schmerzsignal, aber das Gehirn stellt es gleichzeitig dar.«

Nicht das Gehirn befehligt mich also, auf einen Knopf zu drücken. *Ich* presse den Schalter. *Und beobachte mich dabei.* »Aber wenn man nun versuchen würde, so ein Mysterium wie die Seele zu lokalisieren?«, frage ich.

»Dann nicht im Gehirn«, antwortet Herr Spreng, »sondern eher im Bewusstsein.«

Bewusstsein ist das, was den Menschen ausmacht. »Und da das Bewusstsein immateriell zu sein scheint, ohne Raum-Zeit-Koordinaten …«

Nun wird es schwierig.

Es erinnert beinahe an den göttlichen Hauch aus der Schöpfungsgeschichte. Denn wenn es einen Gott gäbe, dann müsste auch der in einem raum-zeitlosen Kontinuum existieren.

»In jedem Kubikmeter Luft, den ich in Händen halte, ist scheinbar nichts«, erläutert der Forscher, »aber ich brauche nur eine Antenne reinzuhalten, dann merkt man, da ist eine Menge drin.«

Aus dem scheinbaren Nichts speisen sich Radio, Fernseher, Internet. Ich bin allerdings immer noch an den Hammersatz gekoppelt, also daran, dass mein Bewusstsein nicht unbedingt an den Körper gekoppelt sein muss.

»Wenn das Bewusstsein ein offenes System ist«, ergänzt Spreng, »dann ist es beeinflussbar von Bereichen, die wir nicht beherrschen. Dann muss man solche Erfahrungen – Stichwort: übersinnliche Wahrnehmung – akzeptieren.«

Er wurde nach seinen Vorträgen schon öfter von Jugendlichen angesprochen, die nach sogenanntem Tischrücken von Alpträumen gequält wurden. Und die sich nicht mehr zu helfen wussten. »Es ist nicht ungefährlich«, sagt er, »sich diesen Bereichen zu öffnen. Unser Bewusstsein ist nicht kontrollierbar. Sagen Sie mal einer Melodie, die Ihnen im Kopf herumschwirrt, geh raus. Das macht die nicht. Wir beherrschen unser Bewusstsein nicht in dem Maße, wie wir glauben.«

Andererseits sind wir stark unserer Gehirnstruktur unterworfen. Es gibt biologische Rhythmen. Das fängt mit dem Tag-Nacht-Rhythmus an. Wenn man dagegen arbeitet, wird man mit ziemlicher Sicherheit krank, deutet der Hirnforscher an. Und wir unterliegen auch einem sogenannten Circaseptan-Rhythmus, also einem Sieben-Tage-Intervall. In diesem Rhythmus erreicht der Cortisolspiegel ein relatives Minimum. »Wenn ich das nicht aussitze«, sagt er, »besteht die Gefahr, dass das Cortisol kumuliert, und das macht auch krank.« *Am siebenten Tage sollst du ruhen,* erinnere ich mich.

Es ist also nicht ganz so einfach mit unserem Hirn.

»Wir haben zwar das Gefühl, dass wir gleichzeitig sehen, hören, fühlen«, setzt er fort, »aber das ist eine Illusion. Denn wir tasten die Umwelt ab, etwa 120 Millisekunden sehen, 200 Millisekunden hören, 200 Millisekunden fühlen. Und unser Gehirn setzt das zusammen, als ein Kontinuum.«

Wir setzen pausenlos Informationen zusammen. Dabei reduzieren wir diese Neuigkeiten, die wir von außen aufnehmen, etwa um das 10 hoch 7-Fache. Nicht schlecht, Herr Specht. Ohne dass es uns bewusst wird. Praktisches Beispiel: Wenn wir im Supermarkt mit einem Korb unter dem Arm herumlaufen und dabei fröhlich Dosen,

Flaschen und Schokolade hineinschmeißen, müssen wir uns keine Gedanken darüber machen, dass mit jedem neuen Teil der Korb weiter absinkt. Das funktioniert automatisch. Wir müssen unsere Muskeln nicht darauf hinweisen oder sie gar warnen. Das nennt sich selektive Wahrnehmung und macht einen weiteren Unterschied zum Computer aus. Denn der muss alle Informationen bis in sein Innerstes hineinschieben und dort verarbeiten. Das macht er zwar millionenfach schneller als der Mensch, aber er kann trotzdem nicht sinnvoll reduzieren. Ein Computer kennt auch kein Unterbewusstsein, und vermutlich träumt er auch nicht. »Allerdings können wir das Unbewusste auch im Gehirn nicht lokalisieren«, ergänzt Herr Spreng. »Bei Epilepsiepatienten öffnen wir die Schädeldecke, setzen 64 Elektroden auf das Gehirn, direkt auf die offene Gehirnfläche, und wenn man dann mit Elektroden stimuliert, können wir sehen, das Gehirn ist schmerzunempfindlich. Aber der Patient fängt plötzlich an zu lachen. Und wenn man dann nur einen Millimeter zurückgeht, dann empfindet er Schmerz. Wir wissen nicht, warum ...«

Und die Forschung ist weit davon entfernt, irgendeinen Anflug von Erklärung zu haben. Auch das Zeitempfinden, das physiologische Moment, ist individuell verschieden, so um zehn bis zwanzig Millisekunden zwischen den Menschen. Das bedeutet, dass unterschiedliche Menschen zeitliche Abläufe unterschiedlich empfinden. Das betrifft auch Farben. Frauen nehmen Farben anders wahr als Männer. Und das bedeutet, wenn wir wieder zurück zum »Ich« kommen: »Wir sind mit unseren Empfindungen allein ... mutterseelenallein ... Und auf unser Ich geworfen ...« In dieser Dimension klingt das fast schon pathetisch.

»Dieses Ich ist ein Gefängnis«, sagt der Hirnforscher.

»Wir sind gefangen in unserem Ich. Wir können uns nicht optimal mitteilen. Wenn ich Ihnen etwas erzähle, dann hören Sie das, aber was Ihr Bewusstsein damit macht, kann ich nur bedingt beeinflussen.«
Immer in unseren Körpern, unserem Ich gefangen – andererseits sprechen immer mehr Physiker von einem kosmischen Bewusstsein. Wie geht das zusammen?
»Das weiß ich nicht«, antwortet er.
An diesem Punkt stoßen zwei Denkmodelle aufeinander. Die einen betrachten den Menschen nur als schlechtere Hirn-Maschine, der bald schon gegen leistungsstarke Computer ausgetauscht wird. Oder zumindest könnte es auf eine Allianz hinauslaufen.
Und dann gibt es da die Leisen, die sagen, es ist alles viel, viel komplexer. Und auf absehbare Zeit wird da überhaupt nichts passieren. Ich muss plötzlich an das *Beamen* denken, aus Raumschiff Enterprise, und daran, dass dieser Vorgang für viele Cyberfanatiker schon beinahe selbstverständlich geworden ist. Aber wie sollte es möglich sein, das *Ich,* das Bewusstsein, zu dematerialisieren und zu transportieren?
Wie kann ich mich zum Beispiel beim Denken beobachten? Wer beobachtet da wen?
»Wer bin ich eigentlich?«, fragt er. »Wenn ich mich im Spiegel betrachte, sehe ich mich um 180 Grad verdreht, und wenn ich mich auf einem Foto sehe, dann denke ich, na, das ist eine etwas blöd aussehende Gestalt. Ich kann meine Freunde fragen: Wer bin ich? Aber die Antworten sind manchmal auch nicht hilfreich. Die sehen nicht alles. Und wenn ich meine Feinde fragen kriege ich Antworten, die auch nicht hundertprozentig stimmen.«
Das *Ich* will sich einfach nicht in die Karten sehen lassen. Und nicht in seiner Tiefe anbohren.

»Das Gehirn lebt auch nicht im Jetzt. Entweder in der Vergangenheit oder in der Zukunft. Das Jetzt-Fenster ist sehr kurz, vielleicht 200, 300 Millisekunden lang.« Ich denke voraus, oder ich denke zurück. Den Augenblick kann ich nicht festhalten. Mein Hirn will nicht. Selbst dann, wenn ich mich dagegen auflehne und mich darin üben möchte, im Augenblick zu leben, dann rauscht der große Informationsfluss heran und lockt mich. Und es ist so unglaublich schwer zu selektieren, welche Information mich weiterbringt und welche mich nur ablenkt.
Stress. Eine Möglichkeit dagegenzusteuern, wäre doch die Reduktion von Sinneseindrücken?
»Zweifellos«, antwortet Herr Spreng. »Aber mir scheint das nicht das Bestreben der Leute. Sie wollen immer mehr Event, auch im Urlaub. Vielleicht ist es die Angst vor der Reise in das eigene Innere. Sie fahren weiß Gott wohin, aber die Reise in sich selbst, das wagen die wenigsten.«
Wenn ich die äußeren Reize reduziere, falle ich ins Nachdenken. Das habe ich erlebt. Sobald ich zur Ruhe kommen will, explodieren meine Gedanken wie Maiskörner. *Popcorn.*
»Das kann man auch experimentell erzeugen. Wenn man jemanden in eine Wanne mit Salzwasser setzt, ohne Licht, in der er berührungslos schwimmt, schalldicht abgeschirmt, dann bekommt er nach etwa vier bis fünf Stunden Halluzinationen.«
Der Organismus braucht einen gewissen Reiz von außen. Pausenlos. Aber wenn dieser Reiz zu groß wird, kippt der Organismus in das andere Extrem. Blackout.
Trotzdem bleibt mir nur das starre Fokussieren auf die Gegenwart. Um zu überleben. Um mich nicht von meinen Sorgegedanken zerfressen zu lassen. *Auf das Hier und Jetzt.*

»Zeit als solche gibt es nicht«, sagt der Forscher. »Zeit ist eine Illusion. Wir messen sie nur durch Materieänderung. Wenn sich die Zeiger verstellt haben oder wenn die Haut schlaffer wird, interpretieren wir das als Zeit. Die Kinder wachsen, ein Haus wird gebaut, die Sonne bewegt sich, Tag und Nacht … Die Zeit als solche erfassen wir nicht.« *Das Hier und Jetzt.*

2

Ich wohne auf dem Land, also dort, wo die Welt noch in Ordnung ist, und deshalb kontrolliert mein Vermieter den Müll. Er kommt täglich vorbei, öffnet die müffelnden Eimer seiner Mieter, tastet ab, ob richtig getrennt wurde, und wenn dieser Vorgang seiner Meinung nach unzureichend absolviert wurde, entnimmt er die Corpora Delicti und plaziert sie neben den Mülltonnen. Auf der Straße. Als Gesamtbild sieht anschließend alles nur noch viel dreckiger aus. Aber er macht das aus pädagogischen Gründen. Der Verursacher soll seinen Fehler erkennen und einsehen können. Und den Fehler beheben. Und für das Leben lernen.

Es sieht aber niemand etwas, außer meinem Vermieter.

Also bleibt der Dreck etliche Tage lang neben den Tonnen liegen und verrottet stumpf. Mit dem Bröselvorgang tritt dann wieder Ordnung in unsere Heidiwelt.

»Guten Morgen«, werfe ich ihm hinterher, während er den Kopf in den Tonnen versenkt, und schleiche mit schnellen Schritten zum Auto. Auf dem Weg nach Köln, zu meiner Pilgerstrecke. Nur ja keine Diskussion, murmle ich, nicht ärgern, weil ich sonst wieder nur in diesen Seelensumpf stürze. *Kann ich Gedanken messen und beschreiben?* In diesen Angstsumpf, denke ich, und nur wer sich fürchtet, ärgert sich. Wenn ich es dagegen schaffe, zu

lächeln, dann bekehre ich meine Angst. Ich muss einfach nur jedes Mal, wenn ich mich ärgere, nach der Angst dahinter suchen, denke ich, und nach meiner Verarmungsfurcht. Zu kurz zu kommen. Was fange ich an, wenn ich mein Auto nicht mehr bezahlen kann? Wie soll ich meinen Sohn abholen? Meine ganze Wut rührt nur daher, denke ich, dass ich hinten bleibe. Zurückgeblieben. Dafür brauche ich mir nur meinen Nachbarn vor Augen zu führen, denke ich, wie er schon morgens grummelt und flucht und grantelt, dann sehe ich doch auch seine Furcht. Das war mir früher nie so klar. Seine Angst. Das war mir nie so wichtig. Diese unglaubliche Angst, und letztlich: seine unglaubliche Wut. Und letztlich gibt es doch wirklich nur zwei Ausrichtungen: Liebe oder Angst. *Sind Gedanken im Gehirn lokalisiert, oder sind sie geistige Inhalte, die nicht reduzierbar sind?* Wobei die Angst mich dumpf runterzieht, denke ich, hingegen baut Liebe mich auf. Und letztlich lässt sich jeder Mist auf dieser Welt auf Angst zurückführen, wirklich jeder.
Am Auto angekommen, sehe ich im Innenspiegel, dass ein Äderchen in meinem Auge geplatzt ist. Möglicherweise ist das passiert, als ich vor dem Badezimmerspiegel mein Lächeln trainiert habe. Ich habe mich gezwungen, die Mundwinkel hochzuziehen, denn Lachen hilft gegen Erschöpfung, habe ich mal gelesen, das hat immer geholfen, bei der Arbeit, das ist wissenschaftlich belegt. Schon alleine das Hochziehen der Mundwinkel. Aber ich sah aus wie ein Psychopath in einem Horrorfilm.
Ich habe mich vor mir selber geekelt.
Jetzt schlängelt sich ein Äderchen im rechten Auge. Ein scheinbar blutiges, leuchtendes Auge. Das Rot sticht prall heraus. Und das Spiegelbild erinnert mich augenblicklich an einen Kindheitsschock. Damals bin ich in der

Dämmerung am Fußballplatz auf eine Frau gestoßen, die abrupt vor mir stand und mich anstarrte. Sie hatte unbewegliche, riesige Augen, die feuerrot unterlaufen waren. Leuchtend rote Hautfalten. Eine alte Frau, die unser Spielen regungslos beobachtete.
Genau so sehen heute meine Augen aus, denke ich.
Es ist dunkel und düster, um die Mittagszeit, wieder kurz vor einem Sommerwolkenbruch, aber witzigerweise gewitterte es davor schon aus vielen Fenstern heraus. Überall dort, wo um diese Zeit ein Fernseher lief, in mittlerweile verdunkelten Wohnzimmern. Nach draußen strahlte das blau-graue Flackern wie ein Vorbote der Himmelspracht.
Das Hier und Jetzt.

3

Sie steht in der U-Bahn, und sie weint. Am Fenster. Ich bin wie geplant nach Köln gefahren, um zu pilgern, und bewege mich dort in einer vollbesetzten U-Bahn. Von A nach B. Oder nach C, ohne Ziel. Wir alle hier kommen von der Arbeit oder wollen irgendwohin, und wir alle haben unsere Probleme, aber diese Frau weint, und ich denke, das geht nicht.

Es kann nicht sein, dass mitten unter uns ein Mensch weint und wir alle hier schweigend weiterfahren. Auch wenn wir alle von der Arbeit kommen und die Frau schwarze Hautfarbe hat, und auch wenn wir alle unsere eigenen Pakete schultern müssen.

Aber ich weiß genauso wenig, was jetzt angebracht wäre. Also fahren wir weiter, Station um Station, Körper an Körper, die Bahn schaukelt, und diese Frau weint. Ihr Heulen ist nicht aufdringlich, sie legt es nicht darauf an, dass man sie sieht, vielleicht geht sie ohnehin davon aus, dass niemand sie mit ihren Tränen registriert. Aber nach zwei weiteren Stationen löst sie sich aus der starren Handschlaufenhaltung am Fenster und geht an mir vorbei zum Ausgang.

»Alles Gute«, sage ich und lege ihr leicht die Hand auf den Oberarm.

»Danke«, antwortet sie und nickt.

Das ist alles. Aber sie lächelt zart.
Danke.
So ein kleines Wort, denke ich, und es berührt mich tief. Wie auch ihr Lächeln. Leben. Dankbar zu sein, als Sehnsucht nach Überraschung, um die Wucht des Lebens zu erahnen. Hoffnung. Und Sehnsucht als Anfang. Überraschung ist dieser Anfang, das Ahnen von Fülle. *Dankbarkeit.* Überraschung ist plötzlich, unvorhersagbar, ist gratis, grundlos, geschenkt. Und wenn ich es dann noch schaffe, meinen Alltag und mein Vorhersagbares als Überraschung zu sehen, dann bin ich einen Schritt weiter.
Also muss ich die Augen noch weiter offen halten.
Am besten schon in dem Moment, wenn ich aufwache, morgens, muss ich mir vornehmen, mich überraschen zu lassen. Und nicht alles bloß als selbstverständlich anzugähnen. Weil mich das Selbstverständliche ohnehin nur auffrisst, in seiner Selbstverständlichkeit, abgeschrieben zu sein, und erledigt, und ich vielmehr dankbar werden muss für all das, was ich schon erreicht habe. Denn wenn ich dankbar bin, dann fühle ich mich auch glücklich.
Aber das ist so einfach, denke ich.
So billig.
Es ist irgendwie witzig, denke ich, dass es gerade die Einfachheit ist, die mir viel zu schwierig erscheint. Aber gleichzeitig spüre ich, dass es mich wärmt, wenn ich dankbar bin, und dass es wie eine Antwort wirkt. Und wenn ich immer weniger will, und dafür immer dankbarer werde, für mein Erreichtes, dann brauche ich mich nicht mehr so gruselig zu sorgen.
So billig.
Ich erinnere mich an Professor Spreng und dessen Ruhe, die ich mir einsetzen muss, so eine Überlegenheit, weil ich

überlege, und weil ich lernen muss, darüberzustehen. Selbst wenn ich weiter arbeitslos bleibe.
Wahrscheinlich müsste ich jetzt vielmehr Bewerbungen schreiben, anstatt durch Köln zu pilgern, mit meinen fünfzig Lenzen, Bittbriefe an fremde Personen verfassen, die ansonsten huldvolle Einladungsofferten von promovierten Endzwanzigern erhalten, und wahrscheinlich müsste ich jetzt stündlich eine solche Bewerbung *raushauen*. Wie man das so nennt. Stattdessen beobachte ich auf meinem Handy, dass sich einige meiner Bekannten auf Facebook unterhalten. Sie müssen nicht über Hartz 4 nachdenken, ansonsten säßen sie wahrscheinlich an meiner Seite, und sie diskutieren leidenschaftlich über … Ja, worüber eigentlich? Keine Ahnung, ich verstehe es nicht. Ich könnte eine Liste erstellen, denke ich, die die ganze Großartigkeit einer Mittelschichtsexistenz ohne Sorgen aufzeigt. Eine Liste erstellen für Wohlstandshirnzersetzung ohne Angst vor Hartz 4, als da wären: sockentragende Sandalenträger im Sommer (mit dem Zusatzdiskurs, ob es bei Halbschuhen erlaubt sei), Retro-Musik-Erinnerungen, und vor allem pathetische Beschreibungen amerikanischer Fernsehserien. Und lasse es dann augenblicklich wieder sein mit dieser Liste. Weil sie mich nicht weiterbringt, aus meiner Verarmungsfurcht heraus. *Ohne Auto verlierst du dein Kind!* Stattdessen steige ich aus der U-Bahn und versuche, auf dem Bürgersteig zwanghaft langsamer zu gehen. Und dann noch einmal deutlich langsamer. Unerträglich langsam. Um ruhiger zu werden. Stehen zu bleiben. Anzuhalten. Ich schließe sogar meine Augen und lausche auf den Krach. Und die Stille dahinter. Ich *will* mich überraschen lassen.
Es gibt tatsächlich diese verschiedenen Geräusche. Mir ist das früher nie aufgefallen. An einer U-Bahn-Haltestelle,

jetzt, im Sommer, rauscht ein Gebäudewind durch einen dieser Dekorationsbäume. Und irgendwo darüber zwitschert tatsächlich ein Vögelchen. Und noch ein anderes. Mit einer anderen Melodie. Und als ich meine Augen öffne, sehe ich, dass ich vor einem Frisörladen stehe, in dessen Schaufensterauslage Glaskugeln verteilt sind, in denen kleine Zierfische schwimmen. Ich *will* mich überraschen lassen.

Aber ich mag keine Stille. Ich bin doch an ein solches Crescendo aus Wortgeklingel und Hintergrundleuchten gewöhnt, dass ich Stille nicht ertragen möchte. Sie blickt mich an wie ein tiefer, dunkler Abgrund. Schwindelerregend. (Gleichzeitig erinnere ich mich an das Kribbeln und Kitzeln, den Schauer, den ein solcher Abgrund bei mir als Kind auslöste. Ich weiß noch, wie ich mit dem Gedanken spielte, zu springen, nur als Idee, und wie mich diese Vorstellung gleichzeitig anzog, fast schon erregte, und gleichzeitig ängstigte.) Ich mag keine Stille, weil sie mir die Leere hinter meinen Gedanken aufzeigt. Weil die beiden gemeinsam Händchen halten. Aber ich mag doch *leben.*

Also wieder loslassen, denke ich, diese Gedanken nicht zu Ende bringen, sonst wuchern sie nur ins Uferlose. Der entscheidende Unterschied muss doch sein, denke ich, dass ich spüre. Und lausche. Und dass mich meine Gedanken dabei eher langweilen. Ich registriere eine quadratische Essensbox für chinesisches Essen auf dem Dach eines geparkten Autos, die mich zuerst sogar eher belustigt, bis ich einige Meter weiter zwei weitere Geschwisterschachteln auf Autoteilen finde. Und es mich nunmehr ekelt. Dutzende Plastikgabelgriffe recken sich aus den Boxen nach oben. Auf dem Asphalt verstreut, ergänzen vertrocknete Bratnudeln, die wie Regenwürmer wirken, das Gesamtbild. Also nicht ekeln, denke ich, weil das doch die

Realität ist. Die mich anspricht. Nein, sie muss mir nicht gefallen, aber es geht doch nicht darum, was ich analysiere oder poetisiere, sondern einfach nur darum, was ich registriere. Was mich anspricht. *Leben.* Und das alles ist tatsächlich packender als jede meiner Einschätzungen.
Loslassen, denke ich.
Registrieren, dass eine Krähe in der Luft, unter dem Gewicht eines Hähnchenschenkels aus der Mülltonne, ins Trudeln gerät, während ihres Fluchtversuchs, umringt von gieriger Sippschaft. Und vor allem nicht mehr über diese doofen Facebooknachrichten nachdenken, denke ich, nicht darauf reagieren und etwas schreiben, reden, denn wenn ich antworte und mich ereifere, zerstreut mich das nur wieder in alle Einzelteile. Weil dann wieder meine Neugier die Oberhand gewinnt, wie immer in der Zerstreuung, und ich losplappere, berufsbedingt, alles ausplappere, berufsbedingt, und ich mich wieder um alles Mögliche kümmere, aber nicht um mein Leben. Dann fühle ich mich wieder sicher. Wenn ich die Dinge benennen kann. Und beim Schopfe packe. Dann fühle ich mich wieder königlich. Weil ich rede.
Aber ich bin keinen Schritt weiter, wenn ich rede.
Stattdessen habe ich nur wieder *Meinungen.* Und fälle Urteile. Unwiderruflich. Selbst wenn ich etwas Nettes antworte, ist es doch im Kern bloß ein Urteil. Ein Schiedsspruch. Um mir meine unerwünschte Wirklichkeit vom Leib zu halten, die mich viel mehr beschäftigen müsste, denke ich, dass ich nämlich am Ende bin. *Ohne Auto verlierst du dein Kind!* Und wenn ich ehrlich bin, weiß ich ganz genau, dass mich das Kommentieren und Antworten nicht in die Erkenntnis führt, sondern in die Panzerung.
Weil ich nicht mehr auf mich selber schaue, denke ich.
Und weil ich dadurch viel mehr nach Beachtung schreie,

im Scheinwerferkegel der sogenannten Öffentlichkeit. Um Anerkennung zu erschleichen, immer wieder diese verfluchte Anerkennung, denke ich, anstatt in mir das Schweigen zu suchen. Und draußen höchstens noch das Überraschende.
Reden macht taub.
Es raubt mir die Fähigkeit, wachsam zu sein.
Ich antworte dann, denke ich, um meine sogenannten Ansichten ins rechte Licht zu rücken, die doch nicht wirklich an einer irgendwie gearteten Wahrheit interessiert sind, sondern lediglich an einer stumpfen Bestätigung. Für dumpfen Blödsinn.
Schauen, denke ich.
Zulassen. Was immer auch geschieht.

4

Ich wohne auf dem Land, also dort, wo die Welt noch in Ordnung ist, und bei meiner Heimfahrt kommt mir ein Auto entgegen.
Das ist nicht weiter ungewöhnlich, auch nicht in dem Schönwohnviertel, in dem ich Miete zahle. Tagsüber sind tatsächlich eher weniger Fahrer unterwegs, weil die meisten arbeiten, dafür zwitschern eine Unmenge Vögel zwischen den zierlichen Vorgärten, die wie Friedhofsparzellen angelegt sind. Mit knöchelhohen Zäunen begrenzt, säuberlich mit Erde oder Mulde bestreut und von Steinplatten durchzogen. Es fehlen nur noch rote Windlichter und Grabsteine.
Auf meiner Straßenseite parkt ein Auto, ich fahre daran vorbei, und, wie gesagt, von vorne kommt mir ein anderer Wagen entgegen. Etwas zu schnell. Etwas zu deutlich schnell! Ich muss plötzlich stark beschleunigen, um schnell wieder hinter dem Parkhindernis einzufädeln, als dieser Irre an mir vorbeirauscht. Ein Jugendlicher, er brüllt mir während seiner Amokfahrt etwas durch die geschlossenen Fenster entgegen. Aggressiv. Sehr aggressiv! Und er hätte mich beinahe gerammt. Bewusst.
Ich wohne auf dem Land, also dort, wo die Welt noch in Ordnung ist, und mir ist plötzlich klar, dass ich soeben fast gestorben wäre. Dieser Irre wollte mich rammen!

Mein Herz schlägt im Stakkatorhythmus. *Leben,* denke ich, und dann ist es innerhalb eines Wimpernschlags vorbei. Ich habe es nicht abonniert, nicht freigekauft, es ist kostenlos, und dann ist es innerhalb weniger Sekunden möglicherweise wieder Ramsch. *Dieser Irre wollte mich rammen!* Dankbarkeit, denke ich.
Atmen.
Und tief innen der Gedanke, dass auch dieser Wahnsinn mir etwas sagen will. Ob es mir nun gefällt oder nicht. Ich habe keine Ahnung, was genau ich denn zu erfahren gedenke, aber tief innen verfestigt sich eine Vorstellung, dass so ein Augenblick prägend sein wird. Indem ich einfach nur darauf schaue. Und nicht weglaufe.
Atmen.
Dankbarkeit.
Dafür? Für einen Irren, denke ich, für meine Arbeitslosigkeit, für die verfluchte Scheidung, für eine ausbleibende Zukunft? Nein, denke ich, aber dafür, dass ich jetzt genau weiteratmen darf, um mich als dankbar zu erweisen. Um still zu werden. Und um in so einer Schrecksekunde in mir eine Antwort zu hören, wie ein Blitzlichtflackern. Sonst höre ich mir doch selber nicht zu, denke ich. Nur dann, erinnere ich mich, wenn alles am Ende war. Wenn ich vor den Schwierigkeiten kapituliert habe.
Und deshalb muss ich diese Dankbarkeit weiter üben, denke ich, und spüre tatsächlich Dankbarkeit, Wärme und parke rückwärts ein.

5

Am sechsten Tag sehe ich die mit den ausdruckslosen Gesichtern.
Es sind Menschen, die einfach nur dasitzen und starren, mitten im Metropolengewimmel. Die allerdings nicht wiederkommen. Sie sitzen einmal im Trubel auf einer Treppe, auf einer Stufe, und schauen leer nach vorne. Und nach zwei Stunden sind sie verschwunden.
Sie schweigen dabei, denke ich und verbiete mir augenblicklich den Griff zum Handy, um wieder zu flüchten. Immer eine Beschäftigung suchen, sobald ich alleine bin, immer nur Internet, ansonsten im Auto das Radio, oder zu Hause noch Fernsehen. Bevor ich wieder ins Internet *gehe,* wie es heißt, als wäre es eine Form der Bewegung. Nicht flüchten, denke ich, weil ich keine Zeit mehr dafür habe.
Es gibt allerdings immer weniger Möglichkeiten in einer Großstadt, einfach mal nur dazusitzen und zu schweigen. Und zu lauschen. Entweder sind es kostenpflichtige Stühle in einem Straßencafé, die auf die Dauer nicht bezahlbar sind, oder letzte, verbliebene Mauervorsprünge. Die Treppe hoch zum Kölner Dom ist eine anachronistische Ausnahme, eine Sitztreppe, die einen modernen Stadtplaner in den Wahnsinn treibt: Bringt keinen Umsatz und verbraucht Stellfläche.

»Papa«, flennt ein Filius auf diesen Stufen und umarmt seinen Vater. Das bricht mir fast das Herz. Seit der Scheidung bin ich ohnehin gefühlsduselig, was meinen Junior angeht, und ertrage keinerlei Krimis, in denen Kinder zu Schaden kommen, nicht mal die kleinste Andeutung. Und dabei bin ich selber Autor, aber es geht nicht. Das Sterben ist andererseits näher gerutscht, erstaunlicherweise, also die Tatsache einer Endlichkeit, und dass ich mir vorgenommen habe, mein Sterben zu lernen. Also mich selbst und meine Pläne aufzugeben, zu töten, denke ich, immer wieder loszulassen, und zu verzichten. Weil ich den Kleinen nur noch alle zwei Wochen sehe. Und das ist wie ein Tod, denke ich.

Heute Morgen habe ich ihn zur Schule gebracht, ihn verabschiedet, ihm dabei zugesehen, wie er aufwendig ein Taschentuch in seinem Ärmel positioniert, und habe gelächelt, als er dem Auto hinterhergewunken hat. Es tut so weh. *Wie er dem Auto hinterherschaut.* Mit der Hoffnung, dass das nicht einer dieser Trennungsmomente sein möge, den er später nicht verkraftet.

Dabei spule ich in meiner Großhirnrinde jede Spielvariante zurück, die wir in den vergangenen Stunden ausprobiert haben, jeden Kinderwitz und jede Frage. Als ob man mir die Augen verbunden hätte, als wäre ich gezwungen worden, in meinem Schreibtisch zu wühlen und ein wichtiges Dokument zu ertasten. Um diese Leere abzuwehren, denke ich, wenn ich anschließend mit dem Auto herumkurve.

Denn mir fehlt sein Lachen, mir fehlt seine Lebensfreude. Und wie wir gemeinsam die Welt entdecken.

Er ahnt nicht, wie es mir geht und was in meinem Kopf abläuft, und wie ich mich ängstige, ohne Arbeit. Aber ich lächle. Und vielleicht, denke ich, ist es irgendwann möglich, von ihm eine Reaktion zu erfahren, wenn er erwachsen ist. Und ich hoffentlich doch noch lebe.

Mein Sohn.

Deshalb habe ich mir vorgenommen, mich gedanklich auf mein Ende vorzubereiten, mein Sterben zu erlernen, indem ich dankbar bin. Nicht mehr alles selbstverständlich voraussetzen, denke ich, und aufgeben, eher als zum Angriff überzugehen. Denn das Selbstverständliche macht das Leben so knöchrig, und wenn ich mich pausenlos an meinen Vorstellungen festhalte, um mich durchzusetzen, dann zerdrücke ich alles in meinem Griff. Und ich türme meine sogenannten Prinzipien zu Halden auf, die ich selber nicht mehr übersteigen kann. Nur im Dankesagen, denke ich, komme ich an meinen Aufschüttungen vorbei, nur im Aufgeben. *Um zu leben.*

Um mich herum donnern mittlerweise Fahrzeuge aus allen Teilen der Republik über mehrere Spuren hinweg, um endlich dem Moloch Großstadt zu entkommen oder um, genau gegenteilig, endlich in einer Metropole ans Ziel zu kommen. Das ist die Realität, denke ich, während ich tatsächlich lachen muss, weil ich mich besser fühle, durch mein Aufgeben, obwohl es andererseits bescheuert klingt, aber es geht mir besser, und deshalb pilgere ich doch hier so vor mich hin. Das ist die wahre Welt. Und nicht in Spanien, auf Feldwegen, in Sommerlaune, nein, zwischen Benzin und Beton, denke ich, umringt von Pendlern und Pennern. An den Außenseiten der Schnellstraße, auf dem Bürgersteig, schleichen Passanten mit Laptoptaschen und Wasserflaschen umher, ohne dass für mich noch ersichtlich wäre, ob sie zur Arbeit eilen oder ob sie dieses Laster bereits abgelegt haben. Allerdings sieht man weniger Plastiktüten als früher, denke ich, dafür immer noch Flaschen unter dem Arm, als ob es später nichts mehr zu trinken gibt. Einige dieser Wasserfrauen beblinzeln die Boutiquenfenster auf dem Boulevard, als handle es sich um Musikvideos, denke ich, so ein Kennerblick im Vorübereilen. Dabei halten sie den Hals steif in die Höhe gereckt, fast wie bei einem Schwan, während sich der Unterleib fast schon lasziv in alle Richtungen bewegt.

Ich hatte immer Angst vor dem *Rutschen,* erinnere ich mich an meine eigene Kindheit. Als einziges Kind aus einem sozialen Brennpunkt, wie das Viertel heute heißt, auf ein Gymnasium zu wechseln, nach der fröhlichen Grundschule, bedeutete für mich das Ende der Kindheit. Alles erschien mir plötzlich so groß, so unpersönlich, so kalt. Ich schrieb Mathe: 6, Englisch: 6, ich glaube, alles: 6. Völlig paralysiert.

Daher rührt heute noch meine Verarmungsfurcht, nehme ich an, weil Brennpunktkinder keine Netzwerke spinnen können. Und weil ich den Blick des Mathematiklehrers noch heute vor mir sehe, seine Verachtung darüber, dass ich nicht mal die einfachsten Sachen rechnen konnte. Es ging tatsächlich nichts, ich saß wie ein Kaninchen vor der Schlange und verstand den Blackout genauso wenig.

Als ich daraufhin auf eine Realschule wechseln musste, *sitzengeblieben,* bestand jeder Tag in einer neuerlichen Angst vor dem Rutschen. Bei einer Schulnote: 2, schon bei einer 1 minus, sah ich in meiner kleinen Kinderwelt die Gefahr, dass es wieder losging und ich weiter nach unten gereicht würde, auf die Hauptschule. Auf die Sonderschule. Immer weiter abwärts, ohne es verhindern zu können. Also heulte ich in der Klasse, weil ich eine 1 minus geschrieben hatte, so dass mich die meisten Kinder für bescheuert hielten, weil sie das natürlich nicht verstehen konnten. Wie soll man das auch nachvollziehen, dass einer heult, wenn er mal keine satte 1 schreibt?

Man verstand mich auch in anderer Hinsicht nicht. Ich erinnerte mich daran, wie ich in dieser Phase von anderen sportbegeisterten Kindern, besser: von deren kindbegeisterten Eltern, umringt wurde, ob ich nicht auch mal an den Seilen schwingen wolle. In der Turnhalle, bei einem Schulfest. Immer höher, immer schneller, wie es alle Kinder lieben, immer rasanter. Nur: Ich wollte das nicht. Dabei waren alle Kinder verrückt danach, wie mir diese Erwachsenen unaufhörlich diktierten und mich letztlich überredeten, weil ich dieses Gefühl bestimmt genauso lieben würde, und sie mich also immer höher wirbelten, bis an die Decke, und ich anschließend immer schneller abwärts beschleunigte. Bis ich vor Todesangst zu atmen vergaß. Ich wollte tatsächlich von dort oben runterspringen. Irgendetwas hielt mich zurück. Also ließ ich mich bei der nächsten Abfahrt am Tiefpunkt genau in die Menge fallen, aus voller Fahrt, mitten zwischen die schwungbegeisterten Erwachsenen, die kreischend ihre ebenso schwungbegeisterten Blagen hochrissen und mich vorwurfsvoll anstarrten. Warum ich denn nichts gesagt habe? Der Junge ist verrückt! *Alle Kinder würden so etwas lieben!*

Jetzt und gleich

1

Es gibt überall in diesem Land Menschen, die über den Dingen stehen. Aber niemand dokumentiert sie.
Deshalb fahre ich nach einer Woche Pilgertrott in Richtung Würzburg, um einen berühmten Unternehmensberater zu befragen. Und diesmal komme ich da bewusst an, mit meiner Angst vor Arbeitslosigkeit. In eine der schönsten Städte Deutschlands trample ich mit meiner Zukunftssorge, und passenderweise führt auch eine der Routen des Jakobswegs durch Würzburg.
Meine neue Marotte, denke ich in einem Café am Domvorplatz, besteht darin, auf Hosentaschen zu starren. Weil die alle so verstopft aussehen, denke ich, besonders Jeanshosen, und das auch noch bei Frauen und Männern gleichermaßen. Handys, Schlüssel, Schraubenzieher, all das Geklimper verursacht interessante Beulen, nach außen hin. Bei Männern und Frauen gleichermaßen, während die Sonne scheint, denke ich und das Schauen in mir eine Form von Fülle erweckt. Weil ich in der Gegenwart schaue, denke ich, nur in der Gegenwart, nicht in meine düstere Zukunft hinein oder in meine verpeilte Vergangenheit zurück, sondern nur jetzt, in der Sonne. Am Domvorplatz. In Würzburg. *Friede,* denke ich, ist nicht in Köln, also morgen, oder in Aachen, also weit, weit gestern, sondern in Würzburg.

Also jetzt. Und hier. Und so eine Gedankenzensur ist vielleicht billig, aber auch nur, wenn ich es nicht durchhalte.
Wenn demnach die Sonne scheint, also jetzt, und ich auf meine Beulenhosen starre, denke ich, dann geht es mir tatsächlich gut. Zwei Gehörlose erkennen einander, auf den gegenüberliegenden Bürgersteigen, durch eine Menschentraube getrennt, und sie sprechen trotzdem vergnügt miteinander, über etwa zwanzig Meter Abstand hinweg. *Dann geht es mir gut.* Eine Frau am Nebentisch spricht in ihr Handy hinein über ihre Erkältung im Sommer. »Deshalb klingt meine Stimme so brüchig«, monologisiert sie. »Ich hatte in den letzten Tagen ganz viel grünen Schleim in der Nase, aber das ist gut, denn dann löst sich jetzt alles. Früher, als Kind, war ich oft sehr krank, hauptsächlich Mittelohr und Nasennebenhöhlen, und dann musste der Schleim immer raus, ganz viele Dampfbäder und viele, viele Nasenspülungen. Seit meiner Kindheit habe ich dieses Bild von mir, dass ich mit ganz viel übler Flüssigkeit gefüllt bin, die man rausdrücken muss. Mein Vater hat es immer genossen, bei mir Ohrenspülungen zu machen. Solange ich zurückdenken kann, war ich immer nur damit beschäftigt, das Böse aus mir rauszukratzen, zu pressen, zu popeln …«
Lächeln, denke ich, und alles wird sich ergeben. Alles wird sich zeigen. Einfach nur das schauen, was da ist, und nichts sonst, dabei halte ich meine rechte Handfläche unters Kinn, weil ich den letzten Rest Kaffee schlürfe. In einer lächerlich eleganten Geste, denke ich, mit der Handinnenfläche nach unten, so dass es mir auf den Handrücken tropft. Währenddessen schiebt mir die Kellnerin unerkannt den Kassenbon auf die Untertasse, wo ich soeben mit dem Milchdöschen einen Streit ausgefochten

habe, so dass er sich vollsaugt und ich den Bon später am Boden der Tasse kleben sehe.

Friede, denke ich.

Dieses Gefühl hält auch dann noch an, als die weiterführende Bundesstraße gesperrt ist, was auf dem Land immer gleich eine mittlere Katastrophe bedeutet. Vor allem, wenn man sich in der Gegend nicht auskennt. Umleitungsschilder gibt es nicht, denn in der Öde brettern nur Einheimische. Nach einer intensiven Diskussion mit meinem Navigationssystem entscheide ich mich für einen verweigerten Schleichweg über die Felder.

Als ich dort eine Frau sehe, die mit ihrem Pferd joggt, also neben dem Wallach, im gemütlichen Spaziertrab, erinnert mich das augenblicklich an das Dorf, in dem ich wohnen muss, um regelmäßig meinen Sohn zu sehen. Einer der dort ansässigen Bauern ist auch so ein Pferdeverwöhner. Allerdings ist er mir dadurch aufgefallen, weil sein Auto innen permanent feucht, die Scheiben durchgängig beschlagen sind. Angeblich liegt das daran, weil das Bodenblech durchgerostet und porös ist. Es ist immerhin fünfzehn Jahre alt, das Gefährt. Um die Feuchtigkeit zu bremsen, hatte er mal begonnen, den Wagen innen mit Zeitungspapier auszulegen. In den ersten kalten Nächten ist ihm diese Schutzschicht aber festgefroren und verhinderte in eisigem Aggregatzustand das Wechseln. Also ist er morgens schon in eine knirschende Papyruspampe getrampelt und verfluchte den Tag.

Dadurch habe ich ihn überhaupt erst kennengelernt, erinnere ich mich, durch sein exzessives Fluchen. Er wohnt noch einige Kilometer tiefer in der Öde, also dort, wo es nur noch schwarzen Filterkaffee zu trinken gibt. Die einzige Attraktion in fünfzig Kilometern Umkreis sind dort, neben den Wäldern und Hügeln, nur die Sägewerke,

vielleicht das entfernte Papierwerk mit seinen treuen Begleitern: den schwarzen Vögeln. Raben und Elstern. Wie sie in beeindruckender Massierung die Lagerflächen umkreisen, denke ich. Abends, manchmal sogar nachts, müssen die Maschinen Druck ablassen. Dann überlagert ein blechernes Heulen und Jaulen von Sirenen und Turbinen den Horizont, als drängelten sich Dutzende Großraumflugzeuge in Bodennähe. Und als würden dort gleichzeitig noch Hunderte Hexen gequält.
Ein guter Einstieg, denke ich, als ich an der Haustüre von Dr. Friedrich Assländer klingele. Wie spreche ich mit einem Mann, der tagtäglich von Führungskräften umworben wird?
»Guten Tag«, sage ich, nicht sonderlich originell, aber in seinem Eingangsbereich hängt das Foto eines freundlichen asiatischen Mönchs mit der simplen Botschaft: Lächle!
»Und das als Unternehmensberater«, sage ich und deute auf das Bild. »Ist das eigentlich ein geschützter Begriff?«
»Nein«, antwortet er lächelnd, ein schlanker, weißhaariger Anfangsechziger, der aber deutlich jünger wirkt, »in den USA ist Consultant ein Synonym für arbeitslose Manager.«
Willkommen im Thema, denke ich, und beginne ein wenig in der Biographie meines Gesprächspartners zu springen. Er ist 1946 geboren, Vater von vier Kindern, und war in jungen Jahren bei der Bundeswehr, Nachrichtenoffizier. »Und habe anschließend Kriegsdienstverweigerung gemacht …«, schiebt er ein. Nicht gerade selbstverständlich. »Danach BWL studiert, parallel Psychologie, und in Psychologie auch promoviert.« Um das zu finanzieren, meint: Familie, Kinder, Haus, »war ich im Finanzvertrieb tätig«. Als Vertriebsleiter, über zehn Jahre. Wobei ihm von

Anfang an klar gewesen sei, das aber auf keinen Fall sein Leben lang durchzuziehen. »Das habe ich nur angefangen«, sagt er, »weil es mir viele Freiräume für die Promotion gelassen hat.«

Vielleicht, denke ich, ist das sogar eine erste Gemeinsamkeit bei allen Menschen, die über den Dingen stehen. Das Suchen nach Freiräumen, und ein zweckmäßiger Umgang mit Notwendigkeiten.

1985 hat Assländer damit begonnen, Seminare zu geben, Vertriebsschulungen, mit dem üblichen Standardthema: Rhetorik, aber relativ schnell ist er in Richtung Führung gewechselt. Und dabei ist es geblieben. Zwei Besonderheiten haben ihn allerdings bald von anderen Unternehmensberatern unterschieden, in deren Branche es von merkwürdigen Menschen nicht gerade mangelt. Zum einen begann er schon vor dreißig Jahren das japanische ZEN zu praktizieren. Zum anderen lernte er vor zwanzig Jahren Bert Hellinger kennen, der auch damals schon ein Mythos war. Besagter Bert ist vielleicht der einzige lebende Psychologe, der weltweit eine derartige Popularität (in intellektuellen Kreisen) und eine derartige Polarität (im Allgemeinen) besitzt. Es gibt Verehrer, und es gibt Verächter. Alleine der Ausdruck »Aufstellung« ist *sein* Wort. Hellinger hat es nicht einmal erfunden, aber er darf für sich beanspruchen, jegliche Assoziationshoheit über den Begriff zu besitzen. Und der universitäre Schlagabtausch ist eröffnet. Weltweit soll es schon zweitausend überzeugte Jünger geben, die sich jenem Aufstellen widmen, also einem Kreis von Menschen, die unter bestimmten Bedingungen zusammengeführt wurden. In dieser Gruppe wiederum verbindet sich jeder auf besondere Weise mit dem Feld, beginnend mit der Gemeinschaft der Familie, der Nation, der Kultur, der Firma. In dieser ansteigenden

Reihung von mir gesetzt. Aber im Familienstellen, heißt es bei Hellinger, ist jeder über mehrere Ebenen mit jedem einzelnen der Teilnehmer verwoben. Dies beziehe sich auf sein Schicksal, seine Geschichte und den wahren Grund, weshalb er oder sie sich in diesem Moment mit diesem Feld verbinde. Und alle diejenigen, die sich gerufen und angezogen fühlen, bilden angeblich ein energetisch-kosmisches Feld, welches Informationen beinhalte, austausche und weitergebe, die uns zum größten Teil unbewusst seien.

Das ist natürlich starker Tobak, denke ich.

Aber Assländer setzt auf seine lebhafte Biographie noch eine Sahnehaube, indem er die Wichtigkeit der Begegnung mit Pater Anselm Grün herausstreicht. Also ein völlig unberechenbarer Mischmasch, eine undefinierbare Kombination, die in den einzelnen Kadern auch für Verwirrung sorgt. Die einen fühlen sich augenblicklich abgestoßen, weil sie die berühmte ideologische Klarheit vermissen, und die anderen sagen: Endlich Freiheit, Sir!

»Ich bin das lebende Beispiel, dass es gutgeht«, erläutert Assländer den roten Faden in scheinbar unvereinbaren Gegensätzlichkeiten. »Ich sehe mich auch als katholischen Buddhisten.«

Die Führungskräfte melden sich inzwischen fast nur noch auf Empfehlung zu seinen Seminaren und sind über den Background unterrichtet. »Spannend ist«, sagt er, »dass das Thema Spiritualität im beruflichen Kontext vor zwanzig Jahren undenkbar war und heute eher schon ein Gütesiegel ist.«

Wenn ich an meine Zeit im Möbelhaus denke, an obskurste Verkaufsesoterik, deren Methodik eher an schwarze Magie erinnerte, zur Leistungssteigerung, dann war Spiritualität dort eher ein Schimpfwort.

»Mir hat mal ein Verkaufsleiter gesagt«, nickt Assländer, »wenn meine Leute danach mehr Umsatz machen, schicke ich die alle zum Meditieren. Meine Antwort: Es könnte sein, dass die danach ihren Job kündigen. Darauf er: Nein, dann schick ich die Leute besser nicht.«
Trotzdem gäbe es ein Verlangen nach geistiger Orientierung. »Es gibt eine tiefe Sehnsucht nach letzten Werten«, sagt der Unternehmensberater, »nach Orientierung. Wo kriege ich Halt, was stabilisiert mich? Und das nimmt in dem Maße zu, wie der Leistungsdruck die Leute immer mehr destabilisiert.«
Ein interessanter Gegensatz, denke ich, auf der einen Seite der Wahn, immer mehr Produkte immer schneller zu fertigen, und gleichzeitig die Sehnsucht nach *Ruhe.*
Sehnsucht, denke ich und starre abwesend auf die Mineralwasserflasche vor mir, auf dem kleinen Steintisch, als sei sie ein Tiefseeaquarium, angefüllt mit Korallen, Rochen und Schatzkisten. Der einzige Zustand im Menschen, hat Ernst Bloch geschrieben, wenn ich mich recht erinnere, wo er nicht lüge. Wo man die Leute abholen kann, erinnere ich mich an diesen Verkaufstrainer im Möbelhaus, *Sehnsucht,* wo ihnen Probleme unter den Nägeln brennen.
Friedrich Assländer beschreibt mittlerweile einen Workshop mit leitenden Redakteuren, einer extrem schwierigen Klientel, wie ich seinen Äußerungen entnehmen und nur zustimmen möchte, in deren Verlauf eine betriebliche Umorganisation aufgearbeitet werden sollte. Es ging um regionale Büros, die aufgelöst, und ein Zentralbüro, das mit Leben gefüllt werden sollte. Die eine Hälfte der Belegschaft war davon betroffen, die andere nicht. Der gesamte Workshop drohte zu scheitern, weil unterhalb der Diskussionsebene diverse Konflikte köchelten, bis Assländer

sich irgendwann für eine *Aufstellung* entschied. Die nicht Betroffenen wurden nach vorne geschickt, also aufgestellt, wussten aber nicht, für wen sie stehen. Und diese ahnungslosen Stellvertreter begannen zu erzählen, wie sie sich fühlten. Und damit wirbelten und wankten nun all die Gefühle im Konferenzsaal herum, die die anderen heldenhaft unterdrückt hatten. »Enttäuschung, Wut, Trauer, diese authentischen Gefühle, die damit verbunden sind, wenn mir was genommen wird. Dann kam ein Prozess in Gang, der sehr tief ging.« Die reale Umorganisation, ein halbes Jahr später, verlief dann problemlos. »Allerdings hat das keiner auf die Aufstellung zurückgeführt«, sagt Assländer und lächelt.

Eine starke Angst vor drohender Arbeitslosigkeit könne auch in der Kindheit eine Ursache haben. Oftmals sei sie völlig irrational, sagt er, wie bei Ängsten so üblich, durch eine fehlende logische Ursache. Dagegen helfen allerdings Atemtechniken, die im Kern mal eben zweitausend Jahre alt sind.

»Das, was ich vertrete, ist uralt«, erklärt er. »Thomas von Aquin hat schon gesagt: Ein Teil der Arbeit ernährt, ein Teil der Arbeit bildet. Das ist eine Führungsmaxime: Führung muss dafür sorgen, dass die Arbeit getan wird. Und Führung muss dazu beitragen, dass der Mensch sich entwickelt.«

Eine solcher simplen Fragen aus vorchristlicher Urzeit erweicht immer wieder moderne Technokratenhirne, nämlich: Bringt mir die Angst irgendeinen Vorteil? *Nein.*

»Also«, frage ich zurück, »wie begrenze ich meine Angst?« Indem wir uns auf den Atem konzentrieren, lautet die klare Antwort. »Aber werden Jugendliche, die mit WhatsApp und Facebook pausenlos beschäftigt sind, sich mal drei Minuten auf sich selbst konzentrieren? Oder brauchen die ständig eine Ablenkung von außen? In sich haben sie die Angst, die darf aber nicht sein, also beschäftige ich mich mit außen. Aber die Angst geht dadurch nicht weg. Dann kommen die Schlafprobleme, rutschen sie in die Drogenszene …«

Keiner von uns will diesen Stress, denke ich, aber niemand weiß eine Antwort, wie wir da wieder aussteigen können.

»Man muss das System sehen«, sagt Assländer. »Da heißt es, wir brauchen Wirtschaftswachstum. Dieser Satz wird von niemandem in Frage gestellt, obwohl man ihn sehr wohl in Frage stellen muss. Wenn wir unsere Wirtschaftsleistung auf ein Drittel reduzieren würden, dann wären wir ungefähr auf einem Level von 1975 oder 1980. Und ging es uns da so schlecht?«

Getrieben, denke ich, halte eine Kaffeetasse in meiner rechten Hand und studiere die Aufschrift wie einen Orakelspruch.

»Stress am Arbeitsplatz ist eine direkte Folge des Paradigmas: Wir brauchen Wachstum. Wachstum lässt sich nur dadurch erzeugen, dass ich in der gleichen Zeit mehr produziere. Aber wenn ich mehr produzieren will, muss ich schneller produzieren. Im technischen Bereich geht das. Aber was ist mit den Menschen?«

Eine gute, vielleicht sogar die entscheidende Frage.

Mehr noch eine große Problematik, höre ich aus seinen Worten. Eine ausufernde Informationstechnologie, ein gigantisches Wachstum, immer mehr Informationen. Nach dem PC überrollt uns jetzt das Smartphone, nebst Tablet, wo ich pausenlos und ständig über Informationen verfüge und zudem als fieses Nebenprodukt mal eben die Arbeitszeiten ausgehebelt werden, weil ich permanent erreichbar sein muss. »Aber ich bleibe auf der Oberfläche.« Wortwörtlich meint er das. Und doppeldeutig. »Wer kommt noch mit sich selbst, mit seinen Gefühlen, mit seiner Ursubstanz in Verbindung?«

»Jung und digital, das ist doch großartig«, sage ich ein wenig zugespitzt, »das ist die Zukunft.«

»Und was machen sie, wenn die Eltern sich scheiden lassen?«, kontert Assländer. »Wenn sie von ihrer Freundin verlassen werden?« Nimm halt die Nächste, könnte man raten. »Aber entsteht dann wirklich eine Beziehung? Oder sie kommen nach Hause, Mutter heult und sagt, Papa hat Krebs.«

Was dann?

Bei aller Modernität und Digitalität, trotz Silicon Valley und virtueller Revolution – der blöde Tod ist immer noch da.

»Immer mehr, immer schneller, immer mehr Konsum, immer mehr Informationen – aber qualitativ passiert nichts. Seelisch verarmen wir.« Friedrich Assländer winkelt ein Bein an und atmet aus. »Ich bin niemand mehr. Ich bin austauschbar.«

Ich denke an einen Freund und seine virtuelle Partnersuche. Und dessen Enttäuschung darüber, dass es so beliebig sei, ob nun er ein Foto poste oder jemand anders, aus einer anderen Stadt, mit zwei Sätzchen wie Zuckerguss bestreut. Es habe nichts mehr mit Individualität zu tun. Oder mit Abenteuer.

»Andererseits gibt es doch Herausforderungen in der Welt«, werfe ich ein, »nennen wir nur mal China!«

»Leistungsfähiger sein: Ja«, antwortet der Unternehmensberater, »aber qualitativ. Immer schneller, immer ›mehr‹ führt nicht nur zu einer gigantischen Umweltzerstörung, sondern auch zu einer Zerstörung der Menschen selbst. Und die Entwicklung der psychosomatischen Krankheiten zeigt ja, dass wir das nicht aushalten.«

Dabei verwendet er einen aktuellen Begriff, »Resilienz-Management«, mit einem leicht spöttischen Gesichtsausdruck. Also die Frage, wie können Mitarbeiter widerstandsfähiger werden, gegen Belastung, interessanterweise ein Begriff aus der Technik, aus der Werkstoffkunde, übertragen auf den Menschen. Und der Mensch soll nun Materialeigenschaften entwickeln, wie ein Blech, das nach Belastung wieder seine ursprüngliche Form annimmt.

»Die Frage, wie Stress überhaupt im Betrieb entsteht, wird gar nicht gestellt«, setzt er nach. »Und viel Stress entsteht durch die Umgangsformen. Mit viel Verständnis untereinander, mit viel Liebe wird alles besser.«

Ich muss beinahe lachen. Nicht über ihn und nicht über die Richtigkeit seiner Aussage, sondern wenn ich an die Realität in meinem letzten Unternehmen, an das Möbelhaus, denke. Augenblicklich sehe ich wieder Rotkäppchen vor mir, den Abteilungsleiter, wie er Braun herbeitelefoniert. Grusitzky hatte mich schon vorgewarnt, Rotkäppchen wandert wieder wie ein wunder Wolf herum, immer im Kreis, mit dem einen Spruch auf den Lippen: *»Jetzt geht's ab, jetzt kriegt er einen drüber.«* Dazu brauchte er den Hausleiter als Verstärkung, und dann kam Braun, lässig, locker, wie immer, wenn es darum ging, zu quälen, »setzen Sie sich doch«, und sie addierten Banalitäten hintereinander. Irgendwelche Vorfälle der letzten Wochen, die für sich genommen unwichtig waren, aber jetzt plötzlich symbolisch stehen sollten, und zwar für meine Einstellung, darum ging es ihnen immer, weil sie nichts Konkretes in der Hand hatten, sollen also gewissermaßen die heimlichen Gedanken in meiner Seele verantwortlich gemacht werden. *Meine Einstellung.* Und faszinierend war, dass Rotkäppchen sich sofort scheinbar entrüstet aufspielte, wie in einem Laientheater, als ich ihn darauf ansprach, dass er mich auf dem Kieker hätte. Was ich da jetzt für einen Berg auftürmen würde. Sein armseliges Entrüstetsein, so albern. Und gleichzeitig waren sie beide froh darüber, weil ich gewissermaßen einen strategischen Fehler gemacht hatte mit meinem Einwurf. Wenn ich mir das heute vor Augen halte, diese affige Schauspielerei, die sie sich auf mysteriösen Seminaren antrainiert hatten, ärgere ich mich, dass ich nicht noch cooler geblieben bin. »Meine Einstellung ist nicht zu beanstanden«, habe ich damals gesagt, »ich mache meine Arbeit gut.« Wie ein Roboter. Aber das hatte ich vorher im Internet gelesen, wie man mit Mobbing durch Abteilungsleiter umgehen sollte, ruhig bleiben, wie ein Boxer, aber immer nur den Schlag abwehren. Nicht angreifen. Ich wusste von Ömer, dass ich auf einer Liste stehe, mit fast allen aus der Abteilung, bis auf Brauns Betthäschen natürlich, und zwei Top-Verkäufern, klaro, aber sie hatten nichts in der Hand. Und sie boten auch keine Abfindung an. Es ging bei diesem Bossing, wie es so schön neudeutsch heißt, immer nur um Einschüchterung. Um Zermürben. Aber damit konnten sie mich nicht mehr überraschen. »Ich habe mich inzwischen arbeitsrechtlich beraten lassen …« Wow, ich weiß heute noch, wie sie daraufhin ausrasteten, weil ich das böööse Wort ausgesprochen hatte. Es gab zwei rote Knöpfe, daraufhin hatten sie sich nicht mehr unter Kontrolle. Zum einen, die unverschämte Tatsache nach außen hin zu kommunizieren, und dann vor allem, sich mit einem Rechtsanwalt zu besprechen. »So einfach können Sie mich nicht in den Discounter stecken …«, sagte ich.

»Wieso?« Die provokante Herausforderung durch Braun. »Das ist nicht so einfach …« Ich war nicht blöd und ließ mich nicht aus der Reserve locken. Dann klingelte das Handy, Braun drehte sich zur Seite, und ich erinnere mich an die bizarrste Situation der ganzen Jahre. Rotkäppchen stierte mir jetzt nämlich wie ein Hypnotiseur in die Augen. Er wollte erreichen, dass ich meinen Blick senke. Das wäre auch meine natürliche Reaktion gewesen, in einem natürlichen Umfeld, aber das hier war so lächerlich, und vor allem diese Anzuggestalt war so lächerlich, so erbärmlich, dass ich mir sagte: Das kannst du haben. Von mir aus glotzen wir uns nun an. Also stierte er in meine Augen, und ich starrte zurück, wie im Kindergarten. Allerdings spürte ich, dass er damit nicht gerechnet hatte. Ich kann so was stundenlang machen. Wenn ich will. Leider beendete Braun sein Telefongespräch, und Rotkäppchen wechselte den Blick sofort hinüber. »Das ist eine sehr angespannte Stimmung hier …«, versuchte Braun sich an einem Ausstieg.

»Wieso?«, fragte meine Roboterstimme. »Ich merke davon nichts.« Langsam kapierte ich deren Taktik. Und wenn man sie versteht, dann kriegen sie einen nicht. Und das Gespräch war auch kurz danach beendet.

»Was wird jetzt noch kommen?«, fragte ich anschließend Eulenberg, weil sich diese Drohgespräche gehäuft hatten und meiner Erwartung nach eine neue Eskalationsstufe erreicht sein müsste.

»Das kann ich dir genau sagen«, antwortete Eulenberg, »nämlich: Nichts …«

Genau so ist es gekommen.

Nichts ist passiert.

Lächeln, denke ich.

»Eines der ältesten Führungshandbücher ist vom heiligen Benedikt«, sagt Friedrich Assländer, in der Gegenwart, »tausendfünfhundert Jahre alt, bringt es präzise auf den Punkt: Der Abt liebe die Brüder und hasse die Fehler.«

Erinnerungen schießen mich aus der Gegenwart an, denke ich, weil ich dort noch kämpfe oder sie festhalte. Aber wenn ich mich nach meinem Tod an diese Dinge erinnere, dann werde ich doch nur feststellen, dass sie überflüssig sind.

»Entschuldigung …«, sage ich, weil ich den letzten Satz nicht verstanden habe.

»Erfolg folgt dann«, wiederholt er, »wenn man vorher Dinge richtig macht. Diese Vorstellung, ich muss Erfolg direkt anstreben, ist Unsinn. Ich muss zuerst Dinge tun, die richtig sind, und dann folgt der betriebswirtschaftliche, menschliche oder wie auch immer geartete Erfolg, so wie wir es nennen.«

Einer seiner Seminaristen, ein Hotelier, hat sein Führungsverhalten diesbezüglich umgestellt und dadurch innerhalb von zwei Jahren den Umsatz verdoppelt. Mit einer ganz simplen Doktrin: Ich möchte zufriedene Mitarbeiter. Denn zufriedene Mitarbeiter machen gute Arbeit und strahlen das aus. Die Kundenzufriedenheit schnellte auf 98 Prozent hoch, und inzwischen gibt der Hotelier selber Seminare.

»Ich glaube«, sagt Assländer, »dass die jungen Menschen, die sich mit den vielen, völlig bedeutungslosen Informationen – was hat mein Freund heute Mittag gegessen? Was gibt es auf Facebook? – beschäftigen, nicht mehr im zwischenmenschlichen Bereich lernen, was da abgeht. Sie lernen nicht mehr, wie kann ich einen anderen Menschen trösten? Wie kann ich zuhören? Wie kann ich aus dem Fundus, der in der Stille ist, schöpfen?«

Stille löst Panik aus, ich kenne das.

In seinen Seminaren bietet Assländer Meditation an – und fordert Schweigen beim Essen. »Es gibt Menschen, die es fantastisch finden. Und es gibt Menschen, für die ist das eine Qual. Beim Meditieren ist das noch stärker. Es gibt Menschen, die kommen mit dem Stillsitzen nicht klar.« In der Regel werde das mit körperlichen Schmerzen signalisiert. Wenn die Psyche nein sage, dann sage auch der Körper nein. »Ich biete als Alternative Gehmeditation an«, sagt er, »die sollen raus in den Park und achtsames Gehen üben.«

Achtsamkeit als Prinzip, dann wird mein Leben ruhiger, denke ich. Still werden. Meinungen und Gedanken hinter mir lassen, weil sie mich einschränken. Klein machen. Stille ist nicht die Abwesenheit von Krach, denke ich, sondern die Abwesenheit meines Unbewussten.

»Wenn ich das tue, was jetzt zu tun ist«, ergänzt Ássländer, »dann macht mir das keinen Stress. Stress entsteht dann, wenn ich daran denke, was noch zu tun ist.«

Also den Atem wahrnehmen, im Körper, wie er fließt. Was geschieht im Bauchraum, wenn ich einatme? Und damit bin ich *hier.*

Durch Schweigen, Stille kommen Prozesse in Gang, die sonst unterdrückt werden. Aber das verlangt, meinen Medienkonsum einzuschränken, weil ich Medien konsumiere, nur um eine Beschäftigung zu haben.

»Das Problem der permanenten Ablenkung ist«, sagt Assländer, »dass die seelischen Prozesse nicht ablaufen können, die wir aber brauchen, um uns zu entwickeln, um zu reifen, und um Störungen abzuarbeiten.«

Stattdessen sieht er einen weitverbreiteten Versuch darin, Spannungen mittels Sex- oder Alkoholexzessen abzubauen. Wochenendsuff sei sowohl bei Politikern wie bei Führungskräften ein beliebtes Hobby. Der gesunde Weg, wie er es nennt, über Stille und Meditation, sei eher weniger erwünscht.

»Die Frage ist doch«, räuspert er sich, »wenn wir so viel

Energie aufbringen, um uns abzulenken: Von was lenken wir denn ab?«

Von mir selber, denke ich, und von der Frage nach der Sinnhaftigkeit meines Tuns.

Und vom Tod.

»Das letzte Ziel des Menschen ist es, glücklich zu sein«, erklärt der Unternehmensberater kategorisch.

Und diese Aussage sitzt. Ich öffne meine Hände, suche nach einer optimalen, pantomimischen Geste, um eine passende Schlussfrage zu stellen, finde aber keine und klatsche in die Hände.

Von was lenke ich mich ab?

»Vielen Dank für das Gespräch«, sage ich, lächle wie ein Fernsehmoderator und drehe meine Kaffeetasse in beide Richtungen.

Und was macht mich glücklich?

2

Gehen, denke ich, nach dem Gespräch mit Dr. Assländer, um wieder zur Ruhe zu kommen. Ausgerechnet seine Frage nach dem Glück hat für mich die Frage bezüglich Sozialhilfe wieder in den Vordergrund gestellt. Die mich eher unglücklich stimmt. Also suche ich mir einen Supermarkt, um Sprudelwasser für die Rückfahrt aus Würzburg zu kaufen. Plötzlich erhebt dort eine ältere Frau ihre Stimme. Das alleine ist schon merkwürdig, wenn in so einem Konsumtempel, wie sie heißen, jemand laut redet.
»Schließen Sie sofort die Kassen!«, schreit die Frau und runzelt die Stirn. Dabei gräbt sich eine einzige, breite Linie fest. Sie vermisst ihre Geldbörse und erinnert sich, wie sie ersten Zuhörern mitteilt, dass sie von einem Mann in ein Gespräch verwickelt wurde, »vor fünf Minuten erst« – und genau dieser Mann steht vorne an der Kasse und kauft Zigaretten.
Ratlosigkeit.
Der junge Mann an der Kasse wiederum öffnet lässig die Arme. »Was willst du von mir?« Bei jedem Schritt achtet er darauf, dass seine Fußspitzen nach innen zeigen und locker federn.
Ein älterer Mann an der Nebenkasse dröhnt: »Sie bleiben jetzt hier stehen, bis die Polizei da ist. Dann klärt sich alles auf.« Er ist offensichtlich ein Gemeindevorsteher, der

es gewohnt ist, dass man seinen Worten folgt, seinem sonoren Timbre nach zu urteilen. »Und wenn Sie unschuldig sind …«

Der junge Mann regt sich allerdings auf. »Was soll das hier?« Er wackelt mit dem Kopf und folgt jeder Regung seines Gegenübers, als sei er an dessen Blicke gekoppelt. Sein Schädel ist rasiert – aber eben rasiert, nicht kahl. Die millimeterdünne Schicht aus schwarzen Stoppeln ist eine bewusste Entscheidung. Seine Augen wiederum verharren starr im Schädelinneren.

»Bleiben Sie stehen!«, tönt der Mann an der Nebenkasse. Ein Duell der Worte. Aber eben auch nur das, ein Silbenduell, und während das allgemeine Gemurmel anschwillt, verlässt der junge Mann einfach den Laden. Es hält ihn niemand auf. Daraufhin beschwert sich der ältere Mann bissig bei der Kassiererin. Er geht offensichtlich davon aus, dass alle Angestellten nach vorne eilen müssen, um einen potenziellen Ladendieb festzuhalten. Um ihn dann gemeinsam zu Boden zu drücken. Oder zumindest sollten sie die Ladentüren auf Anfrage verriegeln, und zwar unverzüglich. Immer wieder spricht er von einem Knopf, den man drücken müsse, um alle Türen zu schließen.

Aber die Kassiererin zuckt bloß mit den Achseln.

»Dann muss man sich was überlegen!«, krakeelt der ältere Mann herum. »So kann man mit uns Kunden nicht umspringen.« Alle Augen sind mittlerweile auf seinen Unmut gerichtet, als sei *ihm* etwas widerfahren. Währenddessen läuft die ältere Frau orientierungslos, draußen, auf dem Parkplatz herum. Vermutlich will sie den jungen Mann im Auge behalten.

Ich spreche sie an, biete ihr meine Hilfe an, das sollte schließlich ein kleines Etappenziel meiner Pilgerei sein, etwas zu tun, und sie nickt freundlich.

»Wobei sollten Sie mir helfen?« Ihre Frage ist nicht ganz unberechtigt. Der junge Mann ist über alle Berge verschwunden.

»Vielleicht einfach nur, dass wir uns alle hier nicht ganz so alleine fühlen …«

Sie sieht mich daraufhin lange an. Eindringlich.

»Das werde ich mir merken«, antwortet sie. »Danke schön.«

Was habe ich da gesagt? Aber die ältere Frau zeigt mir umgekehrt, wie tief *mein* Gefühl der Dankbarkeit lotet. Denn ich kann mich nicht dafür bedanken, dass diese Frau bestohlen wurde und ich wie Hein Blöd neben ihr hertrotte, aber ich kann mich darüber freuen, dass sie mir die Gelegenheit gibt, überhaupt meinen Arsch hochzukriegen. Vorzutreten. Besser hinzuschauen, immer wieder genauer, *tiefer* hinzuschauen, und dann meinen Mund aufzusperren. Zu helfen. Und wenn sich nach und nach mehr Menschen aufmachen, dann werden sich auch neue Lösungen finden.

Friede, denke ich.

Und während ich weiter darüber nachdenke, mich von der Frau verabschiede, weitergehe, sehe ich einen Mann auf einem gegenüberliegenden Balkon, der mich misstrauisch beäugt. Dabei bemerke ich, dass ich mit dem Einkaufswagen auf der Straße angelangt bin. Das ist mir gar nicht aufgefallen vor lauter Denkerei.

3

Du musst mitkommen«, sagt Max und ignoriert meine Argumente. Dabei habe ich ihm ausführlich von meiner Situation erzählt und dass ich nicht in der Stimmung bin, auf eine Party zu gehen, »mal unter Leute«, wie er das nennt, weil ich darin eher eine Gefahr sehe. Wieder das Alleinsein zu scheuen, es nicht zu würdigen, »mal unter Leute« zu fliehen, um Gesellschaft zu haben. So wie ich zu Hause automatisch den Fernseher einschalte, oder das Internet.

»Und dann noch in meinem alten Viertel«, widerspreche ich Max. »Das habe ich schon mal gemacht, bei einem Straßenfest. Jaa, da habe ich auch eine Menge Nachbarn kennengelernt – und danach habe ich die jeden Tag überall wiedergesehen. Während ich vorher in einer vermeintlichen Anonymität lebte, sah ich nun überall Gesichter, die ich grüßen sollte, gegrüßt wurde, eingestuft wurde, eingeladen. Es war schrecklich!«

Max lacht nur. »Blödsinn.«

Er nimmt meine Jacke vom Ständer und drängt mich zur Wohnungstür. Draußen pfeift er dann zweimal anerkennend. Ich hasse diese Reaktion.

Denn da steht ein Mietwagen. Es gibt keinen Grund zu pfeifen, das Ding kostet mich Mietzins. Der Sportwagen war nicht einmal geordert, aber ich wurde »geupgradet«,

weil mein bestellter Kleinwagen nicht verfügbar war. Mein eigenes Auto ist schon so alt, dass ich mich damit nicht mehr nach Marburg traue, zu meinem nächsten Gespräch.
»Der kostet locker sechzigtausend«, sagt Max und streicht andächtig über die schwarze, glänzende Karosserie. Ein Zweisitzer.
»Das kann sein«, antworte ich kühl, »aber er gehört mir nicht.«
In diesem Moment beschleicht mich ein merkwürdiges Gefühl, als ob dieses unpassende Auto noch für eine Menge Wirbel sorgen wird.
»Das kommt schon …«, sagt Max, der offensichtlich davon ausgeht, dass der Erwerb eines Sportwagens meine dringendste Sorge sei.
Ich verzichte auf eine Erwiderung und lasse mich stattdessen zu der erwählten Party lotsen.
Sie findet in einem ehemaligen Schwimmbad statt, das allerdings nie für öffentliche Planschfreuden, sondern von einem Privatmann für Laserexperimente konzipiert wurde. Blöderweise wurde der Besitzer der Forschungsanlage in Thailand beim Pokern erschossen und der Anbau später in Dutzende Quadrate geteilt, sogenannte Appartements.
Im größten dieser Segmente findet also nun einerseits eine Vernissage statt, anderseits dreht ein DJ an einem Pult mit Reglern. Unzählige Frauen nicken pausenlos mit ihren Frisuren und lächeln dabei unverbindlich an sämtlichen Anwesenden vorbei.
»Ich glaube, das ist keine gute Idee«, sage ich und denke an den Mietwagen, den ich viel zu dicht an ein anderes Auto parken musste.
Max steht ebenfalls zu eng neben mir, in dem Gewimmel,

und blickt ununterbrochen in die weiter hinten liegenden Räume, während ich über ihn hinweg aus dem Fenster schaue. Es war sein unbedingter Wille, mich hierher zu entführen, um mich »auf andere Gedanken zu bringen«, stattdessen hat sich unser gemeinsamer Gesprächsfaden aufgelöst und in das allgemeine Gemurmel verwoben. In dem Gewimmel und Gedröhne werden wir von irgendwie *richtig* gekleideten Fremden an die Seite gedrängt, die ihre richtigen Ansichten und Wichtigkeiten wie einen Airbag vor sich hertragen. Dabei verfallen sie augenblicklich in eine bedeutungsschwangere Aufgeblasenheit, sobald das magische Wort »Kunst« fällt.

»Nein! Robert! Kisch!« Drei Ausrufezeichen. Mindestens. Es kann verschiedene Bedeutungen haben, wenn man mit Vor- und Zunamen angesprochen wird. Es ist aber in jedem Fall peinlich, wenn man sich nicht mal mehr annähernd erinnern kann, wer die betreffende Person ist.

»Mein Gott«, sagt die fremde Frau, und sie weiß ansatzlos, wo ich gewohnt habe, wo unser Journalistenbüro ansässig war, an welchen Geschichten ich damals gearbeitet und welche Hose ich getragen habe; wirklich alles. Auffällig ist vielleicht nur, dass sie bei einem Erkenntnisstand von vor fünfzehn Jahren verharrt. Die fremde Frau steht vor mir, mit großen Augen, und sie macht den Eindruck, als würde sie sich tief hineingraben in einen Zeittunnel, *Erinnerungen,* immer tiefer hinab in das modrige Reich vergangener Kollegen, nebst Hosenfarben und Aussprüchen, die wie Kobolde und Orks mit gleichfalls großen Augen kurz winken, vielleicht die Zunge herausstrecken, auf jeden Fall aber schnell wieder weiterrennen.

»Schicker Wagen«, sagt sie und deutet nach draußen. In ihrer Vorstellung bedeutet der Sportwagen symbolisch eine Trasse von der Vergangenheit in die Gegenwart.

»Ja«, antworte ich. In meiner Realität kostet der Mietwagen Geld.
»Ich fotografiere übrigens immer noch«, sagt sie und postiert ihre Handtasche wie eine Waffe vor ihrem Körper.
»Wirklich«, sage ich, und plötzlich dämmert es mir: *Edina*. Vor fünfzehn Jahren war sie Mitte zwanzig und wurde mir über einen gemeinsamen Bekannten vorgestellt. Edina wollte Fotografin werden, und es interessierte mich nicht. Ich war kein Fotograf; es gab genügend Fotografen. Jeder wollte in diesen Tagen Fotograf werden. Aber ich hatte gelangweilt in ihrer dilettantischen Mappe geblättert, um nicht gleich abweisend zu wirken (*ich kann dir nicht helfen, ich bin kein Fotograf!*), als Autor. Außerdem fand ich sie damals nicht sonderlich attraktiv.
Ekelhafter Kommentar. Ich weiß. Aber ich war a) der völlig falsche Adressat für ihre Bewerbung und b) der völlig falsche Adressat. Außerdem fand ich ihre Fotos ziemlich gewöhnlich. Interessanterweise sieht sie heute, mit Ende dreißig, besser aus als damals.
»Ich komme aber kaum noch dazu, ich habe eine kleine Tochter …« Sie lacht. Ihr ganzes Wesen scheint vor nervöser Energie und Entschlossenheit zu platzen. »Ich habe die Kunst aber immer noch nicht aufgegeben …«
»Es ist nicht einfach in der Branche …«
»Du hast mir ja nicht helfen wollen.« Sie klingt wie eine frühreife Streberin in der Grundschule, die sich bei der Lehrerin darüber beschwert, dass die anderen Kinder ihr immer den Stuhl wegziehen.
Ich will das nicht. Fünfzehn Jahre, denke ich, und sie trägt immer noch diese Wunde mit sich herum.
»Ich weiß auch nicht …«, sage ich hilflos.
Wir stehen unschlüssig voreinander, tatsächlich aber verbunden durch ein zartes, zitterndes Erinnerungshäutchen.

Max ist »mal eben unter Leute«, und ich überlege, Edina reinen Wein einzuschenken, wie man so sagt, also ihr die Illusion zu nehmen, dass irgendwo da draußen Ruhm und Reichtum auf sie warten, weil ich den Schlüssel dazu in meiner Jackentasche trüge. Aber bevor ich mein Vorhaben in die Tat umsetzen kann, steht plötzlich die Gastgeberin neben uns und fragt theatralisch: »Geht es euch gut?«

Kathrin hat große blaue Augen, die in einem Moment liebevoll und warmherzig, im nächsten Moment verzweifelt und panisch, meistens aber beängstigend *leer* wirken.

»Es ging uns nie besser«, antworte ich, weil ich weiß, wie viel unnötige Mühe sie sich für diesen Abend gegeben hat. Sie ist Ende vierzig, kinderlos, und seitdem ich sie kenne, davon besessen, eine »Gesellschafterin« zu sein. Einmal hat sie mich zu einem sogenannten runden Geburtstag eingeladen und war schon Wochen vorher vor lauter Nervosität nicht mehr ansprechbar gewesen. Ihre größte Angst hatte darin bestanden, dass die Gäste an den unvermeidlichen Rundtischen zusammenhockten und sich nach dem Essen nicht mit den anderen Gästen vermischten, um zu »feiern«. Dabei sollte dieser runde Geburtstag doch etwas ganz Besonderes werden. Also kam sie auf die geniale Idee, per Sitzordnung alle Paare voneinander zu trennen. Womit sie aber nicht gerechnet hatte: Einige begannen heimlich zu rebellieren, tauschten die Tischkarten aus und setzten sich paarweise wieder zusammen. Als Kathrin davon Wind bekam, folgten böse, heftige Worte, danach spitze, hysterische Tränenausbrüche, und zum Schluss verließen die meisten Gäste die Feier noch vor Einbruch der Dunkelheit, weil die Stimmung zwischenzeitlich nicht mehr zu ertragen war.

Kathrins große Leidenschaft als Kunstverehrerin, als

Mäzenatin, ist es vor allem, unterschiedliche Menschen zusammenzuführen. Sie mag diese Vorstellung, eine barocke Salondame zu sein. Allerdings widerfahren ihr bei diesen Gesellschaften immer nur Katastrophen. So hat sie zu ihrem letzten Souper auch zwei Asiaten eingeladen, weil sich Asiaten in ihrer Salondamenfantasie prinzipiell zu verstehen haben, so wie zwei Weiße in Afrika, irgendwo am Kongo, in der Verlassenheit, die sich doch begierig anreden würden. Oder eben wie Ausländer im Ausland. Das Dumme war nur, dass der eine sich als schwuler Thailänder entpuppte, der sich in Köln prostituierte, und der andere als karrieregeiler Elitestudent aus Peking. Der Chinese würdigte den Thailänder keines Blickes, und der Thailänder fürchtete sich vor dem Chinesen. Und Kathrin hatte den ganzen Abend über *Kunst* monologisiert.

»Habt ihr genug zu trinken?«, fragt sie.

»Ja«, antworte ich.

»Nein«, sagt Edina und lacht laut. Sie schnappt dabei nach Luft, als versuche sie, die aufkommende Nachtschwärze in sich hineinzusaugen.

»Ich besorg dir was«, sage ich zu Edina, um mir auf dem Weg zum Bierfass einen Plan zu überlegen. Im Nebenraum tänzelt Max inmitten der Menschen, all der *wichtigen* Menschen, ohne mich noch anzusehen. Er trägt seinen dunklen Anzug, als sei er darin geboren, und er wandelt mit seinem Bierglas von Gesprächsgrüppchen zu Gesprächsgrüppchen, als mache er sich und ihnen damit eine Freude. Die Dunkelheit scheint sich schützend an ihn zu schmiegen.

Neben Max steht dabei ein Mann, den ich auch schon mal gesehen habe, aber es dauert eine ganze Weile, bis ich mich erinnere. Das ist doch der, der mit dem Stuhl tanzt, denke ich. Auf Alternativpartys berüchtigt: Sobald er getrunken hat und der Alkohol in ihm zu arbeiten beginnt, wirbelt er derartig heftig mit einem Stuhl als Tanzpartner herum, dass es für die Umstehenden lebensgefährlich werden kann. Aber er lässt sich dann nicht mehr beirren. Er schleudert den Stuhl über den Kopf, durch seine Beine, und lässt ihn umgedreht, mit den Holzbeinen aufrecht vor seinem Körper wackeln. Er ist einer dieser Menschen, denke ich, die man nachts oder manchmal auch tagsüber in Cafés trifft, deren wahres Leben und Streben niemand kennt und erst recht niemand kennen will, aber die uns für einige Zeit begleiten. Manchmal über Jahre hinweg, denke ich. Wobei wir stets wissen, dass wir diese Begleiter irgendwann nicht mehr sehen werden.

»Offensichtlich ist er heute noch nüchtern«, sage ich zu Edina, nachdem ich ihr das Bier und die Geschichte mit dem Stuhl überreicht habe. Einen Plan habe ich auf meinem Weg zum Fass nicht gefunden.

»Ich kenne das so ähnlich«, antwortet Edina. »Ich bin nur dann kreativ und habe Ideen, wenn ich auf der Straße oder in der Bahn einen tiefen Blickkontakt mit einem fremden Menschen habe, Mann oder Frau, es muss nur geheimnisvoll sein …« Ihre sorgsam frisierten Strähnen hängen ihr an beiden Seiten lockig ins Gesicht und geben ihr irgendwie ein maskenhaftes Äußeres. »Es gibt da einen, ich weiß auch nicht, wie der heißt, den sehe ich ständig, egal zu welcher Tageszeit, auch nachts, egal an welchem Tag, auch feiertags, und der hat immer einen Becher Kaffee dabei. Er steigt damit in die U-Bahn, er sitzt damit sogar in einem Straßencafé. Es ist so sehr zu einem Klischee geworden, dass ich mich allein deshalb schon freue, wenn ich ihn mal sehe. Aber er selber merkt das gar nicht.«

»Sprich ihn doch mal an«, sage ich.
»Um Gottes willen«, antwortet sie. »Wenn ich das tue, ist alles kaputt …«
Wir schauen uns an, und in ihrem Blick lauert etwas, das reinen Hass überdeckt.
»Woran hast du in letzter Zeit gearbeitet?«, fragt sie.
»Einen großen Teil des Vormittags habe ich heute damit zugebracht, eine Kontaktlinse zu suchen«, antworte ich. »Ich musste Zentimeter um Zentimeter des Waschbeckens untersuchen, gaaaanz langsam und vorsichtig, bis ich sie irgendwann doch noch gefunden habe. Danach habe ich eine Analyse der Mechanisierung des Alltags erstellt. Denn ich stellte fest, dass mir stets die zweite Kontaktlinse Probleme macht, wenn ich sie ins Auge setzen will. Also habe ich mich gefragt: Was mache ich da mit meinen Flossen falsch?«
Sie dreht ihre Hände in meine Richtung, mit den Fingerspitzen nach vorne gerichtet. Sie wirkt dadurch stark und unangreifbar. Aber sie schweigt.
»Inzwischen ziehe ich morgens weder eine Brille an noch Kontaktlinsen auf«, erzähle ich weiter. »Weil es mich stört. Die ganze Klarheit. Ich lese Zeitung im Bus, und wenn ich dann vor dem Aussteigen meine Brille aufsetze und plötzlich so scharf die Menschen und ihre Gesichter sehe, so nah, dann kommt mir das alles beinahe pornographisch vor.«
»Ich mache inzwischen viel bessere Fotos«, knallt sie dazwischen und schaut träumerisch auf den Sportwagen. »Es wäre doch ein Klacks für dich … mal zu telefonieren …«
Ich schweige. Das hier kommt mir vor wie in einer Parallelwelt. Ihre bedingungslose Bereitschaft, mein Leben zu idealisieren, dabei bin ich in Wahrheit ein Versager. Aber

offensichtlich will sie davon nichts hören. Es ist wie ein Spiel, denke ich.
»Mückenstich?« Mir fallen einige rote Punkte an ihrem Oberarm auf.
»Nein, Flohbiss.« Ihre Antwort klingt nicht unbedingt freundlich. »Flöhe stechen immer dreimal, wie in einem Dreieck.«
»Hast du Flöhe?«
»Ich nicht, aber meine Kätzchen ...«
Wie oft ich von angeblich süßen Kätzchen gehört habe, denke ich, und von all diesen angeblich so schmusigen Lieblingen. In Wahrheit übertragen all diese Drecksviecher Flöhe und Zecken, denke ich, wobei mich die gedachte Provokation belustigt.
»Dieses ganze Land ist voller Katzen«, sage ich.
Sie schaut mich wieder an, mit diesen großen Augen.
Ich weiß nicht mehr, was ich noch sagen soll, und ich mag auch nicht mehr reden. Sie tut mir leid, irgendwie, sie tut mir andererseits sogar gut, mit ihrer bescheuerten Idealisierung, und ich fühle stärker als sonst meine Einsamkeit. Und ihre nervöse Energie. Also küsse ich sie einfach auf den Mund. Es ist dreist, es ist bescheuert, aber ich will nicht mehr nachdenken. Und ich warte auf den entrüsteten Schlag.
Aber sie macht mit.
Sie frisst mich beinahe auf. Als hätte ich mit dem Kuss einen Schalter umgelegt.
Was macht mich glücklich?

4

Wann *sehen wir uns?*
Edinas SMS offenbart mir in einem einzigen Satz die Absurdität der Situation. Sie ist besessen von einer Fiktion, von einer Fantasie, der ich bereitwillig meinen Körper geliehen habe, aber es hat mit meiner Realität überhaupt nichts zu tun. Mein Leben hat nicht einmal ansatzweise Ähnlichkeit mit dem Verlangen in ihrem Kopf. Das Schlimme ist: Ich weiß, dass sie verheiratet ist. Jetzt, im Nachhinein, sehe ich das Bild unentwegt vor mir, wie sie von ihrem Mann zu dieser Party gefahren wurde, aber gestern Abend war all das wie verschleiert. Außerdem hat sie ihren Ehering nicht versteckt.
»Bist du verrückt?« Mit diesen Worten hatte Max mich aus der Umklammerung befreit, von Edina getrennt und zum Wagen bugsiert. Anschließend verfiel er zwar in ein schrilles Lachen, aber er schüttelte trotzdem nur den Kopf.
Inzwischen lese ich Edinas SMS zum dritten Mal und nehme mir vor, mich einfach nicht zu melden. Der Klassiker, weder eine Erklärung noch eine Entschuldigung, einfach verschwinden, denke ich. Dabei humple ich, scheinbar schmerzhaft, denn mir ist aufgefallen, dass mich Bettler in diesem Zustand nicht mehr nach Geld fragen. Auch das ist ein Spiel, denke ich, denn es hat mich nie

bekümmert, angebettelt zu werden. Ein Spiel, denke ich, das mir aber wieder eine intensive Freude am Dasein vermittelt und mir dabei klarmacht, dass ich mich nicht einmal um das, was ist, bemühen muss, es nicht einmal überreizt *wahrnehmen,* kosten, riechen, schmecken muss, weil das, was ist, einfach da ist. Vor mir. Nicht einmal Max werde ich anrufen, denke ich, denn damit fange ich nur wieder an, mich zu rechtfertigen. Ich werde einen Grund suchen und eine Analyse anbieten, dabei brauche ich vor allem das Schweigen. Um wieder klarzusehen.

Das Schweigen, denke ich, ist mir so wichtig geworden, weil es eben nicht Gefühle verschlingt, wie es oft heißt, Gefühle unterdrückt, sondern weil es mich diszipliniert. Es ordnet meinen Gedankenwust, während ich im Quatschen nur aufbrause. Wenn ich mit Max über die gestrige Kussattacke spreche, erzähle ich ihm wieder nur viel zu viel, und viel zu einseitig. Und viel zu viel Blödsinn. Im Schweigen dagegen komme ich zur Ruhe.

Dann kann ich auch besser betrachten. Da steht zum Beispiel ein Mann, auf meinem Weg zum Leihwagen, *unglaublich,* er tötet kleine Maden, Lebensmittelmotten, indem er sie platzen lässt, wie die Luftpolster von Plastikverpackungen. Dann will ich nichts erreichen, während ich den Mann bei seiner Tätigkeit beobachte. Keine Lösung. Und wenn ich einfach nur schweige und betrachte, dann wird das, was ist, auch immer interessanter. Und macht mich dadurch fröhlich. Ich darf nur nicht versuchen, diese Freude zu erzwingen, denke ich, sondern suche stur das Staunen.

Wie durch Gedankenkraft befehligt, fliegen plötzlich zwei Bienen vor mir. Sie brummen auf Hüfthöhe und halten diesen Abstand respektvoll auch während der nächsten Schritte bei. Mit jedem Meter fühle ich mich dadurch majestätischer, wie von einem märchenhaften Elfengespann begleitet. Und im nächsten Moment verflüchtigt sich der Friede wie ein Atemstoß. Ich erhalte nämlich eine zweite SMS, von Eulenberg, einem meiner ehemaligen Kollegen. Tayfun hat ebenfalls gekündigt und wechselt zu einem anderen Konzern, um dort Abteilungsleiter zu werden. So weit, so gut, aber der weitere Inhalt zieht mir die Schuhe aus. Tayfun hat bestimmt zehn Jahre in seinem, in unserem Möbelhaus, gearbeitet und wollte die alten Kollegen zum Grillen einladen. Zum Abschied. Da gilt es einiges einzukaufen, für ungefähr zwanzig Leute. Aber einen Tag vorher haben sie alle nacheinander abgesagt: »Wir dürfen nicht.«

Klar, man hat ihnen mit zusätzlichen Schikanen, schlimmstenfalls mit Kündigung, gedroht, wenn sie weiterhin Kontakt mit Tayfun halten, aber kann es wirklich sein, dass die alle nicken? Wie können die noch in den Spiegel schauen? Ist ein Job wirklich das Wichtigste auf Erden?

Hör auf, denke ich.

Nicht darüber nachdenken, denke ich, nicht *jetzt* darüber nachdenken. Und vor allem nicht Eulenberg anrufen, denn wenn ich jetzt mit ihm über meine Wut spreche und über diese ehemaligen Kollegen hetze, dann nutze ich doch nur wieder eine Gelegenheit, meine eigenen Fehler zu überdecken. Im Schweigen, denke ich, kann ich besser in den Handlungen der anderen meine eigenen Fehler entdecken. Vor allem kenne ich die Hintergründe nicht, und will sie in Wahrheit auch nicht erfahren, sondern lieber lästern und hetzen. Deshalb muss ich schweigen, um aus dem Verhalten der anderen mein eigenes zu sieben, zu seihen, wie Brühe von Knochen. Die Fehler der anderen können mir zum Spiegel werden, denke ich, in dem ich hell erleuchtet meine eigenen Schwächen erkenne. Um endlich, endlich dieses ganze Ritual aufzudecken, wie ich tagtäglich meine Fehler in die Blicke und Gesten der Leute um mich herum verklebe und damit stumpf werde, sie bei mir zu entlarven.

Du warst in dem Laden auch kein Held, denke ich.

Ich bin genauso süchtig nach dem Amphetamin »Erfolg« und dem Ephedrin »Akzeptanz« und dem Kokain »Liebe« und dem Koffein »Zustimmung«. *Und du hast noch viel mehr Angst vor der Arbeitslosigkeit.* Sonst hätte ich Edina nicht geküsst, denke ich. Denn sie macht so leer, diese Arbeitslosigkeit, und so einsam, und deshalb schleiche ich wie ein Bahnhofsjunkie durch die Straßen und bettle um meine MDMA-Dosis »Hoffnung«. Und wie jede Droge nimmt es mir die Fähigkeit zu lieben. Wie jeder Junkie reagiere ich nur noch, registriere völlig überzeichnet, ob jemand mit dem Finger auf mich zeigt, und suche mir mein Umfeld auch passend dazu aus, ob es mir Drogen zuführt oder sie verweigert.

Aber wenn ich mich nach meinem Tod an diese Dinge erinnere, denke ich, dann werde ich doch nur feststellen, dass sie überflüssig sind.

Erfolg ist nicht wichtig.

Es hat dich nie gewärmt, denke ich, es lebt nicht. Und wenn ich ehrlich bin, dann habe *ich* mich nie danach gesehnt, erfolgreich zu sein, und beliebt, und akzeptiert, weil ich alleine auf meinem Sessel oder auch zu zweit, in einer tiefempfundenen Umarmung, alles vorhanden hatte, um glücklich zu sein. Es sind immer nur diese Bilder, denke ich, diese bescheuerten Vorstellungen, die mich in die Sorge treiben.

Anstatt mich endlich auf den Weg zu machen. *Endlich frei zu sein.*

Groß und klein

1

Heute werde ich nach Marburg pilgern, um wieder jemanden zu dokumentieren, der über den Dingen steht. Und der sein Leben danach ausrichtet, was wirklich wichtig ist. Eine Netzkarte, denke ich, das wäre das Beste, wie eine Landkarte, um die Streuwirkung all dieser vielen Menschen aufzuzeigen.
Die Strecke führt mich abseits der Autobahnen. Es sind vor allem Landstraßen, Bundesstraßen, Waldstraßen. Geschwindigkeitsbegrenzung. Überall flaches Land, denke ich auf dem Weg nach Marburg, und dabei bauen sich in der Ferne Hügel und ansatzweise Berge auf. Erstaunlich lange lässt sich hinter den langgestreckten Tannenflächen ein Horizont anvisieren, das ist in Deutschland nicht so häufig.
Ich bin immer gerne alleine im Wald spaziert. In meiner Kindheit habe ich sogar von einem Ort in Deutschland geträumt, erinnere ich mich, an dem niemand sonst wandert, kein anderer Mensch. Die Stadt konnte es nicht sein, der Wald folglich auch nicht, weil mir dort immer wieder Spaziergänger entgegenkamen. Und Wüste gibt es nicht in Deutschland. Eigentlich überall gibt es Spaziergänger – nur an einem einzigen Ort nicht. Den hatte ich eher zufällig entdeckt, später als Jugendlicher, nicht weit von meinem Elternhaus entfernt. Dort war ich der einzige Mensch.

Ich konnte jederzeit dorthin fliehen, baute mir sogar eigene Zugänge, Fluchtwege und tote Briefkästen. Ich bin dort ein König, dachte ich, als Pubertierender – im Autobahndreieck. Die Autos rasten an mir vorüber, im Sekundentakt, aber es existierten keine anderen Menschen, nur Autos. Keine Fußgänger. Und es war, als ob mir alle umliegenden Wiesenstücke gehörten, versteckt zwischen den Autobahnen.

Später habe ich auch noch mal mit einem Waldfanatiker in einer WG gewohnt. Er war passionierter Modellbauer und hatte mich damit begeistert, künstliche Welten entstehen zu lassen, selbst erfundene Hauptstädte und Wälder, Gebirgszüge und Revolutionsarmeen. Einige Monate lang hatte ich mich an seinen Mooshängen begeistert, bis die anderen Wohngemeinschaftsgenossen der akustischen Ähnlichkeit von Modellbaupräzisionsinstrumenten und Zahnarztbohrern nicht mehr länger folgen wollten. Schon morgens früh hing ein feines Surren in der Luft, als würde nun mindestens die komplette linke Backenzahnleiste, wenn nicht gar der vollständige Kiefer bearbeitet werden. Und zwar zum Frühstück, und von da an über Stunden.

In Marburg hat meine große Liebe gewohnt, das ist auch ein interessanter Zufall. Jetzt, wo ich nicht mehr weiterweiß, denke ich, wo sich meine berufliche Biographie dem Abgrund zuneigt, da fahre ich genau in die Stadt, in der ich vor lauter Zukunftsoptimismus nicht mehr schlafen konnte. »Eile tötet« steht auf einem Warnschild. Das passt zu meinem Vorhaben, denke ich. Als störend erweisen sich dabei allerdings die Einheimischen, die jede Möglichkeit zum Überholen nutzen, auch wenn es nur wenige Meter sind, bis zur nächsten Ortsdurchfahrt. Und Charlotte ist genauso gerast. Nein, anders. Sie wirkte zwar zuweilen wie ein liebes Mädchen, unauffällig, geradezu brav, aber sie hatte in ihren Zwanzigern schon zwölf Punkte in Flensburg angesammelt. Charlotte achtete eben prinzipiell nicht auf den Tacho, erinnere ich mich, weder in einer geschlossenen Ortschaft noch an einer Baustellenausfahrt, besaß aber in ihrer Körperlichkeit kein angeborenes Ortungssystem, um Geschwindigkeit richtig einzuschätzen. Jede Autobahnfahrt mit ihr, erinnere ich mich, war ein Abenteuer. Eine Zeitlang hat sie später versucht, Gemälde zu restaurieren. Allerdings nur kurzzeitig, erinnere ich mich, denn die betagte Nachbarin, die erst noch versucht hatte, ihr ererbtes Ölgepinsel selbst zu reinigen, mit einem Lappen, und dann heulend, flehend, vor Charlotte gestanden hatte, mit dem schaurig-schlechten Segelschiff auf See, von 1967, war sprachlos zusammengebrochen, nachdem Charlotte ihr das Ergebnis präsentiert hatte. Sie hatte das Gemälde einfach großflächig neu gemalt, und damit selbstredend besser, zeitgemäßer, bunter.

Von was lenke ich mich ab?

2

Im Ortseingang stehe ich an einer Ampel, neben einem Auto, das wie eine Leihgabe aus Mexiko wirkt. An den Fensterrahmen kleben nämlich reihum kleine Püppchen und Nippesfiguren, mehrmals auch die heilige Maria. Das ganze Auto ist vollständig verziert, selbst die Ablage wuchert von diversen Plastikfiguren. Und das Lenkrad glänzt wie frisch poliert. Das liegt vermutlich daran, dass der Fahrer während der Fahrt einen Hamburger verschlingt und seine Mayonnaisefinger zur Richtungsänderung einsetzt, obwohl er meistens mit den Knien steuert.
Charlotte hätte dieses Bild gefallen, denke ich und stelle mir vor, ihr hier zu begegnen. Wahrscheinlich würde sie mich nicht erkennen. Merkwürdig, denke ich, in Marburg war ich vor zwanzig Jahren verliebt, mit einer Intensität, die ich nie mehr erlebt habe, aber ich war seitdem nie mehr hier. Und ich könnte sofort wieder loslieben.
Damals trug ich meine Haare so gründlich gegelt, dass einzelne Tropfen wie vereist auf dem Kopf festsaßen, erinnere ich mich, und daran, wie Charlotte bei unseren Ausflugsfahrten halblaut jeden, aber auch wirklich jeden Spruch vorlas, der ihr vor die Augen kam, ob nun Parteienwerbung oder Geschwindigkeitsbegrenzungen. *Alles.* Straßenschilder, Reklame, Autokennzeichen. Und wenn sie selber gefahren ist, dann hat sie den Motor hochgejagt

und wechselte über drei Fahrspuren hinweg. Sie lenkte in großen Schwüngen von links nach rechts, wie eine Walzertänzerin, oder eine Betrunkene. Überhaupt war sie eine Meisterin des multiplen Gefühlschaos, denke ich, Neugierde und Beleidigtsein, tiefste Verzweiflung und grenzenloser Optimismus, Liebe und Hass, alles ineinander verwoben, vermengt, durchsetzt, so dass sich je nach Betonung oder Sonnenstand ein neues Gefühl an die Sprachoberfläche wagte und sich dort kurz zu erkennen gab. Ohne sich weiter vorzustellen. Und um dann wieder in den Wellen zu versinken. Auf flüchtige Bekannte oder Kommilitonen hatte das alles eher oberflächlich und beliebig gewirkt.

Und ich sehe sie noch vor mir, erinnere ich mich, wie sie einige Rosen in einem Bierglas ordnet, in ihrem Wohnzimmer. Zarte Blümchen, Blätterwesen, und plötzlich entdecke ich, dass die kleinen Blätter in Charlottes Händen leise mitzittern, im Herzschlagrhythmus. Und dann sagt sie mir, dass sie sich trennen müsse.

Und das ist wie ein Tod.

3

Irgendwas essen, Pizza vielleicht, es ist Mittagszeit. Horden von Schülern warten an diesem Verkehrsknotenpunkt auf einen Anschlussbus. Und sie gehen vor mir, mit mir, nach mir in die kleine Pizzeria, die sich offensichtlich ausschließlich auf diese Verkehrsklientel eingestellt hat. Es gibt innen keine Tische, dafür aber einen großen Ofen und eine ebenso langgezogene Bestelltheke.

Während ich dort stehe, an ein Wandbord gelehnt, höre ich aus dem Nebenzimmer eine Kaffeemaschine arbeiten, und zwar wirklich *arbeiten*. Sie stöhnt und ächzt, leidvoll, über Minuten. Und genau gleichzeitig sehe ich draußen einen Pudel rennen. Ich kann mich nicht erinnern, überhaupt schon mal einen Pudel rennen gesehen zu haben. Vor allem nicht mit seinem Frauchen zusammen. Aus unerfindlichen Gründen spurten die beiden bestimmt dreißig Meter.

Und dann ist wieder alles vorbei.

So wie es Männer gibt, die sich bemüßigt fühlen, ein Zeichen zu setzen, in all dem Irrsinn dieser Welt. Also hupen sie. Und sie vollführen es dergestalt, als sei es ein letzthumaner Akt, der nach Erklingen zu einem Erschauern der Welt führen müsste. Deshalb hupen sie auch nur ein einziges Mal, langgezogen. Als ließe sich im Moment des

Hupens eine äußerste Form der Zivilisationskritik anbringen, deren Folge eine augenblickliche Kapitulation sein müsse.
Dabei ist das Ergebnis nur Langeweile.

4

Die Gebrüder Grimm sollen angeblich gesagt haben, Marburg ist die Stadt, in der es mehr Treppenstufen außerhalb der Häuser gibt als in den Häusern.
Dr. Alexander Fink bringt die Anekdote wahrscheinlich bei jedem Besucher zum Besten, weil es die Stadt so treffend beschreibt. Er ist Anfang vierzig und Biophysiker. Seine Diplomarbeit hat er über theoretische Hydrodynamik verfasst, die Lehre von Fluiden. Über Flüssigkristalle. Die in verschiedene Richtungen unterschiedlich schnell fließen können, im Gegensatz zu Wasser, um es mal so salopp zu sagen. Es gibt sogar Flüssigkristalle, die helixförmig aufgebaut sind. Seine Doktorarbeit hat er dann in Regensburg geschrieben, über magnetische Eigenschaften von Atomkernen, was beispielsweise für Kernspintomographen entscheidend ist. Damit kann man auch Proteine untersuchen, die sich in jede erdenkliche Form falten, damit sie im Organismus die Funktion erfüllen, die sie im Organismus erfüllen müssen. Dabei gäbe es für jedes Protein zahlreiche andere Möglichkeiten des Faltens. Steckt alles im genetischen Code drin, denke ich, aber woher weiß der das, der Code, dass er so aufgebaut sein muss?
»Das Universum und die Mikromoleküle …«, stottere ich mich in einen Gesprächseinstieg hinein, »gibt es denn

überhaupt eine Sicherheit?« Damit meine ich: Gibt es eine letzte Wahrheit?

»Die Mathematik hat ihre Sinnkrise schon hinter sich«, antwortet Alexander Fink, als hätte er meine unausgesprochene Frage gehört. »Gödel, der gezeigt hat, wir müssen immer von Axiomen ausgehen, wir können nichts endgültig beweisen. Wenn ich ein System von Sätzen habe, kann ich innerhalb dieses Systems nie endgültig beweisen, dass dieses System widerspruchsfrei ist. Was ich als Mathematiker aber wissen müsste, um damit ›unfehlbares Wissen‹ zu besitzen. Sondern ich brauche immer eine Zusatzannahme von außen. Wenn ich dann die Zusatzannahme in das System integriere, um erneut die Widerspruchsfreiheit zu beweisen, muss ich wieder einen Satz von außen hinzufügen. Ein unendlicher Regress. Die Mathematik beruht immer auf unbeweisbaren Grundannahmen, sozusagen Glauben.«

Schade, dass Braun jetzt nicht hier ist, denke ich, der würde explodieren. Ständig hat er mir mit seiner technokratischen Unfehlbarkeit in den Ohren gelegen.

»Die Physik hat ihre Krise auch gehabt«, setzt Fink fort. »Max Planck wurde noch geraten, Physik sei uninteressant, da haben wir alles bereits entdeckt. Und dann war es gerade dieser Max Planck, der das Wirkungsquantum einführen musste, um die Schwarzkörperstrahlung zu erklären. Da kam die Quantenmechanik, plus Einstein, der sowohl dort als auch in der Relativitätstheorie entscheidende Beiträge geleistet hat. Auch da hatten wir vorher gedacht, wir haben das Universum als Uhrwerk verstanden, alles sei deterministisch, wir könnten es vollständig berechnen.«

Und nichts können wir, denke ich. Wobei dieses *Nichts* mich eher aufbaut.

»Es gibt spontane Ereignisse«, sagt Fink. »Stichwort: Paarerzeugung und Paarzerstörung. Es können durch Energie-Fluktuationen aus Strahlung Materieteilchen entstehen, und die können auch wieder zerstrahlen. Spontan. Ohne dass die Energieerhaltung dabei verletzt wird. Oder auch beim radioaktiven Zerfall. Wir wissen von einem Klumpen Uran, dass nach der Halbwertzeit die Hälfte der radioaktiven Atome zerfallen sein wird. Aber wenn wir ein einzelnes Atom herausholen würden, dann können wir zwar auf dem Versuchsteller sagen, mit welcher Wahrscheinlichkeit es in welcher Zeit zerfallen sein wird, aber wir wissen nicht, wann es wirklich zerfällt. Das ›entscheidet‹ das Atom anscheinend spontan, unvorhersagbar.«
In dem Moment zerfasert sich der Hall einer Krankenwagensirene in den engen Gassen im Schwington einer Kirchenglocke. Die daraus entstehenden Tonfrequenzen üben eine beinahe beängstigende Wirkung auf mich aus. Zudem spiegelt sich das Blaulicht in den Fensterscheiben, und diese Doppelung spüre ich wie ein Vibrieren in meinen Augenwinkeln.
»So wie es also ausschaut«, ergänzt der Physiker den Moment, »ist das Universum nicht kausal geschlossen.«
Wie bitte?
»Man hat seit den siebziger Jahren immer mehr Parameter im Universum entdeckt, die einen bestimmten Wert hatten, den man aber nicht vorhersagen oder von einer Theorie ableiten konnte. Man hat ihn gemessen, zum Beispiel die Stärke der Gravitationskraft. Oder die Ladung des Elektrons. Oder die Stärke der elektromagnetischen Kraft. Das sind Grundkonstanten. Und deren Werte stehen zueinander in einem bestimmten Verhältnis. Was wäre eigentlich, wenn dieses Verhältnis minimal anders wäre? Also zum Beispiel die Schwerkraft (Gravitation) im

Verhältnis zur elektromagnetischen Kraft. Man hat ausgerechnet, dass 1:10 hoch 40, also wenn man dieses Verhältnis um 0,0000, und dann kommen noch mal 35 Nullen und eine 1, so genau können wir gar nicht messen, höchstens rechnen, verändern würde, dann gäbe es entweder nur große, kurzlebige Sterne, oder nur kleine, die nicht genügend schwere Elemente erzeugen würden. Zur Existenz von Leben brauchen wir aber beides: schwere Elemente und eine ausreichend langlebige Sonne. Das nennt man die Feinabstimmung des Universums.«
Wichtig für diese Thematik ist auch die sogenannte Vakuumenergiedichte, 1998 anhand von Supranovabeobachtungen entdeckt, die wir immer noch nicht verstehen, wie er betont, aber das nur am Rande. »Wir können nachrechnen, dass die sogar auf 1:10 hoch 60, also noch mal genauer abgestimmt sein muss, damit Sterne existieren können. Wenn sie minimal größer wäre, könnte Materie nicht zu Sternen kondensieren. Materie würde sich gar nicht erst verdichten. Es gäbe keine Sterne, vermutlich nicht mal Atome. Weil auch Protonen und Elektronen auseinandergedrückt würden, durch diese Antigravitationskraft, oder wenn sie minimal kleiner wäre, dann wäre das Universum nach dem Urknall kurz auseinandergeflogen, aber die Gravitationskraft der Materie wäre so stark gewesen, dass das Universum gleich wieder kollabiert wäre.«
Diese Bilder haben mich schon als Kind umgehauen, erinnere ich mich, an den Himmel zu blicken und dabei zu lesen, dass es unvorstellbar weit weg liegende Sternensysteme gibt, wie den Andromedanebel, der aus hunderttausend Millionen Sonnen besteht. Von denen jede einzelne noch viel größer ist als unsere Sonne. Und dass all das auch noch einer Ordnung unterliegt.

»Im Universum sind praktisch alle Objekte elektrisch neutral, es wirkt also nur noch die Gravitationskraft. Die wirkt anziehend. Deshalb müsste man davon ausgehen, dass das Universum kollabiert, in sich zusammenfällt. Aber alle Beobachtungen, die wir machen, zeigen, dass es expandiert. Fast alle Objekte im Weltall scheinen sich von uns wegzubewegen.«

Das hat mich schon als Kind umgehauen, erinnere ich mich, mit einem gigantischen Fernrohr ins Weltall zu lauern und dabei unentwegt in die Vergangenheit zu blicken. Je weiter weg die Sterne, denke ich, umso weiter weg liegen die Epochen zurück, aus denen das beobachtete Licht stammt. Es gibt dort keine Gegenwart. Aber sie wird durch Licht aus der Vergangenheit erhellt.

»Es gibt vier fundamentale Kräfte«, erzählt Herr Fink, »starke und schwache Wechselwirkung, das sind die in den Atomkernen wirkenden Kräfte, dann gibt es noch die Gravitation und die elektromagnetische Kraft. Auf diese vier Kräfte kann man die gesamten Kräfte, die wirken, zurückführen.«

Wir sitzen vor einem Bücherregal, und ich muss bei diesem Anblick an mein letztes Journalistenbüro denken. Ein Drehbuchschreiber hatte bei allen Büchern in seinem Zimmer die Verkaufspreise mit weißem Klebeband verdeckt, und zwar auf allen Vorder-, Hinter- und Zwischenseiten. Und seine Lesezeichen waren Brotmesser. Der ganze Denkraum war dadurch durchzogen von Messern, in allen erdenklichen Farben und Formen. Und ich hatte dabei das Gefühl, erinnere ich mich, er habe nicht ein einziges dieser Bücher bis zum Ende gelesen.

»Wenn etwas sehr fein abgestimmt ist«, bringt mich Alexander Fink wieder zurück in die Realität, »das bei kleinsten Variationen nicht mehr die Funktion erfüllen würde,

die es jetzt erfüllt, dann liegt es doch sehr nahe, dass irgendjemand hier geplant hat …«
Zumindest ist es für viele Physiker eine plausible Hypothese, wie ich erfahre. Das Problem ist: Man kann diesen Planer nicht fotografieren.
»Das kann kein Zufall sein. Es gibt sogar naturalistisch denkende Wissenschaftler, die zwar nicht an ein intelligentes Wesen glauben, aber daran, dass das Universum einen Plan gehabt haben muss, wie Paul Davis oder Thomas Nagel. Oder dass es eine Struktur im Universum gibt, die die Entwicklung zielgerichtet steuert.«
Interessanterweise muss ich genau in diesem Moment, zielgerichtet, wieder an Charlotte denken und wie sie bei solchen Gesprächen plötzlich ihre Hände schnell und kraftvoll rieb, als sei ihr fürchterlich kalt, *Blutzuckerabfall,* und wie sie sich die heißgerubbelten Innenseiten dann vor ihre geschlossenen Augen hielt. Dieses Prozedere sollte angeblich die Pupillen entspannen, durch die Wärme. Es hatte allerdings etwas Sektiererisches, weil sie alle zwei Minuten rubbelte und in ihre geröteten Hände starrte.
»Das Universum muss bei seiner Entstehung in sich schon alle notwendigen Bedingungen getragen haben, dass wir existieren können«, erklärt der Physiker. »Aber das allein war noch nicht hinreichend.«
Der Gedanke ist bestechend: Wenn wir nur aufgrund von Zufall, von Ursache und Wirkung entstanden sind, aus Atomen, die kein Innenleben haben, warum sind wir dann in der Lage, etwas zu erleben? Wünsche, Vorstellungen, Pläne, Enttäuschungen, Erinnerungen?
»Sind diese alle schon durch die neuronale Struktur des Gehirns erklärbar, oder steckt da mehr dahinter? Woher kommt es, dass ich Schmerz empfinde und über mich und

meine Zukunft nachdenke und das Leben anderer Lebewesen im Hinblick auf Gerechtigkeitserwägungen beurteile, die oft dem Evolutionsgedanken widersprechen?«
Ich kann diese Fragen natürlich nicht beantworten, aber sie beruhigen mich erstaunlicherweise, auch bei meiner Angst vor Arbeitslosigkeit. Dabei kommt mir wieder der Drehbuchautor in dem Journalistenbüro in den Sinn, mit seiner Bücherwand. Und nach welchen Kriterien er Literatur suchte, die seitlich als Buchstütze ächzte. Es mussten nämlich Feinde sein. Genauso unter dem Fenstertisch, als provisorischer Eckbeinersatz, sowie auf der Mülltonne, als Beschwernis, und überall dort, wo sonst noch Arbeit anstand. Zerknickt, zerbrochen, Fronarbeit. Zuchthaus. Seine Schreibkammer war ein Straflager der Literaten.
»Warum haben wir, die Zufallskinder«, fragt Fink, »trotzdem Wahrheiten gesucht, die nicht durch Evolution erklärbar sind? 1+1=2. Das ist wahr. Unantastbar. Unabhängig davon, wie sich die Evolution entwickelt hat oder entwickeln wird. Wie konnte sich so ein rationales Denken entwickeln? Unabhängige, logische Gesetze: Wozu? Jedenfalls kann ich mich auf diese Weise zu mir selbst und dem Universum ins Verhältnis stellen.«
Wieder so ein bestechender Gedankengang, der sich über das allgemeine Geschrei und all die Aufregung legt. Wenn Leben nämlich nichts anderes sein soll als Austausch von Atomen, Fortpflanzung, warum halten wir uns dann an Werte? Warum kümmern wir uns um richtiges oder falsches Handeln? Wenn es doch nur um Evolution, also um Überleben und Fortpflanzung geht?
»In der Evolution herrscht der Starke«, sagt Alexander Fink, »der Schnelle, der Angepasste über den Schwachen, Langsamen, schlechter Angepassten. Aber unsere Werte zielen gerade meist darauf, dass der Starke dem Schwa-

chen helfen muss, oft jenseits aller Speziesgrenzen, entgegen dem Konkurrenzkampf. Warum zum Beispiel helfen wir Kröten beim Überqueren von Straßen und haben den Eindruck, etwas Gutes getan zu haben?«
Alles hängt mit allem zusammen, denke ich, aber ich will das im Kern nicht wahrhaben, denke ich, obwohl ich es auf einer intellektuellen Ebene längst weiß, aber ich will diese Verbindung nicht begreifen. Ob nun Physik und Politik, oder Ökonomie und Biologie, oder Sehnsucht und Erkenntnis.
Wissenschaft dagegen lebt von der Reduktion. Man versucht, komplexe Dinge, wie die Tatsache, dass ein Apfel auf den Boden fällt, auf die wesentliche Triebfeder zu reduzieren. Die Farbe des Apfels, seine Form, die Schönheit der Landschaft spielt alles keine Rolle. »Können wir alles immer weiter reduzieren?«, frage ich. Können wir Informationen reduzieren auf die Materie, in der die Information codiert ist? Wenn ich also in einem Restaurant eine Speisekarte aufschlage, kann ich dann den Genuss, den ich mir erhoffe, die Lust, die ich ersehne, die Sättigung, die ich erreiche, dadurch erklären, dass ich die Physik und die Chemie der Tinte auf dem Papier verstanden habe?
Der Physiker nickt. »Die Inhalte des Denkens scheinen im Gehirn nicht 1:1 repräsentiert zu sein. Wir können zwar beobachten, welche Bereiche des Gehirns gerade aktiv sind, aber die Inhalte dessen, was der Mensch hört, spricht, denkt, erlebt, wird man noch lange nicht auslesen können.«
Das Bewusstsein ist an das Denken gekoppelt, heißt es im Allgemeinen. Cogito ergo sum, der Vorgang des Denkens ermöglicht uns Wahrnehmung. Tiere haben auch eine Form des Bewusstseins, wobei die sich nicht bewusst sind, *vermutlich,* dass sie sich etwas bewusst sind. Wir können

so weit zur Seite treten, von uns selbst, dass ich sage, ich bin mir bewusst, dass ich mir bewusst bin. *Ich kann mir beim Denken zuschauen.*

»Die klassische Physik ist deterministisch«, erläutert Fink grundlegend. »Man kann die Zeit jederzeit umdrehen, negativ laufen lassen, und die Gleichungen gelten ganz genauso. In der Quantenmechanik ist es so, man hat eine Wellenfunktion, die deterministisch beschreibbar ist, die entwickelt sich mit der Zeit, und das kann man auch rückwärts laufen lassen. Aber: Sobald jemand misst, bricht diese Wellenfunktion zusammen. Oder – eine andere Deutung, sie verschränkt sich mit dem Messinstrument, weil dieses mit der Wellenfunktion des Teilchens, das es abfragt, interagiert. Nach der Kopenhagener Deutung spricht man bei der Wellenfunktion von einer Wahrscheinlichkeitsdeutung. Das heißt, man kann bei einem Teilchen nicht genau sagen, ob es die Eigenschaft hat, Spin nach oben oder Spin nach unten, sondern man kann nur sagen, mit einer gewissen Wahrscheinlichkeit hat es die eine Eigenschaft oder die andere Eigenschaft. Man kann für das einzelne Messergebnis nicht vorhersagen, was passieren wird. Und das macht die Quantenmechanik so spannend. Wenn ich den Ort eines Teilchens gemessen habe und weiß, es sitzt jetzt da, dann ist das Problem, dass der Impuls für dieses Teilchen so unscharf ist, dass ich nicht weiß, ist es nach links oder rechts geflogen. Und mit welcher Geschwindigkeit. Und je genauer man den Ort misst und das Teilchen einsperrt, desto unschärfer wird die Geschwindigkeit. Hier haben wir es offensichtlich damit zu tun, dass wir aus der Natur nur eine begrenzte Informationsmenge herausholen können. Prinzipiell. Es liegt nicht daran, dass wir so schlecht messen, sondern daran, dass so ein Elementarteilchen nicht mehr

Information tragen kann. Wenn wir also eine Information auslesen, haben wir die andere Information dafür komplett verloren.«

Je nachdem, welche Frage ich stelle, denke ich, kriege ich auch ein anderes Ergebnis. Dabei ist das nicht nur irgendein abstrakter Quatsch, sondern ohne diese Berechnung würde kein GPS funktionieren, auch kein Computer. Es ist die Natur der Elementarteilchenwelt. *Verschränkte Zustände* ist so ein scheinbar poetischer Klang, meint aber eine physikalische Definition. Alexander Fink versucht, mir seine Begriffswelt durch Skizzen auf einem Wandbord näherzubringen, und ich muss dabei an Charlotte denken, die auch immer diese Eigenart hatte, die Welt und ihre Vorkommnisse unter Zuhilfenahme von Zeichnungen zu erklären. Überall, selbst beim Frühstück, hatte sie parallel zu ihren Gedanken gezeichnet und das Visualisierte mit schwungvollen, harten Strichen begleitet. Auch wenn da nur ein Buchstabe stand.

Der Marburger Physiker zeichnet aber quantenphysikalische Systeme, die sich miteinander in Wechselwirkung bringen lassen und die *verschränkt* sind. Er zeichnet eine Kiste, drinnen zwei Würfel. Sie drehen sich parallel, zeigen immer die gleiche Zahl an. Nun werden die Würfel durch eine Trennwand getrennt. Die eine Hälfte der Kiste fliegt nach Tokio, die andere Hälfte nach San Francisco. Der Mann in Tokio soll die Kiste aufmachen und auf die Zahl schauen. In dem Moment, da der Würfel in Tokio eine Zahl anzeigt, beispielsweise die 5, weiß man automatisch, dass der Würfel in San Francisco auch die 5 zeigen muss. Weil die beiden Würfel quantenmechanisch miteinander verschränkt sind.

Irrsinn, denke ich, der mich aber erstaunlicherweise beruhigt. Die beiden Teilchen sind miteinander verknüpft, auch wenn man sie räumlich voneinander trennt. Eine Art Informationswolke, die sie miteinander verbindet. Und: Ein Teilchen *weiß* vom anderen. Das ist lange nicht mehr die Form von Dampfmaschinenerkenntnis, die ich mir täglich von Braun anhören musste. Das ist eher mysteriös. Und zeitlos, denke ich.

Was diese Welt zusammenhält, ist *Energie*.

Und Information.

»Energie ist ein Konzept, das man als solches nicht beobachten kann«, sagt Fink. »Kein Wissenschaftler kann mir Energie zeigen. Es ist lediglich so, dass wir Wirkungen von Energie zeigen können. Wenn potenzielle Energie sich in kinetische Energie umwandelt, wenn ein Ball einen Hang hinunterrollt. Aber die Energie habe ich nicht gesehen, nur den Ball, der rollt. Energie ist eine Abstraktion, und trotzdem glaubt jeder, dass Energie existiert. Genauso ein Atom. Wir haben noch nie ein Atom gesehen. Wir können seine Wirkung sichtbar machen, indem wir Stoßexperimente machen, aber mehr nicht.«

Im ersten Moment will ich widersprechen, weil ich doch die Bälle vor mir sehe, die Kugeln, aus dem Schulunterricht – so sehen doch Atome aus. Fink lächelt. Kugeln seien natürlich schon quantenmechanisch Quatsch, sagt er, weil ein Atom sich sehr dynamisch, mal als Welle verhalten kann, und nicht als Teilchen. Auch ein Elektron ist eher etwas »ganz Verschmiertes, eine Verteilungswolke, vielleicht, aber gesehen hat es noch keiner«.

Was diese Welt zusammenhält, denke ich, ist eine Wolke. Allerdings steht die Quantenmechanik noch im Widerspruch zur Relativitätstheorie.

»Ist die Gravitationskraft eine Fundamentalkraft wie die anderen auch? Die anderen drei Kräfte werden durch Teilchenaustausch vermittelt, das heißt, es sind Kräfte, die

durch Wellenfunktionen beschrieben werden können, in denen virtuelle Teilchen ausgetauscht werden. Und deshalb wirkt Kraft, weil diese virtuellen Teilchen kann man nicht wirklich messen, sondern die werden ausgetauscht. Deshalb erscheinen sie auch nirgends, außer darin, dass diese Teilchen sich anziehen oder abstoßen.
Einstein sagt, die Gravitationskraft ist eigentlich keine richtige Kraft, sondern nur eine Konsequenz davon, dass Masse den Raum krümmt. Eine Scheinkraft. Die Geometrie des Raumes verändert sich. Und das erscheint uns dann als Gravitation. Der Apfel fällt also nicht deshalb nach unten, weil eine echte Kraft wirkt zwischen ihm und der Erde, sondern er fällt nach unten, weil die Geometrie gekrümmt ist. Und wenn der Apfel sich geradlinig durch die Geometrie, die durch die Masse der Erde eben gekrümmt ist, fortbewegen will, dann bedeutet es für ihn, zur Erde hinzufallen. Die Elementarteilchenphysik hingegen geht eher davon aus, dass auch die Gravitation eine Kraft ist, die auf dem Austausch von virtuellen Teilchen beruht.«
Beide Theorien sind noch nicht komplett, aber Widerspruch macht keine Angst, denke ich, sondern ist belebend. Friede, der Gedanke kommt mir, stellt sich dann ein, wenn ich alles verlerne. Erkenntnis ist nicht eine Folge von Sätzen, die ich mir eingeprägt habe, von Handlungen, die ich befolge, sondern von Tagen, an denen ich alles aufgebe. Also lausche ich bereitwillig einer Stringtheorie, wo wir von elf Dimensionen ausgehen. Dadurch werden die Teilchen, die wir als Punkte wahrnehmen, ausgedehnte *Strings*, weil die noch Fortsetzungen in der zum Beispiel fünften, sechsten Undsoweiterdimension haben. Wir sehen nur die Projektion in unseren drei Dimensionen.
»Wann hat eine Theorie alles erklärt?«, frage ich.

»Wir können immer wieder eine Frage stellen, davon lebt auch die Wissenschaft«, antwortet der Physiker. »Auch bei der Stringtheorie. Was sind das für Dimensionen? Warum sind bis auf drei Raumdimensionen alle so stark eingerollt, dass wir sie nicht wahrnehmen und messen, aber mit ihnen rechnen können? Warum sind die Quantenfluktuationen so fein abgestimmt, dass ein Universum herauskommt wie unseres? In dem dann Leben existieren kann? Warum sind wir überhaupt in der Lage, mit unserem beschränkten Gehirn die Struktur des Universums rational zu entschlüsseln?«

Eine Zelle, die gerade gestorben ist, scheint rein physikalisch identisch mit einer Zelle, die eben noch gelebt hat. *Schweigen,* denke ich. Ich komme mir inzwischen vor, als ob jedes meiner Worte weit, weit entfernt in meinem Hirn zusammengehämmert wird, aus schwerem Metall, an einem Amboss mit dicken Schrauben und Schweißnähten verschmolzen, und es scheint Stunden zu brauchen, bis der Silbenklumpen endlich an den Mund geliefert werden kann.

»Ich glaube nur, was ich sehe«, zitiere ich den beliebten Skeptikerspruch. Ironisch gebrochen.

»Ja«, sagt Fink und lächelt, »aber ich habe noch nie einen Gedanken gesehen.«

5

Ich *vermisse dich.*
Und deshalb will ich nun doch mit Edina reden. Stündlich sendet sie eine neue SMS. Wir müssen das aus der Welt schaffen, denke ich, und höre mich innerlich argumentieren, phrasieren, und deshalb habe ich ein Hotelzimmer geordert.
»Schön, dich zu sehen!« Sie läuft mit weit aufgerissenen, glühenden Augen den Hotelflur entlang und umarmt mich vor dem Zimmer. Keine Spur von Unsicherheit, das Gesicht weich, warm, vor Erregung gerötet, und ich habe längst alle Vorsätze vergessen. *Welch Überraschung.*
»Hi«, sage ich. Im Gegensatz zu ihrer lautstarken Freude wirke ich wie ein unangenehm gewissenhafter Grundschüler, der gleich einen Vortrag in der Aula halten muss.
»Hier wohnst du also …« Ihre Lippen bilden als schmale Linie einen interessanten Kontrast zu ihren großen Augen.
»Ich habe später noch einen Termin in der Stadt …«, antworte ich und kann selber nicht glauben, was ich da so vor mich hinfabuliere. Du bist bescheuert, denke ich. Kein Geld, keine Zukunft, arbeitslos, alte Schuhe, aber ich buche ein Hotelzimmer in der äußerst gehobenen Kategorie (zu reduzierten Wochenend-Internet-Preisen), um irgendwie lässigen Reichtum vorzugaukeln. Im völligen Gegensatz zu meiner Pilgerei und zu dem, was ich erstrebe. Aber meine

Begegnungen mit Edina sind ohnehin völlig paradox, denke ich, sie sieht mich doch gar nicht als richtigen Menschen, ihre prinzipielle Bereitschaft zu vergöttern hat sich vollständig von meiner Person und Biographie gelöst. Meine Hülle muss herhalten. Mein Körper. Irgendwie bizarr, denke ich. Irgendwie auch erregend. Und ich spiele bloß mit. Irgendwie auch stumpf und deprimierend.
»Schönes Hemd«, sagt sie und küsst mich leidenschaftlich.
Sie verliert alle Hemmungen. Sie hat es sich in den Kopf gesetzt, verliebt zu sein, denke ich. Du bist nur Mittel zum Zweck. Aber ich akzeptiere das Mittel.
Noch.
Sie lacht über Witze, die nicht witzig sind, die nicht einmal als Witze gedacht waren, und sie lauscht andächtig meinen Gedanken. Die keinerlei Grund zur Andacht haben. Aber es hat auch einen gewissen Reiz.
Noch.
In meiner Einsamkeit, in meiner Verzweiflung wirkt dieses bescheuerte Spiel tatsächlich belebend. Wer sieht schon den wahren Kern bei einem Menschen, motiviere ich mich.
»Komm endlich …«
Wir küssen uns wie Schiffbrüchige, die sich im Kampf ums Überleben aneinanderklammern. Und dann sind wir beide nackt.

Fünfzehn Minuten später liegen wir schweigend nebeneinander.
Aber sie lächelt. Ihr Kopf ist deutlich gebräunt, angenehm, der Rest des Körpers allerdings kalkweiß. Beinahe wie ein Streichholz, denke ich.
»Irgendwie kalt in dem Zimmer«, sage ich und ordne das Laken.

Sie lächelt in sich gekehrt; schweigend.
Dieser bescheuerte Partykuss hat etwas in ihr angeklickt, das fast schon beängstigend ist, denke ich. Und macht es gleichzeitig spannend.
Und gleichzeitig desillusionierend: *Sie meint überhaupt nicht dich!* Ich könnte irgendwer sein. Sie ist verliebt in eine Illusion von Freiheit und Abenteuer, denke ich, von Vergangenheit, von Jugend. Sie meint nicht dich. Sie ist verliebt in ihre Fantasie, denke ich und weiß gleichzeitig, dass ich das Hotelzimmer bestellt habe.
»Ich find's angenehm«, sagt sie und stupst ihre Stirn mehrmals gegen meine Schultern. Die Matratze ächzt bei jeder Bewegung, das ist mir eben gar nicht aufgefallen. »Ich musste gerade daran denken, dass ich mal mit einem Hoteldirektor verkuppelt werden sollte, das ist schon lange her ... Wir hatten schnell festgestellt, dass uns nichts aneinander interessierte – außer der Stimme. Ich habe eine tiefe, heisere Stimme, er, als Mann, eine nette, aber viel höhere Stimme. Wir überlegten dann zu tauschen ...«
Ich soll diese Fantasie ausfüllen und spielen, denke ich, also die Hülle der Fantasie besticken. Ich darf jetzt ihren Kopffilm ausleuchten. Aber es ist okay. Ich spiele doch gerne diese Rolle, denke ich, Sportwagen, lässig, reich, unbekümmert – dabei bin ich höchstens reich an Sorgen. Aber es tut mir auch gut.
Es reißt mich aus meinen Sorgen und Vorahnungen, und dieser fremde, feine Robert bringt Leben in die Bude.
»Hast du dich damals eigentlich wohl gefühlt in Köln?«, fragt sie.
»Ich hab ein wenig gebraucht, bis ich diese Platzhektik einordnen konnte ...«
»Wer platzt?«
»Nein, ich meine ... Ich bin aus der U-Bahn gestiegen, mit

vielen anderen Menschen, gehe einige Schritte über eine Ampel – und plötzlich, auf einen imaginären Befehl hin, rennen die Menschen los. Immer mehr. Sie rennen und rennen, in die nächste Straße hinein. An manchen Tagen auch nicht. Es hat etwas gedauert, bis ich verstanden habe, dass in einer Parallelstraße eine Bushaltestelle ist und die Leute den ankommenden Bus vorher durch eine Häuserflucht erkennen konnten …«

»Damals waren die Straßen in Köln ja auch noch voll mit Wäscheleinen«, antwortet sie, »ganze Straßenzüge hindurch, alles hing voll. Heute kaum noch …« Sie zelebriert ein fast schon durchtriebenes, irgendwie völlig zufriedenes Lächeln. Das gleiche wie auf der Party, denke ich, als sie sich über meine plumpen Anspielungen lustig machte, sie aber gleichzeitig inhalierte.

»Wäscheleinen?« Ich erinnere mich daran, dass sie *damals,* vor zwanzig Jahren, nicht einmal gewöhnlichste Alltagsereignisse erzählen konnte, ohne sie durch Flunkereien und kleine Lügen aufzubauschen.

»Kannst du dich nicht erinnern?« Sie steigt aus dem Bett, zieht ein Unterhemd an, sucht in der Handtasche nach dem Handy, und während sie auf das Display starrt, schubbert sie ihren Rücken am Türrahmen. Wie ein kleines, wildes Waldtier, denke ich. Dabei hebt sich ihr Hemd hoch und runter, und rund um die Nabelgegend schlängeln sich feine, blaue Äderchen.

»Geht es dir gut?«, fragt sie und blickt vom Handy zu mir hinüber, zwinkert mit den Augen. In all diesen Gesten lauert etwas Morbides, denke ich, etwas Fragiles, Zerbrechliches, sie schwankt zwischen exaltierten Laberattacken und plötzlichen, unsicheren Pausen, während derer sie mich um Beifall flehend ansieht.

»Edina … Was machen wir hier?«

Sie lässt ihr Handy sinken und starrt mich an. Ihr Blick öffnet sich derart weit, als hätte ich eine Hand durch ihren Körper, durch ihre Brust gestoßen, um ihr Herz zu umschließen.

»Komm, lass uns duschen …«

»Das ist auch eine Antwort …«

»Was willst du denn hören?«, fragt sie.

Berechtigterweise, denke ich. Und folge ihr. Das Bad ist aus nicht nachvollziehbaren Gründen sehr langgezogen und hoch. Der besondere Clou besteht darin, dass alles eine gemeinsam gekachelte Fläche ist. Es gibt also keine Badewanne, und die Dusche ist nicht mit Kacheln abgetrennt, sondern definiert sich als Hahn in der Wand, direkt neben dem Waschbecken. Das sieht ziemlich schick aus. Und ziemlich unpraktisch. Ein eleganter, durchsichtiger Vorhang lässt sich trennend in den Raum ziehen. Ich drehe den Hahn auf und schiebe den Kopf unter den Strahl. Nach wenigen Augenblicken weiß ich dann, worin der architektonische Nachteil besteht: Das Duschwasser läuft nämlich nicht durchgängig ab, und schon nach wenigen Spritzern waten wir beide in knöchelhohem, kaltem Planschwasser herum.

»Ich gehe schon mal zurück …«, sage ich und tapse in das Schlafzimmer, wo ich mich gleich wieder auf das Bett lege. Nackt. Ich fühle mich wie benebelt, narkotisiert, gleichzeitig schwerfällig, beinahe unfähig, meinen Körper jemals erneut zu bewegen. *Was macht mich glücklich?* Gedankenfetzen überlagern mein Denken, auch wieder von Wildtieren, absurd, Bildersplitter, verschwitztes Aufbäumen gestauter Energie, von Raubtieren, denke ich, die sich mit ihren Tatzen und Zähnen um Beute streiten.

»Ich mach mich dann mal fertig …« Edina setzt sich auf einen Stuhl am Fenster, wickelt sich ein Handtuch um den

Kopf und betrachtet einen Schokoladenfleck auf ihrer Jeans, der offensichtlich neu ist. Sie verreibt den Kranz und erreicht dadurch nur, dass das Gebilde einen stabilen Rand bekommt. Sie starrt ausschließlich auf diesen Fleck. Ihre ganze Person scheint irgendwie auf diesen Fleck konzentriert.

»Mist …« Sie rubbelt ihr Haare trocken und schlüpft in ihre verteilten Sachen. »Na ja, ich gehe dann mal.«

Ich schweige.

Edina beugt sich leicht vornüber, um in ihrem Portemonnaie zu wühlen, während ihr die Sonnenbrille vorne auf den Nasenansatz rutscht. Was schon selten doof aussieht, aber mit einer Verzögerung von vielleicht drei Sekunden erschreckt sie sich darüber und sagt: »Huch …«

Ich verspüre keine Liebe oder Leidenschaft. Aber eine Form von schmerzhafter Kumpanei.

6

Ich wohne auf dem Land, also dort, wo die Welt noch in Ordnung ist, und deshalb muss die Haustür spätestens um 20 Uhr geschlossen sein. Das ist für den Vermieter das Wichtigste. Er hat zwei Zettel in den Hausflur geheftet, in dem in Reimform die Bedeutung einer verschlossenen Türe verdeutlicht wird.
Diese Zettel übersieht allerdings jeder. Außer meinem Vermieter.
Also läuft er schon morgens durch die Straße, durch das Haus, um seine Schafe an die abendliche Vereinbarung zu erinnern. Aus meinem Wohnzimmerfenster heraus kann ich ihn unten beobachten. Wie immer trägt er seine Barschaft in einer Pfefferminzdose mit sich herum und nestelt sie hektisch tiefer in eine Hosentasche. Angeblich sind ihm schon zweimal die Portemonnaies geklaut worden.
Aus dem gekippten Fenster dringen ansonsten die herzzerreißenden Rufe verzweifelter Kühe. Die Viecher brüllen sich die Seele aus dem Leib, weil sie gemolken werden wollen. Des Weiteren liegen schrille Kinderschreie in der Luft, angestachelt durch Trillerpfeifen, und im Schlafzimmer meldet sich eine kreischende Heizung voller Luft. Ich denke an die Informationswolke und das Gespräch mit Alexander Fink, und daran, dass es überall da draußen Menschen gibt, die über den Dingen stehen.

In der Küche drücke ich den Hebel meines alten Toasters mehrmals hinunter, bis er endlich einrastet. Es klingt wie ein altes Metalltor im Garten. Vielleicht, denke ich, halten schweigende Menschen den Laden am Laufen, und weniger die Schreihälse. Obwohl die Lautstärke der Beleidigten mehr Eindruck macht. Ich lausche schlaftrunken auf den spärlichen Gesang vereinzelter Vögel. Das sind ja Primzahlen, wundere ich mich, die Vögel tirilieren dreimal, Pause, dann fünfmal, Pause, ein anderer siebenmal, dann wieder dreimal.

In diesem Landhaus habe ich inzwischen schon einige weitere Gesetzmäßigkeiten entdeckt, die beispielsweise zum Zusammenbruch des Stromnetzes führen. So habe ich herausgefunden, dass ich den Staubsauger mit der kleinsten Stärke anstellen muss und erst dann langsam höherdrehen darf. Wenn ich mich nicht an diese Vorgabe halte und einfach volle Pulle lossauge, fliegt augenblicklich die Sicherung heraus. *Ich vermisse dich.*

Beinahe schon Routine, denke ich, als ich Edinas neuerliche SMS erhalte. In einem Fenster im Nebenhaus flammt Licht auf. Dadurch wird ein Mann sichtbar, der einen Teller und ein Glas durch einen Raum trägt. Mehr nicht. Das Licht wird wieder gelöscht. Vielleicht ist das eine Form von ländlicher Kommunikation, denke ich und mache ebenfalls kurz das Licht an, während ich auf mein Handy glotze.

»Die Haustür muss um 20 Uhr geschlossen sein«, höre ich die Stimme des Vermieters leise aus dem Hausflur aufsteigen. Das hat er bekanntlich auf einem Zettel verzeichnet. Das Wichtigste im Leben. Alle Schlechtigkeit, Chaos und Sündhaftigkeit wird ausgeschlossen. Das Problem ist eben, dass seine Mieter die Wichtigkeit dieses Vorsatzes nicht verstehen.

7

Ich *vermisse dich.*
Liebe, denke ich, ist auch so ein Streichwort. Es kann nur als radikales Gesamtpaket funktionieren, denke ich, eben alle Menschen zu lieben, ohne Angst, etwas Falsches zu sagen oder eine vermeintlich falsche Antwort zu hören. Ohne Angst, nicht mehr geliebt und verlassen zu werden. Unabhängig von dem, was andere erzählen oder vorantreiben. Und vor allem: ohne die Sucht, meine Leere mit einem einzelnen Menschen zu füllen. Liebe, denke ich, ist vor allem komplett unbrauchbar bei Arbeitslosigkeit. Deshalb lasse ich Edinas SMS unbeantwortet.
Stattdessen will ich endlich selber helfen. Das Gesamtpaket, denke ich und betrachte zwei Abiturientinnen auf einer Rolltreppe, die hinunter in den U-Bahn-Tunnel führt. Es sind tatsächlich immer die gleichen Abläufe, denke ich, als ich eine weitere junge Frau bemerke, die den Schülerinnen folgt. Es sind Rhythmen, die überraschend simpel zu erkennen sind, weil ich stoisch meine Runden drehe und nur beobachte und schaue.
Die junge Frau wedelt mit einem Schal, direkt vor mir auf der Rolltreppe, und greift einer der Oberstuflerinnen in deren Rucksack. Nicht ungeschickt macht sie das, unter dem bedeckenden Schal, eher beiläufig, anmutig

beinahe, so wie Freundinnen halt untereinander ihre Dinge teilen. Mich irritiert nur, dass diese Freundinnen nicht miteinander sprechen, so wie es Fashionistas sonst immer tun.

»Sorry …« Ich halte die junge Frau am Arm, um erst einmal abzuklären, ob es sich nicht vielleicht doch um eine Bekannte handelt, und sie bleibt auch tatsächlich brav stehen; ertappt. Aber dann erkennt sie in Sekundenschnelle die wirkliche Realität, nämlich, dass die beiden Schülerinnen überhaupt nichts erkennen. Und dass ich kein Polizist bin. Dass da also nur ein doofer Typ steht und doofe Fragen stellt. Und dass die beiden Schülerinnen mit aufgerissenen Augen glotzen.

Die Diebin reißt sich also los und haut ab.

»Ihr müsst ein bisschen aufpassen«, sage ich. Und die Abiturientinnen glotzen unverändert. Keine Antwort, keine Frage, völlig überfordert. Völlig verstockt.

Ich bin offensichtlich *merkwürdig* für die beiden. Das wird nicht einfach werden, mit dem Helfen, denke ich, denn die beiden haben immer noch nicht verstanden, was da gerade passiert ist, und ich zwinge mich augenblicklich zu schweigen. Als Heilmittel. Adrenalin durchzieht meinen Körper. Ich muss schweigen, um wieder Abstand zu gewinnen. Die beiden glotzen *mich* an, denke ich aufgebracht, anstatt zu registrieren, was da gerade passiert ist. Aber bevor ich mich jetzt nur noch tiefer in meinen Ärger verkrieche, will ich schweigend den Grund abtasten. Denn Ärger ist interessant, weil er glasklar zeigt, wie ich mich sehe, und was ich fühle, und welche irrsinnige Bedeutung ich meinen Erkenntnissen zubillige.

Schweigen. Und erst einmal nur schauen.

Gemeinsam mit anderen Männern stehe ich in dem

U-Bahn-Tunnel, vor einer Armada von Zeitungskästen. Vor einer Flotte von rotgefärbten Schlagzeilen. Und plötzlich kommt Leben in ihre Körper, denn die Schlagzeilen in den Schaukästen pflanzen sich offensichtlich weiter. Obwohl die Männer nicht miteinander befreundet sind und ziellos herumstehen, durchzuckt sie plötzlich ein gemeinsamer Gedanke. Aber sie wollen nicht vor all den fremden Passanten monologisieren und schimpfen, also sucht sich die Gedankenenergie einen Ausweg. Der Arm des einen Rentners zuckt unrhythmisch, die Mundwinkel des anderen drehen sich, und letztlich hüpfen sie alle vor den Zeitungskästen auf und nieder. Vor und zurück. Es ist modernes Ballett. Es ist eine Qual für die versammelten Rentner, nicht reden zu können, und die Explosionskraft der Schlagzeilen arbeitet in ihren Körpern.

Deshalb musst du unbedingt weiter das Schweigen üben, denke ich, weil es nicht einfach bedeutet, mal eben nicht zu labern, sondern dass ich mir jeden Fluchtweg abschneide und mich so ertrage, wie ich bin. Es ist sehr schwer, gar nichts zu tun, einfach nur an einem Fleck zu stehen und zu schweigen. Zu schauen. Schweigen verlangt, denke ich, dass ich auch nicht auf mein Handy schaue, nicht im Internet surfe, eben all den Quatsch nicht starte, mit dem ich mich sonst von mir selbst ablenke. Stattdessen ertrage ich mich. Und ich ertrage all diese absurden Gedanken und Gefühle, die unmittelbar aufstoßen. Mein Gott, denke ich, was für ein Müll kommt da angerollt, irgendein Zeug aus längst vergessenen Zeiten, und immer wieder verdrängter Ärger. Unglaublich, denke ich, nur weil ich mal die Klappe halte. Ein einziges Chaos.

Im Schweigen, denke ich, bin ich wenigstens mal ehrlich

und spiele nicht. Und ich sehe, was mir fehlt. Aber es ist nicht schön. Es ist wirklich nicht schön. Kaum zu ertragen.

»Ich kann verstehen«, sage ich zu einem der zappelnden Rentner an den Zeitungskästen, »dass man dann irgendwann einfach reden muss.«

8

Wann *sehen wir uns?*
Der einzige Ort, an dem ich mich tatsächlich über Edinas virtuelle Aufdringlichkeit freue, ist dieser Flur auf dem Arbeitsamt. Wobei sich das Gebäude heutzutage »Agentur für Arbeit« nennt. Und ich bin dort ein »Kunde«, wie es heißt. Arbeitsuchend. Deshalb habe ich mich vermutlich auch mit schnellen Schritten durch die gläserne Eingangsfront geschlängelt, in der Hoffnung, dass mich keiner von den Autofahrern oder Passanten erkennt. Weil ich ein Kunde bin. Der verpflichtend angewiesen wird, zu erscheinen.
Es ist mir peinlich.
»Was mache ich mit Ihnen?«, sagt mein zuständiger Betreuer, nachdem er mich von meinem Flurplatz hineingebeten hat. Er ist ein freundlicher, ungefähr gleichaltriger Herr, der regelmäßig seine Hände wie ein Zirkuszauberer öffnet. »Journalismus ...«, murmelt er leise, als sei das ein Codewort für »schwer vermittelbar«.
Ich erinnere mich daran, dass ich vor meinem heutigen Kundenbesuch erst ein Telefonat führen musste, währenddessen eine zuständige Kundenbetreuerin kurz den Hörer zur Seite legte, und durch die Muschel rauschte das Meer. Natürlich ist das Blödsinn. Es war mir klar, dass diese Agentur nicht am Strand liegt, aber der Autolärm klang romantisch.

»Wir haben hier in dieser Gegend nicht so viele Möglichkeiten für Journalisten«, sagt mein Betreuer freundlich und bildet mit Daumen und Zeigefinger jeweils einen Kreis. Damit punktiert er dann jedes seiner Worte und gibt Tipps für eine Stellensuche im Internet. Das ist nett. Ich bin schließlich ein Kunde.

»Sie haben Verkaufserfahrung«, sagt er zum Abschluss, »da werden Sie bestimmt eher etwas finden.«

Mehr wird dieses Gespräch nicht mehr erbringen, mehr habe ich auch nicht erwartet, aber ich erinnere mich daran, was es heißt, »etwas zu finden«. Weil man Geld braucht. Letztes Jahr wurde ich beispielsweise in ein Call-Center eingeladen, Schutzanzüge verkaufen, tolle Idee, ohne jedes Grundgehalt. Komplettgehalt: Provision. Und die hochwertigen Schutzanzüge haben letztlich die zwei richtigen Angestellten verkauft. Für den Rest, den Abschaum vom Arbeitsamt, blieb das Verhökern von billigsten Atemschutzmasken, die in jedem Baumarkt angeboten wurden, und dazu noch preiswerter. Ich sehe mich noch an deren wackligen Schreibtisch sitzen und Telefonbücher blättern, umgeben von vier weiteren Einzelkämpfern. Den ganzen Tag über haben wir untereinander nicht zwei Silben miteinander geflötet, strengstens verboten, und dafür mit Dutzenden körperlosen Telefonstimmen verhandelt. Besudelt von herumschwebenden Ablehnungen. Eine Woche habe ich das tatsächlich durchgehalten, erinnere ich mich, diese Fremden sprachlich zu penetrieren, von denen ich nicht einmal eine ungefähre Ahnung hatte, wie sie aussahen. Kein menschlicher Kontakt, erinnere ich mich, nur eine Kakophonie von Atemgeräuschen, die aus einem verschwitzten Stück Plastik quollen.

»Jaja«, antworte ich leise, »ich werde schon etwas finden.«

Und auch die letzte Zeit im Möbelhaus, denke ich, das war nicht spaßig. Nur allein die Wochen, als sich das Gerücht wie ein Lauffeuer verbreitete, es würde ein neues Möbelhaus eröffnen, und zwar ein sehr großes, in unmittelbarer Nachbarschaft. Wenn ich daran denke, mit welcher Verachtung Braun auf diese Nachricht reagierte, unser großer Motivator. Anstatt darauf einzugehen und seine Leute einzuschwören, wie es in der Sportlersprache so schön heißt, bestand seine großartige Motivation nur in offener Verachtung. Und in neuen Demütigungen.
Unterstützt von Rotkäppchens ungeschickter und gleichzeitig hinterhältiger Taktik, mich brechen zu wollen. »Möchten Sie nicht im Discounter arbeiten?« Das war perfide. Allerdings freundlich formuliert. Für einen Provisionsverkäufer beinhaltete sein vermeintliches Angebot ungefähr ein Drittel Einkommensverlust. Und gleichzeitig war seine Botschaft: Wir können mit dir machen, was wir wollen. Wir können dich einfach so versetzen. Erst Kollege Müller schaffte es, mich zu beruhigen. »So einfach geht das nicht.« Punkt, aus.
Das Brechen war für Rotkäppchen irgendwann zentral geworden, das Anpampen wegen Banalitäten. Er durfte das, als Abteilungsleiter. Als Mensch, als sogenannte Persönlichkeit, ein ganz kleines Licht, und das war auch ihm immer klar, in seinen Ansprachen, aber dann, in der Kostümierung als sogenannte Führungskraft, durfte er quälen. »Wir müssen uns mal über Ihre Einstellung unterhalten, Herr Kisch.« Wenn ich alleine an diese ekligen Quartalsgespräche denke. »Haben Sie mal kurz Zeit, Herr Kisch … Setzen Sie sich, es kann länger dauern …« Und dann immer die gleiche Schallplatte: »Ihre Einstellung, Herr Kisch … Sie sollten sich mal überlegen, ob Sie hier richtig sind. Vielleicht sollten Sie besser im Discoun-

ter arbeiten ...« Es war klar, diese Form von Mobbing, von Bossing, wie es korrekter heißen muss, wurde immer dann angewendet, wenn die Geschäftsführung erreichen wollte, dass eine ungeliebte Person freiwillig kündigt. Aber ich konnte nicht gehen! Ich brauchte diese Bettelpenunzen.

»Herr Kisch, wo sehen Sie sich in zehn Jahren?«

Keine Ahnung. Mir ist heute noch unklar, was er damit erreichen wollte. Außer Übelkeit bei der Vorstellung, mich weitere zehn Jahre von ihm fertigmachen zu lassen.

Keine Ahnung.

»Ich wünsche Ihnen alles Gute«, unterbricht mein freundlicher Sachbearbeiter die Tagträumerei und deutet mit der Hand in Richtung Ausgang. Also verlasse ich das Arbeitsamt und beginne draußen unverzüglich wieder zu gehen. Ein Impuls zu beschleunigen, drängt mich vorwärts. Schneller zu gehen. Ich kann nicht einfach nach Hause fahren, denke ich, sondern ich muss erst einmal *weg,* und spüre kurze Zeit später, wie es mir guttut. Jeder einzelne Schritt lockert den Brustkorb.

Und Gehen blockiert Grübeln. Tatsächlich. Gehen klärt Denken. An einer Ampel warte ich vor einem Fenster, offensichtlich einem Großraumbüro, in dem ausschließlich Computer stehen. Vor dessen Bildschirmen ausschließlich Frauen sitzen und tippen. Und telefonieren. Aber durch das Mittagssonnenlicht werden die Computerbildschirme der Frauen bestrahlt, und deshalb bilden sie mit ihren Händen kleine Handinnenschatten, nachdem sie eine Zeile geschrieben haben. Es sieht aus wie eine liebevolle Kleinkindgeste, wie ein Streicheln, denke ich, beinahe synchron immer die Hand zum Bildschirm und dort mit den Fingerspitzen am Bildschirm. Und plötzlich fühle ich wieder diesen Glanz in mir. Und Freude.

Tatsächlich ist es so, denke ich, dass ich immer, wenn ich zu einer Situation oder sogar grundlos »Danke« sage und das auch meine, diesen Glanz spüre. Tatsächlich. Weil es möglicherweise eine Form des Jasagens ist, denke ich, das mich irgendwie aufschließt. Und je häufiger ich das anbringe, desto leichter fällt es mir. Es muss an diesem absurden »Ja« liegen, denke ich, das mir kaum über die Lippen kommt, das mich aber beruhigt. Und je schwerer es mir fällt, dieses nervige Wort *dankbar* zu sagen, desto mehr beruhigt es mich. Und gibt mir einen Kick, denke ich. Tatsächlich. Als ob gerade die unangenehmsten Situationen die meiste Tiefe beinhalten.

Freude, denke ich, tiefe Freude.

Obwohl es, realistisch betrachtet, keinen Grund dazu gibt, denke ich, denn ich komme von einem ergebnislosen Besuch beim Arbeitsamt, aber sobald ich mich in dieses »Ja« vertiefe, dazu schweige, »Ja« sage, dankbar, dann fühle ich mich wie befreit. Absurd, denke ich. Und mehr noch spüre ich, dass es mir ein Gefühl von Liebe wiedergibt. Anders als mit Edina. Mit jedem »Ja«, denke ich, fühle ich mich lebendiger, und von Wärme durchzogen, umfassender allerdings, auf alles bezogen. Und zum ersten Mal antworte ich Edina.

9

Letzte Nacht bin ich aufgewacht …«, sagt sie tonlos, »in diesem verdunkelten Zimmer hier, mit geschlossenen Augen, Stille … und ich war plötzlich hundertprozentig davon überzeugt, in einem Sarg zu liegen. Hundertprozentig! Absurde Idee, klar … aber ich hatte derart Schiss, dass diese Absurdität doch Realität ist, dass ich mich nicht getraut habe, nach dem Lichtschalter zu suchen … Aus Angst, es gäbe ihn nicht …«

Edina telefoniert unbeeindruckt weiter, obwohl ich schon in ihrem Wohnzimmer stehe, und reicht mir eine Hand. Ohne meine Begrüßung zu erwidern. Ihre Hand liegt wie ein abgetrenntes Stück Fleisch zwischen meinen Fingern. Zum ersten Mal in ihrer Wohnung, denke ich, wohl wissend, dass ich diese Grenze nie übertreten wollte. Die Streben in ihrem Treppenhausgeländer klangen wie dicke Instrumentensaiten, denke ich, als ich mit meinen Händen dagegen geschlagen habe. Sie hallten wie ein jahrtausendealtes Uhrwerk, das im Inneren eines Schlosses angebracht ist. Das ganze Haus wirkt irgendwie ausgehöhlt und vollständig von diesem Uhrwerk besetzt.

»Also gut …« Abrupt beendet sie das Gespräch, ohne es mit einer Floskel abzurunden, und grinst mich fast schon expressionistisch an. Also irgendwie verzerrt, überzeichnet. Aber trotzdem klasse, denke ich.

»Du hast ein schönes Hemd an«, sagt sie. Es ist ein weißes Teil, von der Stange, wie man so sagt. Aber sie begeistert sich für mein Hemd, als habe jemand diese Bekleidungsform eben erst erfunden.
»Dein Mann?«, frage ich und blicke in Richtung Telefonhörer. Zum ersten Mal ist mir ihre Begeisterung fast ein wenig unheimlich.
»Du riechst gut«, antwortet sie (nicht) und postiert eine ihrer beliebten Pseudo-Gesten im Raum. Manchmal richtet sie phallisch den rechten Zeigefinger auf, wie ein Politiker, der einen sogenannten wichtigen Einwand machen will, um letztlich doch nur zu schweigen. »Schön, dass es geklappt hat …« Und wieder küsst sie mich, als ob wir beide gerade erst in die Pubertät gekommen wären.
Genau das macht alles so problemlos, denke ich, weil sie mich nicht als wirklichen Menschen wahrnimmt, sondern wie eine Erscheinung. Gnadenlos. Und ich, anderseits, in dieser Rolle aufgehe, denke ich, wie ein Kuchenteig, weil es überhaupt nichts mit meinem wahren Leben zu tun hat. Streng genommen müsste ich nicht einmal reden. Ich brauchte nur hier herumzustehen, denke ich, und sie würde dieses Hologramm bewundern wollen. Interessant ist allerdings, denke ich, wenn ich mir klarmache, dass auch ich umgekehrt so vorgehe. Letztlich ist alles, was ich betrachte und einordne und bewerte, also sehe, eine Spiegelung meines Denkens. Also kann ich mich selber in meinen Gedanken über andere Menschen erkennen, denke ich. Aber ich traue mich nicht, in diesen Spiegel zu schauen, weil ich ein wahrer Meister darin bin, auf die Fehler der anderen zu starren und scharf zu stellen. Dabei müsste ich viel stärker darauf achten, was mein Bewerten mit mir zu tun hat. Das Absurde ist, denke ich, dass ich doch ganz genau weiß, dass ich mitschuldig bin, ganz entschei-

dend dazu beigetragen habe, eine Ehe zu zerstören, und deshalb ein schlechtes Gewissen rumoren fühle, leise, dass ich stattdessen aber auf ihre Blicke achte. Und auf ihre Gesten.

»Ich bin ein wenig überrascht, dass wir uns hier treffen«, sage ich und schaue mich um. In der Mitte des Raumes stehen eine Unmenge Rattanmöbel, die alle mit weißen Stoffen bezogen sind. Davor prunkt ein Glastisch mit deutlich sichtbaren Gebrauchsspuren. Tapete, Kissenbezüge und Teppiche, alles im gleichen samtigen Blauton. Und dazwischen, dahinter, darüber, darunter: überall Fotos. Papa, Mama, Kind. Familienfotos. Lächeln, Strahlen, Zahnpastareklame. In diesem weißen Rattanraum erwecken die Schnappschüsse in mir etwas Bemitleidenswertes.

»Gefallen sie dir?«, fragt sie und blickt fast schon ängstlich.

»Du bist eine Künstlerin«, antworte ich langsam und spüre in mir streitende Gefühle von Überlegenheit und Zärtlichkeit. Und den Drang, hier zu verschwinden. Weil sie mir ein schlechtes Gewissen macht. *Sie* ist das schlechte Gewissen, denke ich, als Person. Und stärker als je zuvor wird mir plötzlich klar, dass es nichts außerhalb meiner Betrachtung gibt, keine Welt da draußen, denke ich, weil alles, was ich vermeintlich in anderen sehe, in Edina, nur ein Spiegel ist. Ich bin umgeben von Spiegeln, denke ich, umgeben von meinen Süchten.

»Das bedeutet mir viel«, antwortet sie in ihrer Kleinmädchenstimme, während ich tatsächlich auch noch einige Stofftiere entdecke, die offensichtlich nicht von ihrer Tochter stammen. Bunte Mäuschen, die sich Küsse zuwerfen; dick bebrillte Maulwürfe, die irgendein Tagewerk verrichten; gedankenverlorene Klischeekätzchen, die den

ganzen Quatsch zu betrachten scheinen. All das zusammengenommen ist in pornographischer Deutlichkeit lächerlich, beinahe quälend in ihrer Absurdität. »Schön hast du es hier«, sage ich.
»War dein Termin erfolgreich?«, entgegnet sie.
Mir fällt nur der Besuch beim Arbeitsamt ein. Und darüber werde ich sicherlich nicht mit ihr reden. Ich bin schließlich ein virtueller Held. Also schweige ich.
»Du brauchst dir nicht ständig Gedanken über meinen Mann zu machen. Er ist die nächsten Tage auf einem Seminar. Und meine Tochter ist bei der Oma ...« Sie fläzt sich auf einer weiteren blau bezogenen Polsterecke, deren Preis und Beschaffenheit ich nur zu deutlich aus meinem vergangenen Arbeitsalltag kenne. Sie trägt eine kurze Hose, und bis fast zu den Knien hoch zeichnet sich das geriffelte Muster zuletzt getragener Socken ab.
»Wenn du meinst«, murmle ich und streichle über die roten Strukturkästen auf ihrer nackten Haut.
»Wir sind nur noch auf dem Papier verheiratet«, sagt sie, »aber da läuft nichts mehr, gar nichts. Obwohl unsere Nachbarn das ganz anders sehen, weil sie uns angeblich unentwegt streiten hören. Und wer sich streitet, der hat ja noch Leidenschaft oder so ähnlich ... Ich lasse die Nachbarn in dem Glauben, dabei streiten wir gar nicht. Wir brüllen nur, aber nicht miteinander. Erst brülle ich, dann er, dann wir beide zusammen. Aber wir schreien, weil eine der Katzen neuerdings lebende Mäuse ins Schlafzimmer trägt, und wir haben die absurde Hoffnung, unser Geschrei geht der Katze auf die Nerven ...«
Edina öffnet dabei ein silbernes Zigarettenetui, gefüllt mit exakt zwei Stengeln. Mehr darf sie nicht rauchen, hat sie mir schon auf der Party anvertraut, selbst auferlegte Buße. Deshalb trägt sie dieses silberne Etui mit sich herum.

»Wir haben nur noch eine Gemeinsamkeit«, erzählt sie weiter. »Wir sind beide verrückt nach Hamburgern, und zwar so verrückt, dass wir immer gleich mehrere, bis zu zwanzig Stück kaufen, und die dann zu Hause einfrieren. Um immer welche parat zu haben, zu jeder Tages- und Nachtzeit …«

Beinahe hätte ich sie danach gefragt, was *wir* denn für Gemeinsamkeiten haben, außer unserer bizarren Spiegelei. Aber ich halte meine Klappe, um die großartige Fassade nicht zu gefährden. Dabei fällt mir auf, dass es tatsächlich verschiedene Formen des Schweigens gibt. Und das ist die verlogene Variante, denke ich, nur um einen Vorteil zu erhalten, um Auseinandersetzungen aus dem Weg zu gehen. Wenn ich dann nämlich reden soll, quake ich nur mürrisch herum. Und wenn ich schweigend bloß pausenlos mit mir selber diskutiere, lautstark argumentiere, im vermeintlichen Schweigen, dann explodiert mein Labern in einem wirklichen Gespräch ohne Punkt und Komma.

»Ich will nicht mehr nachdenken«, sagt sie plötzlich leise.

Ich schweige.

»Kein Mensch will doch mit einem Menschen zu tun haben, der unglücklich ist«, flüstert sie, und irgendwie ist das alles nur noch absurd. Gleichzeitig merke ich wieder diesen verzauberten Blick in ihren Augen. Diese Verdrehtheit.

Und wir küssen uns.

Sobald sie damit anfängt, mich zu streicheln, fühle ich mich verwundbar durch sie. Wie aufgerauht. Es ist bizarr. Und schön, und beängstigend, und falsch, denke ich. Ihre Hand umschließt mein Geschlecht wie ein warmes Futteral. Edinas Körper ist dabei in kurzer Zeit verschwitzt und irgendwie verzerrt, beinahe leidend, und gleichzeitig von einer transzendenten Anmutigkeit. Ich fühle mich wieder jung in ihrem Atemkleid, zurückkatapultiert in eine Zeit, als mein Leben tagtäglich nur aus Leidenschaft bestand. Ohne Freundin. Aber in diesen Anfangsachtzigern, *New Wave,* in diesen Oberstufenjahren, war ALLES ungeheuer wichtig, überladen von einer undefinierbaren Spannung, zum Bersten gespannt, in einer Fantasiewelt, tagtäglich bereit, aufzuplatzen in ein schrilles Abenteuer. Zyniker können noch so sehr davon sprechen, denke ich, dass Punk eine Marketingidee gewesen sei und eine spinnerte Vorstellung von Kunststudenten. Es war meine Jugend. Und gerade abseits von Berlin. Vielleicht sind die zynischen Protagonisten manchmal sogar von ihrer eigenen Tat abgekoppelt. Zu feige für Punk, und auch zu brav, aber ich war mit Feuer und Flamme *New Wave.* Wenn ich ein Gitarrenriff von Joy Division höre, dann weiß ich heute noch, dass es *richtig* ist, obwohl es für viele Menschen wahrscheinlich nur primitiv klingt. Gestern erst, erinnere ich mich, während Edina unter mir atmet, habe ich in einem Café gesessen, während aus den Boxen »Making Plans for Nigel« von XTC lief, als Hintergrundmucke, denke ich, und das Bizarre ist, dass ich jede Note unverändert kenne, jede Phrasierung beim Gitarrensolo, jede Akkordverschiebung. Das Schlimme ist, denke ich, während Edina sich verkrampft, dass diese Jugendzeit mich bis heute hin verflucht. Denn ich bin dadurch nicht schlüssig geworden. Dieser Irrsinn, denke ich, als wir versuchten, in meiner Wohnung eine Galerie zu eröffnen, es war die Zeit der »Neuen Wilden«, überrannt von fremden Menschen, bei einer Vernissage, Straßenbekanntschaften, die mir den Kühlschrank plünderten, den Teppich zerfetzten, Geld klauten, und wir alle zusammen panisch zurück auf die Straße stürmten, weil in der Enge ein Vorhang Feuer gefangen hatte und nicht mehr zu löschen war. Erst als ich in dem Möbelhaus herumgeirrt bin, denke ich, während Edina stöhnt, wurde Musik wieder wichtig. Diese Bedeutung von Freiheit und einer anderen Welt, das war alles wieder da, wie mit sechzehn Jahren. Diese Kraft, die ein Song haben kann, und die Hoffnung, die ein Songtext geben kann, auf ein besseres Leben. Und wie es mich weggehauen und vorwärtsgetrieben hat. Ich bin wahrscheinlich der einzige Mensch, der ein Konzert der Einstürzenden Neubauten in ihrer Prä-Kunst-Phase, also: LAUT erlebt hat und sich an nichts erinnern kann. An gar nichts.

Edina schließt die Augen.

Vielleicht war ich damals einfach noch zu jung, denke ich, um jung zu sein.

Geist und Wahrheit

1

Wer bin ich?«, fragt Professor Dr. Jürgen Manemann, Direktor des Forschungsinstitutes für Philosophie in Hannover. Er ist Anfang fünfzig, wirkt aber jünger. »Wenn Sie mich bitten würden, mich vorzustellen, würde ich Ihnen zunächst meinen Namen nennen, meinen Beruf, meinen Wohnort, im Anschluss würde ich Ihnen dann durch einen Blick in meinen Terminkalender sagen, was ich so in den letzten Wochen unternommen habe. Wenn ich mich Ihnen gegenüber so präsentieren würde, so würden Sie zwar über viele Informationen verfügen, aber Sie wüssten nicht, welche Person Ihnen gegenübersitzt. Wenn Sie die Frage stellen: Wer sind Sie? Dann wollen Sie eigentlich etwas anderes von mir wissen. Sie möchten von mir erfahren, was mir am Herzen liegt. Aber dann müsste ich Ihnen Geschichten erzählen. Denn über die Erzählung erhalten Sie eine Vorstellung davon, wer ich bin. Und über die Erzählung bilde ich meine eigene Identität aus, finde ich selbst heraus, wer ich bin, und auch, wer ich sein möchte.«

Erzählungen sind immer Konstruktionen, denke ich und betrachte im Hintergrund das Gewusel von jungen Menschen. Es sind Stipendiaten, Philosophen aus Afrika und Asien. Wir beide sitzen in einem Konferenzzimmer, umgeben von einer Unmenge Sesseln und Büchern. Und einer

Unmenge Fragen in meinem Kopf. An einen lächelnden Weisen. Es tut gut, denke ich, wieder einem Menschen gegenüberzusitzen, der sich von der chaotischen Gegenwart nicht beeindrucken lässt. Vornehmlich von dem Chaos in meinem Kopf, denke ich, von den Erzählungen. Aber nur, wenn wir einander erzählen, bilden wir Identität und Ich-Bewusstsein aus.

»In diesen Erzählungen spielen viele andere Personen eine Rolle«, erklärt Professor Manemann. »Wenn ich also wissen will, wer ich bin, muss ich immer auch von anderen Menschen erzählen. Da merke ich plötzlich, dass mein Ich nicht ein Insel-Ich ist, sondern mit vielen anderen Menschen zusammenhängt, von denen mein Ich so geprägt ist, dass diese anderen zu meinem Ich dazugehören, mit ihm verwachsen sind.«

Um mir selbst ein Bewusstsein von mir zu entwickeln, muss ich mich selbst also im Horizont der anderen, vor anderen Menschen erzählen. »Ist meine Geschichte dann aber nicht viel komplizierter geworden«, frage ich, »als eine vor hundert Jahren?«

»Von den Historikern lernen wir«, antwortet der Philosoph, »dass es Unterschiede gibt zwischen meinem Leben und dem Leben der Menschen vor mehr als hundert Jahren. Was aber komplizierter oder einfacher war, das ist nicht leicht zu beurteilen. Wir reden ja davon, wie wir uns heute das Leben vor mehr als hundert Jahren vorstellen. Wir wissen aber nicht, wie es wirklich war. Ich weiß also nicht, ob das wirkliche Leben früher einfacher gewesen ist, in vielen Bereichen war es das jedoch auf alle Fälle nicht. Vor mehr als hundert Jahren haben den Menschen viele Technologien nicht zur Verfügung gestanden, die uns heute das Leben erleichtern, andererseits hat unsere Gesellschaft durch neue Techniken einen derartigen

Komplexitätsgrad erreicht, dass wir Technik nicht nur als Unterstützung unseres Lebens begreifen, sondern auch als Bedrohung. Wir erleben uns heute immer weniger als Handelnde, die die technologischen Prozesse in eine Richtung lenken. Es hat eher den Anschein, dass wir, obwohl wir die Prozesse initiiert haben, ihnen nun unterworfen sind. Und wir haben Angst davor, dass wir in der von uns geschaffenen Komplexität womöglich selbst auf der Strecke bleiben könnten. Ich würde die Vermutung hegen, dass ich im Vergleich zu Menschen, die vor mehr als hundert Jahren gelebt haben, eher Gefahr laufe, mich mit Dingen zu beschäftigen, die für mein Leben gar nicht von Bedeutung sind.«

Danke, denke ich, deswegen bin ich den weiten Weg hierhergefahren. Um ein wenig davon zu lernen, mich mit den wichtigen Dingen zu beschäftigen. Früher, denke ich, bei aller Imagination, war zumindest die eigene Lebensbeschreibung weitgehend vorgeschrieben. Name: Schulze. Beruf: Bauer. *Fertig*. Heutzutage erweisen sich schon Siebzehnjährige als Konstrukteure und Erfinder ihres Lebens.

»Unsere Biographien sind plural«, fährt der Professor fort. »Ich bin Lehrer, ich bin Forscher, ich bin Ehemann, ich bin Vater, ich gehöre verschiedenen Organisationen an, all das spielt für meine Identität eine Rolle und pluralisiert meine Identität, und zwar in einer positiven Weise, weil ich dadurch verschiedene Möglichkeiten habe und immer wieder neue Potenziale in mir entdecke, aber es besteht auch die Gefahr, dass mein Ich sich irgendwann derart pluralisiert, dass es mir nicht mehr gelingt, es zusammenzubinden.«

Das Gebundene wäre der *Kern,* denke ich. Der sich durch alle Jahrhunderte unveränderlich zeigt, wie ein Atom.

»Ich glaube«, sagt Herr Manemann, »dass viele Menschen heute eine Sehnsucht nach Einfachheit haben, nach Reduktion ihres komplexen Lebens.«

Bei aller Moderne, denke ich, bei aller Virtualität und Digitalität: Wir werden nach wie vor geboren, und wir müssen sterben. Wir müssen essen und trinken. Und es gibt ein Bedürfnis nach Liebe.

Charlotte, denke ich, meine große Liebe, und sehe wieder vor mir, wie ihr Studentinnenzimmer von einer riesigen Bücherwand beherrscht wurde, bis unter die Decke vollgepfropft. Es waren Hunderte, wahrscheinlich eher Tausende Bücher. Aber sie waren immer nur hineingedrückt worden, in die bestehende Papyrusmasse, und wenn man auch nur ein einziges herauszog, dann löste sich eine Lawine von biblischem Ausmaß. Ansonsten füllte ein überdimensionierter Spiegel ihr Zimmer. Der aber nur noch wenig Platz zum Bespiegeln ließ, weil er mit Notizzetteln und Aufklebern bedeckt war. Charlotte hatte keinen Kalender, konnte sich anderseits auch nichts merken, also klebte sie unentwegt bunte Papierfetzen an die Rahmenseiten des Spiegels. Party-Einladungen, Vorträge, Telefonnummern und Zeitungsausschnitte. *Ich träume manchmal von dir,* denke ich.

»Heute steht uns immer weniger Zeit zur Verfügung«, drängt sich Hannover in der Vordergrund, »um uns intensiv mit den Grundfragen des Lebens zu beschäftigen: Was bedeutet es, geboren zu werden? Was bedeutet es, dass ich sterblich bin? Wir setzen uns damit nicht genug auseinander, weil der Druck, den wir spüren, das nicht zulässt. Das Leben beschleunigt immer mehr, die ökonomisch-technische Entwicklung ist rasant. Es bleibt kaum Zeit, innezuhalten. Aber das ist ja zunächst einmal bequem. Innehalten hieße ja, sich mit dem konfrontieren zu

lassen, das anders wäre, das das ›Immer-weiter-so‹ unterbricht.«
Wie der Tod, denke ich.
Der jetzt nicht unbedingt ein Tabu ist. Weil man schon noch über ihn spricht, irgendwie, als Drehbuchdetail in einer Fernsehserie, als Aufgeschnapptes. Aber er ist irgendwie *ferne*. Keine Unterbrechung.
»Das gilt auch für das Sterben«, sagt Professor Manemann. »Wir meinen damit in der Regel die Endphase unseres Lebens. Und dieses Ende soll, so hoffen wir, möglichst schmerzlos und schnell vonstattengehen. Aber wir sehen nicht mehr, dass Sterben ein Prozess ist, der schon vor der Geburt einsetzt. Wir können nur dadurch leben, dass es einen ständigen Wechsel gibt zwischen neuen Zellen und Zellentod. Die Zellen, die in unserem Körper nicht dem Zelltod erliegen, die stetig wachsen, nennen wir Krebszellen. Leben und Sterben bedingen einander.«
Ich erinnere mich an einen Satz während der Abi-Zeit: Philosophieren heißt Sterben lernen. Und an einen Psalmtext muss ich denken, irgendwo aufgeschnappt, sinngemäß: Lehre uns, dass wir sterben müssen. Auf dass wir klug werden.
Professor Manemann nickt. »Je genauer ich ein Wissen davon habe, dass ich im Horizont befristeter Zeit lebe, desto wertvoller wird die Zeit, in der ich lebe. Doch obwohl wir Alterungsprozesse am eigenen Körper erleben und so, ob wir es wollen oder nicht, stetig mit Endlichkeit konfrontiert werden, vermittelt unsere Gesellschaft uns den Eindruck, als sei sie davon nicht betroffen und auf Ewigkeit angelegt. Eine solche Ewigkeit tötet Hoffnung. Um mich herum ändert sich zwar vieles und das stetig, ich habe aber nicht den Eindruck, dass sich für mich etwas Grundsätzliches ändert, geschweige denn für die Gesell-

schaft. Das heißt: Wir rasen und haben trotzdem ständig das Gefühl, wir stehen still, wir kommen nicht weiter. Es bleibt alles, wie es ist. So raubt unsere Gesellschaft uns die Möglichkeit, ein humanes Leben zu führen.«
Beschleunigung, denke ich, überall Geschwindigkeit, und verschränkt darin die Problematik, nicht mehr still sitzen zu können. *Charlotte,* denke ich. Eines ihrer Bücherregale nahm die ganze Wand neben der Zimmertür ein. Sie rückte manchmal mehrere Bücher gleichzeitig in kleine Lücken, kraftvoll, und das Regal schwankte dabei. Durch die Schwingungen ächzte es, und das klang wie ein verächtliches, höhnisches Kichern. Meckernd, wie ein Lachsack, rhythmisch, ohne Ende scheinbar. Unser Ich mit Erzählungen füttern, denke ich, und darin verschränkt die Unfähigkeit zu schweigen.
»Das Schweigen ist eine Möglichkeit, herauszufinden, wer ich bin«, erklärt der Philosoph. »Wenn ich versuche, mich ins Schweigen zu versenken, kann ich mir von mir selbst etwas sagen lassen. Wir besitzen die Fähigkeit, uns selbst bei dem, was wir tun, zu beobachten. Wenn wir uns also beispielsweise abends hinsetzen und den Tag Revue passieren lassen, uns fragen, was gut war, was schlecht gelaufen ist, dann nehmen wir den Tag in unserem Bewusstsein in Bildern wahr und beobachten uns von außen. Das ist ein merkwürdiges Phänomen, dass wir gewissermaßen aus uns heraustreten können, um uns von außen zu betrachten.«
Die nächste Stufe dann wäre eine meditative Versenkung. Es ist durch Neurowissenschaften belegt, dass sich dabei neue Potenziale auftun können. Wobei der Kopf voller Gedanken ein durchgängiges Phänomen ist, denke ich, in allen Epochen. Es war immer schon schwierig, sich einfach mal *nur* hinzusetzen und nach innen zu schauen.

»Das Interessante ist doch«, antwortet Herr Manemann, »dass jeder von uns eigentlich weiß, was wirklich wichtig ist im Leben. Wenn wir uns hier mit zehn Personen zusammensetzen würden, dann würden wir uns über alles Mögliche streiten, aber wenn wir anfangen würden, einander vom guten Leben zu erzählen, dann würden wir uns vermutlich relativ schnell über die Voraussetzungen einig werden, die wir benötigen, um ein gutes Leben zu führen. Aber warum fällt es uns so schwer, diese Voraussetzungen zu schaffen und uns auf den Weg zu machen zu dem, was wir ein gutes Leben nennen? Wir unterliegen Denk- und Handlungsblockaden. Es liegt doch nicht daran, dass wir das nicht wollen, im Gegenteil. Wir sehnen uns geradezu nach einem guten Leben, aber bestimmte Blockaden hindern uns daran, uns auf das Wesentliche zu reduzieren.«

Und bizarrerweise war das immer schon so, denke ich. Was aber der moderne Handynutzer nicht glauben will. Und ich auch nicht. Der digitale Nomade sieht sich als Speerspitze einer technologischen Evolution, in einer chaotischen Moderne, und vor hundert Jahren waren alle nur doof. Dabei gibt es eine direkte Verbindung.

»Ich kann deshalb sehr viel von den Menschen, die vor mir gelebt haben, lernen«, sagt der Philosoph, »um mit diesen Blockaden heute umzugehen oder sie zu durchbrechen. Es gibt Bücher, da habe ich den Eindruck, die sind für mich geschrieben, obwohl sie bereits vor langer Zeit geschrieben worden sind. Deshalb kann ich ja auch den Tigersprung in die Geschichte machen, wie der Philosoph Walter Benjamin das einmal genannt hat. Ich finde dort etwas, das liegt tausend Jahre zurück, und es spricht mich heute direkt an. Da deutet sich ja schon an, dass es so etwas wie eine Geistesverwandtschaft gibt. Das

Fortschrittsdenken, in dem das Neue immer das Alte ablöst, funktioniert nur im Blick auf das Technische, auf das Ökonomische, aber nicht im Blick auf das Geistige. Wenn wir uns mit der Geistesgeschichte befassen, sehen wir, dass es da keine Fortschrittsgeschichte in diesem Sinne gibt. Wenn ich mir ansehe, was ich heute an Gedanken produziere, und wenn ich das mit dem vergleiche, was Denker und Denkerinnen vor mir produziert haben, werde ich den Verdacht nicht los, dass das, was ich heute denke und schreibe, nicht mehr den fundamentalen Gehalt hat wie das, was vor mir geschrieben wurde. Blicke ich auf meine eigenen Arbeiten, habe ich den Eindruck, dass es sich eher um eine Art Gelegenheitsarbeiten handelt. Vermutlich produzieren wir kaum noch Werke, die wirklich überdauern, die zeitlos sind, die wir ›Klassiker‹ nennen. ›Klassiker‹ sind in gewisser Weise zeitlos und können immer wieder neu entdeckt werden. Ich habe Sorge, dass meine Generation eigentlich nichts Vergleichbares hinterlassen wird.«

Es passt auch symbolisch in unsere Zeit, denke ich, dass der philosophische Mainstream vor allem die Logik von Aussagen behandelt. Wir leben schließlich in einer Informationsgesellschaft. Zwei Philosophen schicken untereinander Texte, die sie auf die logischen Fehler hin korrigieren, und das war's. Kein Gespräch, kein Disput. Man braucht einander nicht mehr als Personen. »Es passt in unsere Zeit, dass wir von der vermeintlichen Klarheit gebannt sind«, sage ich.

»Man glaubt, damit alle Probleme zu lösen«, antwortet Professor Manemann, »und sieht nicht, dass eigene Lebensprobleme ungelöst bleiben. Diese werden oft dadurch gelöst, dass ich genau das, was meiner Logik erst einmal widerspricht, zulasse. Um zulassen zu können, muss ich lernen, seinlassen zu können. Durch Seinlassenkönnen schaffe ich Raum dafür, dass sich anderes einstellen kann, und erst dann mache ich vielleicht die Erfahrung, dass es so etwas wie selbstgestalterische Kräfte gibt. Stattdessen beschränkt man sich in der heutigen Philosophie auf die Logik und meint, mit ganz stringenter, sauberer Argumentation die Probleme der Gesellschaft lösen zu können.«

Dabei wäre Kreativität ein Weg, um zu den entscheidenden Problemen vorzudringen, denke ich. Aber ich will diesen Schritt doch genauso wenig gehen. In meiner Fantasie überwiegt die Apokalypse.

»Viele Probleme lösen wir nicht über das Denken«, bringt mein Gegenüber die Sache auf den Punkt. »Das funktioniert schon in unserem Alltag nicht. Die antiken Philosophen haben übrigens nicht mit dem ›Erkenne dich selbst‹ angefangen, weil sie wussten: Um sich selbst zu erkennen, wird eins vorgeschaltet: ›Achte auf dich selbst‹. Das beginnt damit, dass man seinen Körper respektiert und achtet.«

Mich an das Leben hingeben, denke ich, und spüre augenblicklich Widerstand. Weil ich mich sicher fühle, solange ich noch Kontrolle ausüben kann. Wenn ich mich aber an das Leben ausliefere, denke ich, dann kann ich nicht einmal mehr ahnen, wohin ich getrieben werde. Ich weiß dann nur noch, dass mein Leben abenteuerlich wird. Aber dazu gehört Wagnis, Mut. Und Hoffnung.

»Um den Raum für Zeitloses zu öffnen«, sagt Professor Manemann, »bedarf es des Transzendierens der gegenwärtigen Zeit. Dazu muss aber erst einmal die Beschleunigung, die unser Leben bestimmt, unterbrochen werden. Es gibt Orte, die die Zeit unterbrechen. Der Philosoph Michel Foucault hat von Heterotopien gesprochen, Orten des anderen und anderen Orten. Das sind beispielsweise Orte, die aus der Zeit gefallen sind und eigentlich nicht mehr in unsere Gesellschaft passen, die ›Widerlager‹ (Foucault) darstellen. Als ein Beispiel kann der Friedhof genannt werden. Deshalb finde ich auch die Frage nach der Friedhofskultur so wichtig und danach, wie man beerdigt werden möchte. Sobald ich einen Friedhof betrete, habe ich den Eindruck, in eine andere Zeit einzutreten. Dort kommen Fragen auf, die wir im Alltag häufig verdrängen müssen, weil wir ansonsten nicht funktionieren würden.«

»Weil da die Ängste sind«, sage ich, »was sollen wir machen, wenn wir nicht mehr funktionieren?« *Ohne Auto verlierst du dein Kind!*

»Aus philosophischer Sicht möchte ich Angst und Furcht trennen. Wir alle sind von Furcht geplagt. Morgens stehen wir schon auf und fürchten uns vor dem Zahnarzt, dann fürchten wir uns vor der Arbeit und so weiter und so fort. Und so setzt sich das den Tag über fort. Viele Menschen laufen Gefahr, ihre ganze Zeit mit Furcht zu verbringen, und vergessen darüber, ihr Leben zu leben. Furcht führt uns vom Leben weg – Angst hingegen öffnet uns für die Lebensfragen. Das berühmte: ›Warum?‹, löst Angst aus. Und wenn uns diese Frage packt, hat das etwas Körperliches. Das kann so weit gehen, dass Menschen zittern. Die Sinnfrage bringt uns in eine Krisensituation. Weil ich merke, so wie ich bislang gelebt habe, geht es nicht mehr weiter. Ich kann die Situation nur bestehen, wenn ich mich von Dingen verabschiede, die mir vorher wichtig gewesen sind, und dafür anderes an deren Stelle setze. Oder indem ich das, was mir bislang wichtig gewesen ist, neu verstehe. Wenn das dann gelingt, habe ich eine andere Dimension erreicht und ein neues Verständnis von dem erlangt, was mir wichtig sein sollte.«

Das sei nicht zu verwechseln mit der Angst-Störung, die eine neue Art der Zivilisationskrankheit geworden ist, von der gefühlt jeder Zweite befallen ist. »Das Problem ist, dass heutzutage junge Menschen nicht mehr lernen, sich dieser Angst zu stellen, und die Chancen nicht erfahren, die in dieser Angst liegen. Immer mehr junge Menschen gehören keiner Gemeinschaft mehr an, in der die Sinnfrage thematisiert wird. Wenn ich aber von allen Traditionsbeständen losgerissen, das heißt von den Erfahrungen früherer Generationen abgeschnitten bin, die auch immer wieder neu mit dieser Frage gerungen haben, und wenn mich dann die Warum-Frage packt, so kann es sein, dass die Verunsicherung so groß ist, dass ich den Eindruck habe, mit mir würde etwas nicht mehr stimmen. Dann tritt das ein, was ich die Pathologisierung der Sinnfrage nenne. Ich gehe nicht in die Kirche, in die Synagoge, die Moschee, in humanistische Gesprächsgruppen oder zu meinen Freunden, um mir in einem Gespräch Rat zu holen, sondern ich halte mich für krank und suche einen Psychologen auf.«

Das ist schließlich die Internet-Generation, denke ich, Nervenbahnen verdrahtet mit einer Spielekonsole. Und sie sind *ganz anders* als ihre Eltern. Glauben selber schon, eine völlig abgekoppelte, eigenständige Generation zu sein, wird ihnen auch ständig eingeredet, nur weil sie Handy, Tablet und PC gleichzeitig nutzen können. (Um mal ein wenig zu polemisieren.)

»Viele junge Menschen besitzen großartige Talente und Kompetenzen«, sagt Manemann, »oft stehe ich staunend davor. Dennoch habe ich als älterer Mensch den Eindruck, ein wenig von dem, was mir wichtig ist, das braucht ihr auch. Davon bin ich zutiefst überzeugt.«

Um die Angst vor der Zukunft zu vertreiben.

»Zukunft bedeutet nicht die Verlängerung der Gegenwart. Ursprünglich hatte Zukunft mit dem zu tun, was auf uns zukommt. Unsere Angst vor der Zukunft ist Ausdruck unserer Unfähigkeit, etwas auf uns zukommen zu lassen. Wir haben Angst vor dem Neuen. Wir sind Verhinderer des Neuen, wenn auch wider Willen.«
Dabei besteht darin die große Chance, denke ich, dass es anders wird. Die große Chance, denke ich, dass *mein Leben* anders wird.

2

Auf der Rückfahrt: Stau. Nicht ganz überraschend, es ist ja die gleiche Baustelle wie auf der Hinfahrt. Allerdings ist mittlerweile noch ein Unfall hinzugekommen. Ich fahre langsam an der sogenannten Gefahrenstelle vorbei, an den verstreuten Trümmern und Blechresten, und ich muss auch tatsächlich lange auf das Geschehen glotzen – weil so ein Unfall auf mich wie ein Mahnmal wirkt. Nicht, weil ich ein Gaffer wäre, wie es immer gehässig beschrieben wird, sondern weil es mich bewegt. Auf beiden Fahrspuren stockt der sinnlose Rausch, der ganze Beschleunigungswahnsinn, und eher bemitleidenswert wackelt der verunstaltete Blechklops mitten auf der Fahrbahn. Und wirkt dabei so klein und beinahe lächerlich. Dieses ganze Geschleiche in Dreierreihen, denke ich, im Schritttempo, ist absurd. Wir schauen nach vorne, rollen und starren.
Und dann passiert das, was immer passieren muss: Einer kommt von der Auffahrt, fädelt sich ein, und er liest nicht den Verkehr, sondern er drängelt. Er fährt dicht auf mich auf, weil er laut Kennzeichen hier in der Nähe wohnt und vermutlich jeden Nachmittag an dieser Stelle Vollgas gibt, also will er auch mich dazu zwingen, zu beschleunigen. Aber wohin denn? Vor mir blockieren einige hundert Autos das Weiterkommen. Aber mein Hintermann drängelt.

Im Rückspiegel sehe ich sein Fluchen und Reden, Gestikulieren, und es erinnert mich an mein eigenes Monologisieren. Äußerlich verschlossen, doch innerlich ein einziges Silbentoben. Die ganzen Sehnsüchte, denke ich, all die Wünsche, Ängste, Fantasien, all die ungestillten Bedürfnisse, das ganze Ungleichgewicht aus Stimmungen und Stimmen. So viele Gefühle, denke ich, so viele miteinander streitende Gefühle, und immer wieder der Wahn, mich selbst in den Mittelpunkt zu stellen. *Schweigen.* Genau jetzt, denke ich, in dieser schleichenden Absurdität, genau jetzt üben, denke ich, nichts erreichen zu wollen, nicht einmal Stille, nicht einmal Versenkung, sondern mich einfach nur dem Leben zu überlassen.

Auch wenn mir mein Hintermann den Mittelfinger zeigt. *Nicht reagieren.* Mein bislang fremdes Mietauto wird zum wärmenden Kokon. Wie damals, denke ich, mit vielleicht zehn Jahren, als alle Gedanken, die in meinem Kopf aufploppten, neu waren und unbeleckt von biographischen Verschränkungen, frei von Überlappungen, Assoziationen, und die ich deshalb nur bedächtig mit Worten betupfte, damit sie sich nicht wieder verflüchtigten. Am liebsten, erinnere ich mich, hätte ich diese Gedanken einzeln auf eine Picknickdecke ausgelegt, wie zum Trocknen, und sie abwechselnd neu sortiert, abwechselnd von allen Seiten betrachtet, wie bei einem Memory-Spiel. *Schweigen.* Mein Drängler hat mittlerweile die Fahrbahn gewechselt und erprobt seine Mittelfingertaktik auf der Mittelspur. Allerdings ohne ersichtlichen Erfolg. Ich bin doch genauso, denke ich, will vorwärts, ärgere mich über diesen Stau, will endlich wieder rasen. Aber wohin denn? Nach Hause? Um dort alleine herumzusitzen, denke ich, um letztlich nur im Fernsehen zu zappen oder im Internet zu surfen. Ich will rasen, denke ich, nur um zu Hause die

Zeit totzuschlagen. Und spätestens nach einer halben Stunde beklage ich mich vor dem Fernseher darüber, keine Zeit zu haben, weil ich hier- und dorthin fahren oder dieses und jenes erledigen muss. Das ist doch Schwachsinn, denke ich, während mein Drängler auf der Mittelspur weiter zurückfällt und deshalb die Lichthupe betätigt. Denn immer dann, wenn ich es tatsächlich schaffe, zu schweigen und die Augen zu schließen, dann fühle ich mich satt an Zeit. Und immer dann, wenn ich mir einen Termin vor den anderen setze und mich beschäftigt halte, dann will ich in Wahrheit nur meiner Langeweile entfliehen. Und meiner Arbeitslosigkeit. Nur weil ich das, was ich endlich akzeptieren müsste, nicht akzeptieren will, denke ich, deshalb quäle ich mich.

Auf den Kühlerhauben der Autos spiegelt sich inzwischen das Licht der Straßenlaternen. Mein Drängler versucht sich auf der linken Spur. Einmal, erinnere ich mich, habe ich in so einem Stau fast eine Schlägerei provoziert. Es war keine Autobahn, sondern eine Landstraße, aber weil nur eine Spur zur Verfügung stand, wuchs besagte Schlange noch schneller. Eine schmale Straße, erinnere ich mich, ein Taxi stand auf der rechten Spur, wartete vermutlich auf einen Fahrgast. Aber er parkte nicht mal auf dem Bürgersteig, wir mussten uns alle vorsichtig vorbeischlängeln. Mir platzte der Kragen, und ich blieb links neben dem Taxi stehen, mitten auf der Gegenfahrbahn. Ein gigantisches Gehupe setzte ein. Mir war alles egal. Es dauerte einige Zeit, dann kurbelte der Taxifahrer die Scheibe runter. »Was?!« Auf beiden Spuren staute sich inzwischen der Verkehr bis an den Horizont.

»Nix.« Meine Antwort.

»Ist klasse … echt super … Ich wollt mal wissen, wie das ist … so blöd in der Gegend rumstehn.« Daraufhin öffnete der Mann die Fahrertür und wollte auf mich losstürmen. Aber dabei verhedderte er sich derart unglücklich in seinen Sicherheitsgurten, dass er zu Boden fiel. Ich habe dann mal den ersten Gang benutzt. So eine schwachsinnige Aktion, erinnere ich mich und registriere nicht ohne Schadenfreude, dass mein Drängler wieder hinter mir einfädelt. Im Rückspiegel sehe ich sein Fluchen. Und das ist der Grund, denke ich, letztlich ist das die einzige Ursache meines Leidens, denke ich, während mein Drängler den Kopf auf das Lenkrad schlägt. Es ist diese verfluchte Erwartungshaltung. Ich habe eine genau umrissene Vorstellung davon, wie sich die anderen mir gegenüber zu verhalten haben, denke ich, wobei völlig klar ist, dass ich mit meinen Vorstellungen recht habe. Und zwar immer. Also leide ich nicht deswegen, weil andere mir etwas antun oder weil sie etwas gerade nicht tun, denke ich, sondern ich leide, weil ich eine genau umrissene Vorstellung davon habe, was sie gefälligst tun oder lassen müssten. Und weil diese Erwartungen enttäuscht werden. Es sind meine eigenen Erwartungen, denke ich, die mich verletzen. Meine Gedanken. *Schweigen.* Nein, denke ich, es sind nicht alle Gedanken, natürlich nicht, sondern ich leide dann, wenn ich einen bestimmten Gedanken überhöhe. Der sich überhebt, denke ich, über das, was ist. Über meine Arbeitslosigkeit zum Beispiel. Wenn ich so einem Gedanken auf den Leim gehe und meine Realität bestreite, dann kann ich genauso gut auch einem Regenwurm das Sprechen beibringen. Die Wirklichkeit anders haben zu wollen, als sie ist, ist schwachsinnig. Aber immer dann, wenn ich es tatsächlich schaffe, zu schweigen und die Augen zu schließen, ist das, was da ist, genau das, was ich will. Und deshalb bin ich meinem Drängler dankbar. Er ist wie das Auge eines Tornados, also die Kraft in der Mitte, um die herum es wütet und wirbelt,

und deshalb schaut er auch verärgert zur Seite, als er neben mir auftaucht, und wieder zurückfällt. Die Wirklichkeit anders haben zu wollen, als sie ist, ist schwachsinnig. Und meine Arbeitslosigkeit, denke ich, lässt sich nicht wegdeuteln. Es ist geschehen. Weil es geschehen ist. Ich kann sie nicht umarmen oder gutheißen, denke ich, aber ich muss es schaffen, sie ohne Widerstand und ohne Kampfbereitschaft zu akzeptieren. Ansonsten kann ich mich auch mit dem sprechenden Regenwurm streiten. Wie mit meinen Gedanken. Meine Arbeitslosigkeit akzeptieren, indem ich mir vornehme, beim nächsten Mal, wenn mich wieder ein schmerzhafter Moment aus der Bahn zu werfen droht, *Armut,* ein Sorgenflash, *Einsamkeit,* darauf mit Interesse zu reagieren. Mit: *Diesen Gedanken kenne ich schon.* Meine Arbeitslosigkeit akzeptieren, indem ich mir vornehme, diese wiederkehrenden Vernichtungsfantasien als ebensolche zu markieren. Als wiederkehrend. Als: lustig. Bis ich sie irgendwann endlich übersehe.
Passend dazu löst sich der Stau auf.
Mein Drängler zieht hinüber auf die linke Spur, beschleunigt, bis es knallt und knattert, und verschwindet hinter einer Rechtskurve. Wo er wieder abbremsen muss, wie ich sehe, weil sich mehrere Mittelspurfahrer von einem überholenden Lkw nach links drängen lassen. Nur ich schleiche weiter rechts da herum. Keine Lust mehr zu rasen. Zurückzufahren nach so einem intensiven Gespräch, über Stunden, auf dicht befahrenen Autobahnen, und alles ist so herrlich *sinnlos.* So angenehm sinnlos. Ziellos, denke ich, einfach nur fahren. Um mich herum Stress und Schnelligkeit und noch riskanteres Überholen.
Meine Gedanken über Arbeitslosigkeit sind so lange harmlos, denke ich, bis ich wieder an sie glaube. An ihre diabolische Zerstörungskraft. Wobei es auch da wieder

nicht so sehr die Gedanken sind, als Trägermedium, sondern mein Wille, mich mit ihnen zu verkleben. Dann tut es weh. Wenn ich von einem Gedanken überzeugt bin, weil ich ihn für wahr halte, denke ich, ohne seine vermeintliche Wahrheit zu überprüfen, und mich trotzdem damit verschmelze. Mit einem Absturz, aufgrund der Arbeitslosigkeit, zum Beispiel.
Das muss ich alles ändern. Meine Gedanken nicht bekämpfen, sondern ihnen zulächeln, bis sie mich in Ruhe lassen. *Meine Arbeitslosigkeit.*
Wenn ich ganz klar bin, denke ich, dann ist das, was da ist, genau das, was ich will.

3

Die Absage steht quer im Kasten.

»Papa, ein großer Brief«, sagt Junior.

Es muss eine Absage sein, weiß ich schon, bevor ich nur auf den Absender schaue, weil mir niemand sonst einen Din-A4-Brief schickt.

»Was sollen wir jetzt spielen?«, frage ich zurück.

Es muss eine Absage sein, weiß ich schon, ohne den Brief zu öffnen, weil keine Firma eine Einladung zu einem Bewerbungsgespräch in einem großformatigen Brief versendet.

»Autorennen!«, antwortet der Kleine.

Der Hammer ist, denke ich, dass ich diese Bewerbung erst vorgestern verschickt habe. Die haben meinen Brief gewissermaßen nur geöffnet, um den Inhalt in einer einzigen Schwungbewegung gleich wieder in einen Rücksendevorgang zu geben.

Alles, was da ist, denke ich, darf da sein. Ich nehme mir vor, mich nicht weiter mit den aufkommenden Schmerzen zu beschäftigen. Es sind Gedanken, denke ich. Ich nehme mir vor, meinen Sohn zu beobachten, mit ihm zu lachen, in der Gegenwart zu sitzen und alles, was ich spüre, mit Bereitschaft zu erleiden. Das ist nicht einfach, denke ich, während der Kleine voller Leidenschaft zwei Autos befehligt, einerseits nichts zu verdrängen und andererseits mich

mit nichts zu beschäftigen. Denn diese Absage schmerzt. Es ist die dritte Absage hintereinander. Aber ich muss die Schmerzen medizinisch behandeln. Wie eine Wunde, die ich zuerst säubere und dann verbinde. Und danach wieder lebe. Und plane. Obwohl meine Wunde schmerzt, denke ich, aber es gibt keinen Grund, mich noch länger mit ihr zu beschäftigen. Sie heilt jetzt.
Das ist genauso mit den Ängsten, die erst durch die Wunde wieder ans Licht kommen, mit den Dunkelheiten, denke ich, *einfach nur anschauen*. Weil ich sie damit bestreiche. Ich verbinde meine Wunden, denke ich. Und wenn ich es schaffe, das alles einfach zu akzeptieren, dann brauche ich mich nicht weiter darum zu kümmern.
»Entschuldige, was macht der Junge?«
Junior erzählt von der Schule; ich habe nicht richtig zugehört. Offensichtlich gibt es da einen Jungen in der Klasse, der dadurch auffällt, dass er nicht »Sonne, Papa, Mama« malt, sondern ausschließlich mit schwarzen und weißen Farben manscht. Immer nur Dunkelheit und Matsch, Nebel und grauer Schnee. Kein Blau, kein Gelb, kein Rot. Immer nur Schwarz und Weiß.
»Autorennen?«, frage ich.
In meiner Schulzeit, erinnere ich mich, kam bei uns Grundschülern das Gerücht auf, wonach Blut unterschiedlich schmecke, je nachdem was man vorher gegessen oder getrunken habe. Also ritzten wir uns einander in die Haut, um das Blut zu trinken.
»Autorennen!«
Sein Lachen, seine Begeisterung machen mich glücklich und helfen mir über die Schwelle, weg von mir und meiner doofen Arbeitslosigkeit, die ich jetzt, in diesem Moment, ohnehin nicht ändern kann, und dafür hinein ins Staunen. In die Begeisterung. Über alles, was ist, denke

ich, in die Gegenwart. Die ich wieder einmal nicht wahrhaben will. Das Leben liegt vor dir, denke ich, aber du achtest nicht darauf.
Ausgerechnet der Kleine hilft mir zur Erkenntnis, denke ich. Weil ich mich zwinge, ihm zuzuhören, mit ihm zu lachen, und weil ich dadurch meine Sorgen zudecke. Der ganze Druck verschwindet. Es gibt nichts zu erreichen, und es eilt nichts. *Autorennen.* Ich sitze einfach nur neben ihm, beschleunige meine Rennwagen, freue mich und bin für ihn da.
»Was macht das Fahrrad?«
Er kann immer noch nicht ohne Stützräder fahren, weil seine Mutter es nicht mit ihm übt und ich davor zurückschrecke, ihm für unsere wenigen gemeinsamen Tage ein weiteres Fahrrad zu schenken. Außerdem habe ich selber erst spät das Fahrradfahren gelernt, weil ich vor jedem Hindernis, das mir entgegenkam, solche Angst hatte, dass ich geradewegs auf die Gefahrenquelle zusteuerte, ohnmächtig, diesem Drang zu widerstehen. Ich suchte geradezu die Angst.
»Ich hab mich auch schwergetan beim Radfahren als Kind«, erzähle ich ihm, »weil damals alle so komisch aufgestiegen sind. Man musste zuerst mit dem linken Bein auf dem linken Pedal stehen bleiben, beim Anschwung, und danach, während des Fahrens das Bein über die Stange schwingen. Das hab ich nie geschafft.«
Es gab einen Jungen in der Straße, erinnere ich mich, während sich durch das geöffnete Fenster Verkehrslärm mit Schüssen und weiteren Fernsehgeräuschen vermischt, einen Jungen, der beinahe ausschließlich auf einem Pedal gefahren ist. Es war mein bester Schulfreund. Einmal habe ich ihn besucht, erinnere ich mich, und wusste nichts zu sagen, weil seine ganze Familie morgens in der Hocke

frühstückte. Als Vorbereitung auf einen gemeinsamen Skiurlaub, auf Hunderte Schussfahrten. Martins Eltern hockten über Eck und aßen von einem gemeinsamen Teller auf dem Boden. Und sie lächelten mir oben zu, als Einziger auf einem Stuhl, ohne Schwingbewegungen. Ohne Vorfreude auf den Winter. Die Wände im Erdgeschoss waren beinahe lückenlos mit Uhrgehäusen in sämtlichen nur denkbaren Formen und Farben besetzt, erinnere ich mich, wobei das Sammelkriterium offensichtlicher Wahnsinn gewesen sein musste. Also beispielsweise eine rötlich schimmernde LED-Uhr in Cowboyform, die prinzipiell fünf Minuten vorging, egal wie oft man sie einstellte. Aber dann verharrte sie auch bei diesen fünf Minuten, über Monate und Jahre. Oder eine mannsgroße Kuckucksuhr, die kraftvoll um Viertel vor neun stehenblieb und mit allen drei Zeigern dagegen ankämpfte. Sie drängte vorwärts, hämmerte, drückte, aber es ging irgendwie nicht weiter. Ansonsten gab es im gesamten Erdgeschoss nirgendwo Türen, erinnere ich mich, meist öffneten sich sogar noch zusätzliche Durchbrüche, so dass ich vom Wohnzimmersofa voyeuristisch bis ins elterliche Schlafzimmer hineinschauen konnte, vom Esszimmer bis an die Badewanne. Der Treppenaufgang ins Obergeschoss hingegen war mit Hunderten Schwarzweißporträts afrikanischer Eingeborenenstämme besetzt und wurde zusätzlich flankiert von fünf fetten Hirschköpfen im Rahmen. Die Tiere stammten angeblich von einem amerikanischen Verwandten, der sie in den dreißiger Jahren eigenhändig geschossen und nach seinem Ableben weitervererbt hatte.

Heute noch lassen sich an der Weggabelung vor dem Weiher Spuren unserer Kindheit finden, denke ich. Das schmiedeeiserne Brückengitter ist unverändert an einer

Stelle verbogen, seit Jahrzehnten. Da hat Martin als kleiner Junge seinen Kopf durchgesteckt, ihn aber nicht mehr herausbekommen, so dass er von der örtlichen Feuerwehr freigehebelt werden musste. Und vor der Marktkirche steht immer noch ein Eisenzaun. Dort ist er nämlich mit seinem damaligen besten Freund zusammen die mittelalterliche Felswand zum Glockenturm hochgeklettert. Der Freund stürzte dabei hinunter und wurde schlimm verletzt.

»Autorennen!«

Letztendlich ist alles Leben alte Energie, muss ich plötzlich an den Urknall denken. Ursprüngliche Energie, die das Universum in Gang hält. Und diese Energie, denke ich, fließt unverändert wie ein Segen in uns hinein, lebendig, seit dem Urknall, und will als Segen aus uns heraus, zu anderen fließen.

Lächeln, denke ich, und alles andere wird sich schon ergeben.

4

Sehen *wir uns? In einer Stunde???*
Das ist eine Form von Wahnsinn, denke ich auf dem Weg zu Edina. Ich wollte ihre Wohnung nicht mehr betreten, auch den Kontakt zu ihr auf ein Minimum beschränken, aber ich lese ihre SMS und verändere augenblicklich meine Pilgerroute.
Eine Form von Wahnsinn, denke ich, aber gleichzeitig so unglaublich unkompliziert. *Noch.* Sie bewundert dich maßlos, denke ich, weil sie dich überhaupt nicht kennt. *Noch nicht.* Und weil sie dich auch nicht kennenlernen will. Und ansonsten nur geschockt wäre.
Ich bin nicht mehr als ein Schauspieler, denke ich, aber das nimmt mir auch meine Skrupel. Und irgendwie habe ich das Gefühl, dass nur diese Hülle Edina so hemmungslos macht, und dabei auch nur die Vorstellung einer Hülle, nicht einmal mein richtiger Körper, und dass all das zusammengenommen auch ihr die Skrupel nimmt. Also eine Form von Wahnsinn, die nicht lange gutgehen kann. Dabei suche ich Friede.
Ich gehe, schaue, und entdecke abseits der lauten Straßen immer wieder Bachwege. Meist fließt nur ein kleines Rinnsal, manchmal ein Fluss, auf jeden Fall schließt sich daran ein sogenannter *gefährlicher Waldweg* an. Der heißt so, auf einem Hinweisschild, weil er ungepflegt und

unbefestigt ist. Natur eben, nicht gemäht. Mit anderen Worten: Idylle.
Oben rasen braune Lastwagen mit sandigen Staubschwüngen. Die Straße wurde gesperrt, um die Fahrbahn zu verbreitern, neu zu teeren, was weiß ich. Personenautos dürfen nicht passieren, also gehe ich einige Meter alleine weiter, bis ich dann hinabsteige in das Reich des Grünen. Und unten plätschert der Bach. Idylle.
Allerdings liegen da auch einige Matratzen.
Nicht mehr so schön, denke ich und spüre wieder, wie ich mich in meinen Gedanken über andere Menschen erkenne. Letztlich ist alles außerhalb von mir nicht mehr als eine Spiegelung meines Denkens. Und damit bin ich nicht anders als Edina, kommt es mir in den Sinn, nur dass ich eine andere Blickrichtung bevorzuge. Allerdings will ich da aussteigen. Ich muss den Krieg in mir beenden, denke ich, das Quälen, Morden, das Foltern, in meinen Gedanken. Wenn ich das in mir selbst nicht schaffe, dann brauche ich keinem Terroristen mit Vorwürfen zu begegnen. Ich muss damit beginnen, meinen eigenen Krieg zu beenden. Plötzlich taucht ein Haus auf.
Es ist vollständig mit silbernen Autofelgen verziert. Zäune, Wände, Mauern, alles zeigt sich dicht behangen, mit Hunderten Silberfelgen unterschiedlichster Bauart. Es hat die Anmutung eines Ritterschlosses. Danke, denke ich.
Loslassen.
Ob ich es wirklich schaffe zu schweigen, denke ich, zeigt sich nicht an der verringerten Anzahl meiner Worte, sondern daran, ob ich es schaffe loszulassen. Wenn ich quatsche, setze ich mich einem Gegenüber aus, biete ich eine Angriffsfläche. Mein Gegenüber kann mich kritisieren, angreifen, auslachen. Mein Gequatsche ist mitunter peinlich. Deshalb schweige ich auch schon mal aus Stolz, weil

ich so eine Idee von Vollkommenheit favorisiere. Aber wenn ich mir das eingestehe, wirklich zugestehe, was für einen vollendeten Schwachsinn ich manchmal daherratsche, dann kann ich mich auch wirklich loslassen. Ich mache mir dann nicht länger Gedanken darüber, wie ich origineller und witziger quaken könnte, sondern ich lasse mich und meine Idealbilder von mir los.

Das ist bizarr, denke ich, während ich aus einer Hecke zurück in die Großstadt schleiche, wie durch einen Vorhang, und dabei unentwegt Hilferufe über einem belebten Platz schweben. Danach euphorischer Applaus. Ich spüre deutlich Unruhe, weil die Schreie dieser Frau durch Mark und Bein gehen. Inzwischen jagen auch Polizeisirenen durch die angrenzenden Straßen. Anwohner neben mir tuscheln. Ich gehe vorsichtig in eine weitere Nebengasse, schaue mich vorsichtig um und bleibe dann wie versteinert stehen. *Fernsehen.* Irgendein Krimi. Eine Filmcrew dreht eine Schauspielerin, die sich die Seele aus dem Leib schreit. Lebensecht gut. Und zwar immer wieder, denn die Szene wird noch dreimal wiederholt, bis es zu einem Ritual verkommt. Also zuerst ein erschreckter Ausruf, danach viermal der spitze Schrei, immer verzweifelter, so lange anscheinend, bis der Mörder sie wahrscheinlich erwürgt oder ersticht. Und das Ganze gefilmt auf der Dachterrasse einer Sozialbauwohnung. Das Team hat nachträglich Palmen und Deckchairs drapiert, so dass die Bude im fertigen Film wahrscheinlich dann »authentisch« wirkt, wie eine Millionenvilla in der Vorstadt. Inzwischen parodieren spielende Kinder in den Nebenstraßen das Schreien.

Bizarr, denke ich und versuche, meinem Atem zu folgen, durch die Luftröhre in Richtung Bronchien. Natürlich kann ich kämpfen, denke ich, wenn ich im Schweigen von allen möglichen Gedanken und Gefühlen bombardiert werde, immer weiter kämpfen, denke ich, in der Hoffnung, dadurch zur Ruhe zu kommen. Richtiger wäre aber wahrscheinlich, meine Gedanken und Gefühle nicht mehr so wichtig zu nehmen und sie wieder loszulassen. Immer wieder, denke ich. Meine Gedanken und Gefühle anzuschauen und sie loszulassen, immer wieder, sie nicht für voll zu nehmen. Ein Gedanke ist ein Gedanke ist ein Gedanke, denke ich, nicht mehr und auch nicht weniger, aber er soll mich nicht länger beschäftigen. Soll er halt reinspazieren. *Schönen guten Tag*. Ich werde mich nicht mehr ärgern, wenn ich einen Ärgergedanken entdecke, sondern ich entledige mich seiner, wie mit einem Judogriff. Über die Schulter. Ich werde mich nicht länger verrückt machen lassen von dieser Arbeitslosigkeit, aber ich darf andererseits auch nicht in einen Aktionismus verfallen, Ärgergedanken loswerden zu müssen. Sondern ich begrüße die Jungs künftig mit einem lässigen Handschlag, zeige kurz die Räumlichkeiten und weise dann den Weg zum Ausgang. Bis ihnen die Lust vergeht, bis immer weniger kommen und sie mich in Ruhe lassen. *Ohne Auto verlierst du dein Kind!* Zuerst aber muss ich meine Gedanken annehmen, denke ich, das ist nämlich genau der Knackpunkt, der Schwachpunkt, denn sie sind ein Teil von mir.

Mehr noch, denke ich, schlimmer: Sie zeigen messerscharf, wer ich wirklich bin.

5

Du hast ein schönes Hemd an«, sagt Edina.
Du gehst mir langsam damit auf die Nerven, denke ich.
»Schön, dich zu sehen«, sage ich.
Um Menschen wirklich lieben zu lernen, also den Krieg in mir zu beenden, muss ich abschalten können. Auch wenn Edina sich wiederholt und mich nicht wirklich betrachtet, muss ich ihr zuhören. Auch einem Fremden auf der Straße, der mich volllabert, mit irgendeinem Hirndreck, während ich nicht weiterweiß, ohne Job, ohne Zukunft, auch einem Fremden auf der Straße muss ich für fünf Minuten vollständig zuhören lernen. Abschalten, denke ich, sonst wird das nichts. Nur diese Person im Sinn haben, und sei es nur für fünf Minuten. Nur zuhören, Edina zuhören, ohne Wertung, ohne eigene Gedanken, und nur das registrieren, was sie mir erzählt.
»Geht es dir gut?«, fragt sie.
Abschalten, denke ich, sonst wird das nichts. Es ist so schwer. »Super«, antworte ich.
Wir küssen uns. Dabei öffnet sie heute manchmal die Augen einen Spalt, genau wie ich. Ganz kurz. Aber selbstverständlich sprechen wir nicht darüber, was wir mit diesen Blicken beobachten wollen.
»Hast du gemerkt?«, fragt sie. Ihr Gesicht ist leicht gerötet

und offenporig. »Der Hausmeister hat die Aufzugtüre geölt. Nach all den Jahren …«

»Jetzt, wo du es sagst …«

»Mir ist das heute Morgen aufgefallen, als zwei Nachbarn aus dem Aufzug kamen. Dazu rammten sie ihre Schultern gegen die massige Eisentür, wie wir alle das über Jahre hinweg gemacht haben … Aber heute, ohne Widerstand, purzelten sie gemeinsam aus dem Aufzug. Die Metalltüre schepperte durch die Wucht auch noch gegen die Steintreppe.«

Sie wirkt irgendwie unangenehm heiter. »Nach all den Jahren …«, wiederholt sie und öffnet diverse Döschen mit diversen Pillen, Magnesium, Zink, Vitamin B, Selen, und halbiert sie alle mühselig mit einem eigens dafür geschärften Messer. Wie eine routinierte Schnapstrinkerin brabbelt sie zu jeder Pulverdosis einen Trinkspruch, gurgelt Wasser, wirft eine Tablette in den Rachen und schmeißt begleitend den Kopf in den Nacken.

»Tee?«

»Ich trinke lieber Kaffee.«

»Ich mache einen Hagebuttentee, das geht schnell«, antwortet sie. »Hagebutten entstehen aus Rosen, wusstest du das? Viele Menschen wissen das nicht. Man muss auch aufpassen, dass man keine Salmonellen kriegt. Salmonellen durch lauwarmen Tee. Denn: Tee muss heiß sein!«

»Wie gesagt, wenn es geht, lieber Kaffee …«

»Okay, das geht auch, aber wenn Kaffee, dann nicht in der Kaffeemaschine, sondern nur im Glasbehälter gebrüht. Und das heiße Wasser bereite ich in einem Kocher vor. Das Wasser muss kochen, dann aber erst wieder abkühlen. Und keine Milch in der Tasse, sondern flüssige Sahne, um die Bitterstoffe zu beseitigen. In angewärmten Tassen! Das ist kein Spleen, sondern todernst …«

»Alles gut.«

Die Wände der Küche sind grün, mit Pflanzen behangen, die eingetopft in schmucklosen Holzregalen dösen. Eine einzige enge, grüne Pflanzenwand, und aus den wenigen Leerräumen glotzen Holzköpfe, Miniaturpferde und unzählige Kochbücher, Gewürze und Blechdosen. Am meisten irritiert mich allerdings ein klobiger, grauer Weltempfänger. Während ich steif neben Edina am Herd stehe, rauscht es geheimnisvoll aus dem Innenleben, aber sobald ich mich näher an ihre Bluse arbeite, stößt er abrupt trockene, englische Nachrichten hervor.
»Geh schon rüber«, sagt sie.
Zu meiner Überraschung hat sie im Wohnzimmer sogar noch einen Plattenspieler. Und richtige Schallplatten, eine ganze Sammlung, vermutlich von ihrem Vater.
»Nicht Bach«, ruft sie herüber, »da hab ich Angst vor!«
Aus nicht mehr nachvollziehbaren Gründen besitzt sie eine Einspielung von Glenn Gould, und wenn sie etwas *genommen* hat, wie sie sagt, glaubt sie bei Musik von Johann Sebastian Bach Stimmen zu hören.
»Das ist auch richtig«, antworte ich, um ihr meine hemmungslose Begeisterung für den Pianisten Glenn Gould mitzuteilen, und damit für dessen ekstatisches Gesummsel beim Spielen. Glenn Gould war mein heimlicher Held, mein Vorbild, mehr noch als vielleicht David Bowie oder Iggy Pop, aber ein Held, den ich als Jugendlicher stets verstecken musste, weil er eben nicht David Bowie oder Iggy Pop hieß. Oder Peter Hein. Allerdings ist spürbar, dass Heldenmut mancherorts nur zu unerwünschten Komplikationen führt, also suche ich stattdessen eine Cat-Stevens-LP *(geht immer bei Mädchen)* und lege sie dann doch nicht auf, weil sich irgendwo im Zimmer versteckt, leise, aber aufdringlich eine Pling-Plang-Melodie bemerkbar macht. »Was ist das denn?«

»Seit einer Woche geht das schon ...«, sagt Edina beschämt, als bereiteten Gefühle ihr tatsächlich schlaflose Nächte, »da liegt unter den Zeitschriften eine Glückwunschkarte zum Geburtstag. Mit so einer Melodie, aber die ist kaputt. Wenn man die Karte zumacht, geht es trotzdem weiter. Aber ich traue mich nicht, sie zu zerreißen. Sie ist von meiner Oma ... Sie stirbt wahrscheinlich bald ...«
Edina stellt meine Kaffeetasse auf den Glastisch und sucht in der Plattensammlung. Dann haucht sie in minimalem Abstand auf die rotierende Schallplatte. Ihre Finger zittern, weil sie nicht den Heber benutzt, sondern die abtastende Nadel im Drehschwung vom Teller wuchten möchte, und dabei zerkratzt sie nur den Innenkreis der Platte.
»Ich höre fast nie ein Lied zu Ende«, sagt sie, »ich unterstütze meine Gedanken mit wechselhafter Musik.« Sie nimmt verschiedene Hüllen aus ihrer Sammlung und wiegt sie vor ihrem Bauch, ohne sie anzusehen.
Ich umarme Edina dabei von hinten, streife ihr durch das Haar und glätte beide Augenbrauen. Die Sonne bricht durch das Fenster und verändert scheinbar die Konturen des Raumes, weil der schwebende, irgendwie unheimliche Partikelstaub das Zimmer wechselweise hoch und rund, dann wieder eng und lang erscheinen lässt.
»Mein Leben ist so langweilig«, flüstert sie und dehnt den Ärmel ihres blauen Wollpullovers bis über meine rechte Hand.
Ich schweige.
»Meine Ehe ist so langweilig ...«
Wir lassen uns langsam auf die Polstergarnitur sinken. Unten angekommen, verlagern wir abwechselnd unser Gewicht, wie watschelnde Dickhäuter, und nähern uns in immer neuen Konstellationen einander an.

Eigentlich wollte ich heute nur zuhören, denke ich, sie vielleicht kurz umarmen. Aber Edina verdreht die Augen, atmet tief und reißt mich hinein in ihre Unersättlichkeit. Das Polster quietscht, als wir uns aneinander reiben. So eine Leidenschaft habe ich noch nie erlebt, denke ich, es ist so gewaltig.
Und ich fühle mich dabei leer und kalt.

Tee und Tao

1

Vielleicht ist Tee tatsächlich die Zukunft, denke ich. Dieses Mal fahre ich mit dem Zug, heraus aus dem Bahnhof, aus dem Alltag. Um in Nürnberg Tee zu trinken, bei einer Meisterin. Um wieder etwas zu lernen, von einer Frau, die ihr Leben danach ausrichtet, was wirklich wichtig ist.

Abseits der Metropolen verläuft das Geschehen so unglaublich ruhig, so beschaulich, denke ich, und beobachte die einsetzende Verfärbung der Bäume. Während des Zugfahrens wird mir überhaupt erst bewusst, denke ich, wie alles an mir vorübergleitet.

Mir gegenüber sitzt ein übermüdeter Jugendlicher, dessen Kopf im Schlaf pausenlos zuerst nach unten rutscht, dann zur Seite, daraufhin, weiterhin im Schlaf, reflexartig, nach oben beordert wird, von Sekunde zu Sekunde wieder tiefer rutscht, erneut hektisch aufrecht gezogen wird, woraufhin er unmittelbar wieder abfällt, und dann wieder hoch, wieder runter. Wieder hoch.

»Ich komme mit dem Zug«, telefoniert eine Frau im Nebengang, »da kann ich arbeiten.« Das höre ich immer wieder und wird ja auch rundherum praktiziert, zumindest von den Männern. Laptop, Tablet, Handy im Dauereinsatz, und ich Arbeitsloser frage mich, was das eigentlich für eine Form von Arbeit sein soll? Ohne

Konzentration, ohne Ruhe, ohne Kreativität? Es hat etwas Beschränktes an sich. Umgeben von Gemurmel, Augen, Gewackel. Kaum jemand liest noch ein Buch. Es wird getippt, gescrollt, geliked. Die Tatsache, immer wieder zu einem Notizbuch zu greifen und mit einem Stift auf Papier zu kritzeln, wie ich das praktiziere, ruft fast schon belustigte Reaktionen hervor.

»Vorsicht!«, zischt die Nachbarin.

Bevor ihr Mann zu einem weiteren, weltbewegenden Kommentar ansetzen konnte, unterbricht ihn die Frau und deutet auf seinen Mund: »Du hast da Ei.« Was in jedem Fall wichtiger scheint als jedes seiner Worte.

»Und alles«, setzt sie nach.

Ihre Freundin lacht. »Das wollte ich auch gerade sagen – und alles!«

Anschließend diskutiert das Ehepaar leidenschaftlich über eine unvollständige Liste. »Jeden Tag …«, sagt die Frau und tippt mit dem Zeigefinger auf ein Kästchen in der Liste. »Immer nur ein Teil«, entgegnet er.

Es dauert einige Minuten, bis ich verstehe. Anscheinend schmeißen die beiden jeden Tag irgendwelchen überflüssigen Krams weg, der nicht mehr gebraucht wird. Und dieser Vorgang wird minutiös in einer Liste dokumentiert.

Ich bin dagegen gezwungen, *nichts* zu tun. Ich habe keine Arbeit, keine Internetverbindung, keine Lust zu lesen. Ich bin gezwungen, einfach nur zu sitzen. Und das Verstreichen der Zeit zu registrieren. Dabei wollte ich das doch erst in Nürnberg lernen, denke ich amüsiert. Beim Teetrinken.

Aus dem Fenster, bei einem Zwischenhalt, sehe ich, wie ein junger Mann unbedingt noch unseren Schnellzug erreichen will. Er spurtet auf dem Bürgersteig, parallel zu unserem Haltepunkt, will unbedingt die Verbindung er-

reichen und läuft dazu bestimmt zweihundert Meter. Eine beachtliche Strecke, und er ist voller Ehrgeiz. Je näher er kommt, desto mehr fasziniert mich sein Vorhaben.
Andererseits ist das auch so überflüssig, denke ich, denn der nächste Zug hält in sieben Minuten.
Mit welcher Selbstverständlichkeit wir alle davon ausgehen, denke ich, dass wir sicher und heile ankommen. *Und pünktlich.* Das haben sich bestimmt auch all die Menschen gedacht, die nur wenige Sekunden danach bei einem schicksalhaften Unglück gestorben sind.

2

Doris Zölls wohnt seit fünfundzwanzig Jahren in unmittelbarer Nähe zur Innenstadt. Sie ist dreifache Mutter. Wie erwartet reicht sie grünen Tee und (unerwartet) selbstgebackenen Apfelkuchen. Wir schauen aus dem (unerwartet) modernen, gleichzeitig gemütlichen, geschmackvollen Wohnzimmer auf den Garten hinunter. Er sieht ungewöhnlich aus, nach deutschen Maßstäben sogar katastrophal.
»Deutsche Gärten sehen meist wie Friedhofsgräber aus«, sage ich. Stattdessen wächst hier fast ausschließlich Bambus.
»Und wir bemühen uns stark, Moos zu züchten«, antwortet Frau Zölls und lächelt.
Es ist ein sogenannter Zen-Garten, »wo man das Auge zur Ruhe bringt«, mit einem Turm aus einem Shinto-Schrein, an dem sie jeden Abend eine Kerze entzündet. Daneben ein plätscherndes Wasserbecken. Die Gleichmäßigkeit dient dazu, Unruhe zu vermeiden. Ich muss daran denken, wie ich als Kind bei einem Onkel im Garten saß und er plötzlich sagte: »Ach, da kommt der Bernd.« Allerdings war niemand zu sehen. Es war dunkel und einsam. Aber tatsächlich lenkte einige Zeit später besagter Bernd sein Auto in den Garten. Als Kind hat mich das unglaublich fasziniert. Woher wusste der Onkel das?

Einige Jahre später entlarvte sich diese vermeintlich hellseherische Fähigkeit. In dieser Ödnis fuhr abends schlichtweg kein Mensch mehr herum. Wenn also dort ein Auto herumbretterte, dann handelte es sich mit großer Wahrscheinlichkeit um den bestellten Besuch.

»Das ist traditionell das Becken, wo man sich die Hände wäscht, bevor man zur Teezeremonie geht«, erklärt Frau Zölls.

Wenn es im Sommer warm genug ist, meditiert sie morgens auch hier im Garten. Seit inzwischen dreißig Jahren widmet sie sich diesem *Sitzen,* dem Zazen, allerdings ist ihr Weg dorthin nicht ganz zielgerichtet verlaufen. Zwar hat sie mit siebzehn Jahren begonnen, sich für Yoga zu interessieren, aber auch das war vor dreiundvierzig Jahren noch »eine Besonderheit«, wie sie sagt, nicht so ein Wellness-Lifestyle-Bestandteil einer gebildeten Mittelschichtsexistenz, wie es heute bisweilen wirkt. »Das war exotisch«, erinnert sich die Einundsechzigjährige.

Sie ist keine Esoteriktante, und die Überlegung, mal ein Meditationsseminar in einem Kloster zu besuchen, hatte ziemlich profane Gründe. »Wir haben drei Kinder«, sagt sie, »und meine Kinder schliefen nicht. Da sagte mein Mann, gehe eine Woche in ein Kloster, dann hast du mal Ruhe. Ich hatte kein Defizit im spirituellen Bereich, ich war ganz zufrieden, sondern aus rein praktischen Gründen.«

Es war ein Zen-Einführungskurs von Benediktinermönchen im Kloster Münsterschwarzach. Damals leitete Willigis Jäger noch die Gruppe. »Dadurch, dass ich da saß und auf die Wand starrte, kam alles in mir hoch, was ich unter den Teppich gekehrt hatte. Und anstatt zu schlafen und zur Ruhe zu kommen, habe ich nur geweint. Nach der Woche kam ich nach Hause und sagte: Das mache ich nie wieder!«

Dabei sollte es auch bleiben. Ein Jahr später überredete ihr Mann sie allerdings, mit ihm zusammen eine weitere Einführung zu belegen. »Ich wollte auf gar keinen Fall noch einmal zu so einem Kurs, aber meinem Mann zuliebe habe ich zugesagt. Ich dachte mir, das lässt du nicht zu, dass solche Gefühle noch einmal hochkommen.«
Interessanterweise erreichte sie am zweiten Tag genau das Gegenteil. Durch den Willen, dass nichts passieren sollte, durch diese extreme Konzentration, jegliches Gefühl zu blockieren, erlebte sie »eine erhebende Erfahrung«. Sie fühlte sich mit allem eins.
Daraufhin schlug ihr Willigis Jäger vor, eine Ausbildung zu machen. Und seitdem hat sich ihre Haltung zum Leben radikal verändert. »Man lernt, das, was ist, anzunehmen«, erklärt sie. »Sonst ist man immer damit beschäftigt zu sagen: So, wie es jetzt ist, passt es nicht. Der Geist möchte immer springen, er möchte es immer anders haben, als das Leben gerade ist.« Im Zen wird dieser Spring-ins-Feld als Ego bezeichnet, aber vermutlich nicht nur dort. »Eine Struktur im Geist, sobald er etwas sieht, muss er sofort seinen Kommentar geben. Meistens ›passt nicht‹ und ›soll besser‹ sein. Das zu erkennen und dem nicht mehr folgen zu müssen, das ist eine Befreiung.«
Seit diesem Tag fühlt sie sich gelöster und hat beispielsweise auch die Schlaflosigkeit ihrer Kinder ertragen. Allerdings wurde dieser Paradigmenwechsel nicht groß mit Freunden oder Nachbarn besprochen. Was mich im ersten Moment überrascht. Und dann auch wieder nicht, wenn ich an meine Nachbarn denke, nur alleine an das Gartenfest im Sommer, als wieder der Alkohol kreiste. Frau M., schon undeutlich in der Artikulation: »Kennste dich mit Haaren unter der Haut aus?« Ihre Erklärung, dass sie sich mit einer Nagelschere, die sie in der Flamme

einer Kerze desinfiziert habe, in die Wange schneide, um damit eben Haare zu entfernen, die unter der Haut wüchsen. »Das musst du doch kennen«, sagte sie und lallte ein wenig, »die können bis zu zehn Zentimetern lang sein. Manchmal wachsen die auch um Kurven … Haare unter der Haut …« Und ihre Hausfreundin brüllte zurück: »Ich hab heiße Füße!« Frau D. hatte offensichtlich schon einige Gläser Bier zu viel getrunken. »Und wenn ich betrunken bin, dann brennen meine Fußsohlen. Fürchterlich!« Frau M. setzte daraufhin nach, dass sie keine geöffneten Türen ertrage, nicht einmal kurz angelehnt, auch nicht in anderen Wohnungen, wenn sie dort zu Besuch war, auf einer Party beispielsweise, »dann mach ich die einfach zu«. Was zu gewissen Unstimmigkeiten mit gewissen Gastgebern führen konnte. Aber Frau M. ertrug es nicht einmal bei einem Spaziergang, auf der Straße, zu allem Überfluss noch in einer fremden Stadt, im Sommer, wenn ein Restaurant den Notausgang lediglich leicht angelehnt hatte, um den Mief zu verabschieden, dann rannte sie hin und knallte deren Türe ins Schloss.

Bei solchen Gelegenheiten verbietet sich vermutlich ein knappes: »Ach übrigens, ich bin erleuchtet.«

»Da redet man nicht drüber«, erklärt Doris Zölls freundlich. »Ich habe manchmal auch das Gefühl, sie haben eine große Scheu, haben Angst, dass man als Zen-Meister ihre Gedanken erkennt, man umgeht das Thema.«

Was wäre daran so schlimm, denke ich, wenn sie meine Gedanken lesen könnte?

»Aber das ist schon in Ordnung, denn worüber soll man da reden? Es gibt ja nichts zu sagen, außer, was jetzt ist, ist jetzt.«

Dreizehn Jahre lang dauerte ihre Ausbildung zur »Meisterin«. So etwas läuft nicht nach IHK-Normen, sondern hat seine eigenen Regeln. »Aber warum dauert das so lange?«, frage ich.

Sie schenkt Tee nach. »Das ist wie durch ein Loch zu schauen und sehen, ja, das, was die Alten sagen, stimmt. Aber bis das sich im Körper verankert hat, bis das wirklich gelebt werden kann, dauert das.« Ein unentwegtes Üben und Praktizieren, »bis Geist, Seele und Körper eins sind. Die Erfahrung ist nur ein Sahnehäubchen, die einem geschenkt wird, um zu zeigen: Ja, da gibt's was. Aber bis das im Leben integriert ist, das braucht Zeit.«

In ihrer neuerlichen Schulzeit musste sie deshalb noch 650 *Koans* lösen. Hinter diesem mysteriösen Wort verbirgt sich eine Sentenz, eine Frage, eine Anekdote, mit einem scheinbar paradoxen, mitunter sogar sinnlosen Inhalt. Eines der berühmtesten Koans ist die Frage nach dem Geräusch einer einzelnen klatschenden Hand. »Und es gibt wirklich eine Lösung«, sagt Doris Zölls, »aber man muss es erfahren. Es ist kein intellektueller Akt, man muss es erleben.«

Als Zen-Meisterin verteilt sie heute eigenständig Koans an Eleven. Und wartet geduldig auf deren Lösung. »Man muss es natürlich vorher selbst gelöst haben, um zu wissen, ob es auch der Schüler gelöst hat.«

Belustigt zeigt sie ein Buch, in dem alle »Lösungen« niedergeschrieben wurden. Es sind Antworten von Schülern, die von den Meistern akzeptiert wurden. In Japan schon im 19. Jahrhundert gedruckt, im Westen seit einigen Jahren erhältlich, sie selber hat es erst vor wenigen Tagen entdeckt. Gewissermaßen das Schummelbuch für die härteste Prüfung der Welt. Ein Geheimtipp?

Sie schüttelt den Kopf. »Damit kann man nichts anfangen, wenn man es nicht erlebt hat. Also, wenn mir jemand so eine Antwort brächte, ich würde ihn wieder hinauskomplimentieren.«

Seitdem sie nun also von mittwochs bis sonntags Seminare gibt, hat ihr Leben eine neue Struktur erhalten. Sie steht um 4.30 Uhr morgens auf und geht abends gegen 22 Uhr wieder ins Bett. Vorträge, Einzelgespräche, Meditation, Vorbereitung.

»Aber der Alltag?«, frage ich. »Gehen Sie anders in den Supermarkt?«

»Ich geh halt einkaufen«, antwortet sie. »Und denk mir nicht, mein Gott, jetzt muss ich einkaufen gehen.«

Das Schwierigste seien Partner und Kinder, sagt sie ironisch. »Da würde man immer gerne umerziehen.« Wobei der Umstand, nicht zu nörgeln, nicht nachzudenken, ideal für jede Ehe sei. Im Grunde der entscheidende Baustein für eine glückliche Partnerschaft.

»Aber der Alltag«, wiederhole ich mich, »das Sorgen um die Kinder?« Gerade sie als Mutter wird diese Frage verstehen. Wenn die Kinder leiden, wenn sie sich verstricken in Dornenranken, aus denen man sie befreien möchte.

»Alleine schon zu erkennen, dass man dieses Mutter-Gen hat«, antwortet die Meisterin, »dieses Sorgen, das befreit schon, dass man es ausleben muss. Dann kann man das Glucken auch loslassen. Es geht nicht darum, dass man sich verändert, sondern dass man sich dessen bewusst wird, was in einem liegt.« In dem Moment, da man sich einer Sache bewusst werde, löse sie sich schon. »Dann bin ich frei. Wenn ich erkenne, jetzt willst du wieder deinen Kommentar dazu abgeben, was sie alles besser machen sollen, wenn ich in dem Moment den Gedanken erkenne, dann kann ich ›Stopp‹ sagen. Wenn ich ihn nicht erkenne, plaudere ich ihn nur raus.« Mit den üblichen Folgen aus Vorwürfen, Geschrei, Zerwürfnis und so weiter.

»Es ist immer schwer, wenn Kinder leiden«, sagt sie. »Man würde ihnen gerne das Leid abnehmen. Dabei das tiefe Vertrauen haben, dass sie durch dieses Leid durchgehen können, das ist schon aus dem Zen heraus. Ich glaube schon, dass ich da eine Haltung habe, die ihnen gegenüber wertschätzend ist und die es mir erleichtert, diesen Schmerz auszuhalten, wenn sie leiden.«

Ich muss an meinen Sohn denken und daran, wie er mich manchmal umarmt. Wie er manchmal weint. Wie er dabei seine Hände umklammert, so dass es ihn besonders zerbrechlich erscheinen lässt, und ich ihn beschützen, ihn tatsächlich in Watte betten, in ein Wattekissenparadies verstauen möchte.

»Wenn ich helfen kann«, führt Frau Zölls weiter aus, »helfe ich, aber wenn ich sehe, sie müssen es aushalten, dann muss ich dieses Vertrauen haben. Und dadurch kann man dem anderen auch eine Stütze sein. Denn wenn man sich selber in der Sorge verzehrt, dann erleben Kinder es als sehr schlimm. Dann trauen sie sich irgendwann gar nichts mehr zu sagen, weil sie das Gefühl haben, sie überfordern die Eltern mit ihren Sorgen.«

Es ist schon eine Last damit, denke ich, mit diesen Sorgen. Sie sind so mächtig, und gleichzeitig so lächerlich. »Was ist mit der Angst vor der Zukunft?«, frage ich.

»Da mach ich mir keine Gedanken«, antwortet sie freundlich. »Da kann man sich alles Mögliche ausmalen. Das ist ja furchtbar.«

Stopp.

Ich hebe die Teetasse vor meinen Mund, umklammere sie mit beiden Händen, puste ein wenig, punktiere die Zungenspitze mit Oberflächenspannung, setze die Tasse wieder ab und falte meine Serviette. Diese albernen Sorgen, denke ich, und wie vieles sich tatsächlich dabei ausmalen

lässt, ganze Staffeleien voll. »Arbeitslosigkeit«, sage ich leise, »Hartz 4 …«
Stopp.
»Ich weiß doch nicht, was morgen ist«, antwortet Frau Zölls freundlich. »Obwohl der Geist ständig ›Aber‹ sagt, er versucht ständig, irgendeinen Kommentar abzugeben. Da ist die Übung, dazwischenzugehen und zu sagen: Bleib jetzt hier. Morgen ist morgen, und heute ist heute.«
Und heute könnte ich meine Zukunft sowieso nicht regeln, denke ich, in Nürnberg, bei einer Tasse Tee. Heute lässt sich sowieso kein neuer Job finden, dann kann ich auch in die Sonne schauen.
»Und in dem Moment«, sagt die Meisterin, »da ich aufhöre, mich in diesen Gedankengängen zu verlieren, ist es möglich, dass mir die Lösung zukommt. Wie wenn ich einen Schlüssel verliere, ich finde ihn erst wieder, wenn ich aufhöre, nach ihm zu suchen. Dann kommt auf einmal der Gedanke, ach, da hab ich ihn hingelegt. Das kommt nicht aus einem Denken heraus, sondern das kommt mir zu.«
Aus der Stille.
Also aus dem, was viele Menschen hassen. Mich eingeschlossen.
Anstatt in eine hektische Aktivität auszubrechen, in meiner Situation, soll ich ihren Vorschlag beherzigen: Setz dich hin. Mach gar nichts. Wirklich *nichts.*
»Aktivität ist getrieben von der Angst«, sagt sie. »Getrieben von der Sorge. Von unbewussten Vorgängen.«
Dabei ist doch der allgemeine Vorsatz: Jetzt erst recht! Du musst in die Hände spucken! Noch stärker arbeiten!
»Und meistens ist das wahllos …«, sagt sie.
Meistens führt es nur zu wilden Grübeleien.
»Und das ist Meditation. Dass man immer dazwischen-

geht: Jetzt aufhören, jetzt aufhören. Erkennen, wenn der Geist anfängt: Stopp. Der fängt wieder an: Stopp.« Dem Geist keine Chance geben auszuweichen.

Eine Lösung werde sich schon ergeben. *Einfach so,* sagt sie. »Aber der Kopf meint, und das ist konditioniert, wenn er sich möglichst viel Sorgen macht, dann käme dabei etwas heraus. Das Ergebnis ist aber nur, dass man fertig ist.«

Ich schweige.

Mein Sorgendenken erscheint mir wie ein Septakkord, wie Zwölftonmusik, scheinbar schief und chaotisch, in der Harmonie dieses Gartens. Mein Sorgendenken fühlt sich an wie ein Wackelkontakt. Das Bambusgrün draußen dagegen steht still und geschlossen.

»Alles ist Ausdruck des Lebens«, erläutert Doris Zölls. »Dann ist Haben Ausdruck des Lebens, aber Nicht-Haben ist auch Ausdruck des Lebens. Das heißt, wenn ich etwas nicht habe, ist es auch in Ordnung. Ich darf nur nicht vergleichen. Wenn ich vergleiche und zum Ergebnis komme, ha, wenn ich das und das hätte, dann wäre ich glücklicher, dann bin ich unglücklich. Aber wenn ich weiß, okay, jetzt ist es dran, dann ist es einfach so.«

Wobei sie einschränkt, dass das einfach gesagt sei, in einem reichen Land, mit genügend Lebensmitteln und Möglichkeiten. Sie wisse selber nicht, wie es ihr ergehe in einem anderen Land. »Das kann ich nicht sagen. Ich weiß nur, dass es die Übung ist, selbst in der Hölle Buddha zu erkennen …« Sie lacht.

Ich drehe die Teetasse in meinen Händen und denke plötzlich wieder an Charlotte. Sie war eine leidenschaftliche Teetrinkerin, erinnere ich mich, auch abends. Aber meist war ihr der frisch gebrühte Tee in der gläsernen Tasse zu heiß, der Apfelsaft aus dem Kühlschrank hingegen zu kalt. Also tauchte sie kurzerhand abwechselnd den Teelöffel in das Saftglas und dann wieder den erkalteten Löffel in die Teetasse.

Ich lache.

Und widerspreche augenblicklich. Mein Kommentar zum eben Gehörten heißt: *Aber.* Ich darf mich schließlich nicht einfach so einlullen lassen. »Wie kann man die Zustände so akzeptieren? Man kann doch nicht einfach Unrecht stehenlassen?!«

»Dabei geht man davon aus, dass das Tun von einem Ich herkommt«, antwortet sie. »Im Zen erkennt man, dass das Tun sich selbst entfaltet. Und dieses Selbst entfalten ist eine Aktivität. Ich bin nicht passiv. Es wird mir nur bewusst, was sich entfaltet. Das ist ein großer Unterschied. Weil man nicht davon ausgeht, dass ein Ich handelt, sondern dass das Leben sich hier im Jetzt vollzieht. Und manchmal kann es sein, dass ich nein sage, und manchmal kann es sein, dass ich ja sage, aber das kann ich vorher noch nicht sagen. Ich weiß nicht, was in mir hochkommt.«

Und wenn sie handle, dann sei sie sich dessen auch bewusst, dass sie handelt. Sie werde nicht von unbewussten Trieben in immer neue Katastrophen manövriert.

Ich schweige.

Aus dem geöffneten Fenster höre ich einen Staubsauger brummen, dann abrupt verstummen. *Stille.*

»All das ist aber eine Übung. Das hat man nicht, sondern da muss man immer dranbleiben. Das kann man nicht als Rucksack mit sich tragen, so, ich bin erleuchtet, jetzt geht's los.« Sitzen sei entscheidend, sagt sie, Meditation, alleine schon, um das vegetative Nervensystem zu beruhigen. Was eine Voraussetzung dafür sei, um den Geist zu beruhigen. Also das Tun. »Wissen ist im Kopf. Und

Wissen trägt nicht. Vor allem nicht, wenn eine Schwierigkeit auftaucht. Da trägt nur die Erfahrung. Und wenn ich den Geist einmal ruhig bekommen habe und das erlebt habe, dann kann ich das. Aber wenn ich nur darüber lese, und dann kommt eine Schwierigkeit, dann geht gar nix.«

Ich schweige.

Ich lausche auf ein mögliches Comeback des Staubsaugers im Nebenhaus, kann mich sogar deutlicher als zuvor an jede Brummnuance erinnern, und erinnere mich dabei an das Summen elektrischer Apparaturen in meiner Landwohnung. Einmal habe ich sogar alle Geräte und Lampen ausgestöpselt, erinnere ich mich, weil da ein Surren aufmerken ließ, das nicht genau lokalisierbar war. Möglicherweise war es der Boiler in der Küche. Ein feiner Hochfrequenzton. Ich habe es nie gefunden, denke ich.

Sitzen. »Nicht einfach für moderne Menschen«, sage ich. »Entsetzlich«, antwortet sie, »sich selbst auszuhalten, das habe ich selbst erlebt, was das bedeutet, wenn man sich hinsetzt und muss sehen, was da hochkommt.«

Wobei bei den meisten Menschen eher gar nix hochkomme, außer Langeweile. Und Leere. Allerdings nicht im positiven, spirituellen Sinne, sondern ganz alltäglich. Ganz furchtbar. Nur Leere. Und Langeweile.

Interessanterweise ist das auch noch ein Problem für Fortgeschrittene. »Bei einem Sesshin kommt man an und ist erst mal motiviert«, erläutert sie. »Wenn das Ich aber merkt, dass es ihm an den Kragen geht, dann kommt der Widerstand. Und dann wird's schwer, dann kommen die Schmerzen, dann kommen die Ängste, und da muss ich durchgehen. Meine Aufgabe ist es, sie in dieser Wüste bei der Stange zu halten.«

Diese Fortgeschrittenen sitzen bei einem Seminar morgens anderthalb Stunden, nach einer Pause noch einmal zweieinhalb Stunden, und nachmittags noch mal vier Stunden. Schweigend, versteht sich. Eine Woche lang Schweigen. Nicht mal lesen. Und sie müssen sogar den Augenkontakt zu den anderen Teilnehmern vermeiden. »Ganz schwer für die Anfänger, die merken nicht einmal, wenn sie sprechen. Sie meinen, sie sind still, und merken gar nicht, wie laut sie sind. Und wenn man sie drauf anspricht: Oh, das habe ich ganz vergessen. Die Selbstwahrnehmung ist noch nicht da.«

Wobei es nicht nur darum gehe, äußerlich die Klappe zu halten, sondern auch im Kopf zu schweigen. »Die Leute reden innerlich unentwegt. Ganze Diskussionen führen sie mit ihren Kriegshelden.«

Ganze Angriffsschlachten, denke ich. Ich fühle mich leer, kalt, und in meinem Kopf bauen sich augenblicklich Bilder von einem Spaziergang in den Bergen auf. Wo ich Eiszapfen entdeckt hatte, ihre zugespitzten Schatten, so scharf umrissen, so deutlich auf der zurückliegenden Bretterfront gestanzt, dass ich mir sicher gewesen war, auch die Schatten der fallenden Tropfen zu entdecken.

»Im Alltag muss es sich erweisen«, wiederholt die Meisterin, »nicht auf dem Heiligen Berg.« Beim Toiletteputzen, beim Ekel. Wobei es letztlich nicht darum gehe, es für sich alleine zu machen, als Privatvergnügen. »In dem Moment, da wir das Bewusstsein entwickeln, dass alles miteinander verknüpft ist, wie ein Netz, in dem alle Formen ein Knoten des Netzes sind, also einen Knoten bewegen, da bewegt sich das ganze Netz. Und wenn ich den friedfertigen Geist entfalte, entfaltet der sich im ganzen Kosmos.«

3

Im *ganzen Kosmos,* denke ich.
Zen hat alle Übungen total reduziert, erinnere ich mich.
Da gibt's nur: Sei im Augenblick und hör auf zu nörgeln.
Anschließend hänge ich mit dem Kopf wieder über der Kloschüssel und kotze mir die Seele aus dem Leib. Assistiert von einem befreienden Durchfall.
Seit Stunden geht das so. In dieser fremden Stadt, alleine in Nürnberg, in einem Hotelzimmer.
Ein merkwürdiger Schwebezustand. Ich habe keine Interessen mehr, keine Pläne, außer dem einen, schwachen Wunsch: gesund zu werden. Geld, Ruhm, Anerkennung, selbst Liebe, all das, was Menschen seit Tausenden Jahren zu den schrecklichsten Vorhaben motiviert, ist in diesem Schwebezustand komplett unbedeutend.
Mir ist nur eines klar: Ich bin in Nürnberg, in einem Hotelzimmer, und ich bin nicht in der Lage, hier morgen auszuchecken. Ich kann gar nichts mehr. Außer schlafen. Bevor ich wieder kotzen muss.
Auch das noch, denke ich, Fieber, eingehüllt in Decken und kalten Schweiß. Übermüdet vom Magengrummeln, vom Schmerz, und übermüdet vom Leben. Vom Sorgen.
Der Urknall, denke ich fiebrig, hat die Zeit in Raum verwandelt, der Urknall hat Materie und Raum gegenseitig

erzeugt, aber ich muss trinken, denke ich fiebrig, das ist wichtig bei einem Magen-Darm-Infekt, weil Quantensysteme sich zusammenkoppeln, um nicht nur den Raum, sondern auch die Zeit und andere makroskopische Strukturen hervorzubringen, weil die Welt ein inflationäres Universum ist, das durch Verzweigung unaufhörlich neue inflationäre Blasen, neue Tochter-Universen erzeugt. Mutierte Universen, denke ich fiebrig und erinnere mich an die letzte Zeit im Möbelhaus. Ich brauche eine Krankmeldung, denke ich hektisch, bis ich mich zurechtweise, *ohne Arbeit* zu sein, ohne Lebensberechtigung, und wie der Neue im Möbelhaus, dessen Namen ich vergessen habe, jahrelang selbständig davor vermutlich ohne Krankenversicherung existiert hatte. Weil er plötzlich mehrere Operationen über sich ergehen ließ. »Materie folgt dem Geist«, so Rotkäppchens bizarrer Kommentar. Weil der Neue so häufig krank war. Blanker Zynismus, denke ich fiebrig, Rotkäppchen hat nie Probleme im Leben gehabt, er hat bloß die fetten Jahre erlebt. Seit zwanzig Jahren in dem Möbelhaus, denke ich, über zwanzig Jahre, alle gesund in der Familie, Sohn gesund, Abitur, Ausbildung, sein Job gut bezahlt. Die Folge: Härte und Zynismus. Positives Denken ist eine brutale Verachtungsmaschinerie der Besserverdienenden, denke ich und setze mich auf die Bettkante. Der Magen murrt.

Rotkäppchen wollte unbedingt, dass der Neue trotz Krankmeldung arbeiten kommt. Dabei hätte der Neue sogar seinen Versicherungsschutz verloren, wenn ihm dabei was passiert wäre. Völlig übermüdet, denke ich. Derart übermüdet fühlt sich mein Körper an, dass kein Schlaf der Welt mich noch erretten könnte. Wie eine Paprikaschote liege ich hier rum, denke ich fiebrig, eine rote

Schote, gleichzeitig Babypaprika im Inneren, im Fleisch, und verhüllte Außenhaut. Wie eine Hieroglyphe, in Stein gehauen, die seit Jahrtausenden nicht verweht wurde. *Es geht wieder los,* schießt es mir durch den Kopf, und ich wanke ins Badezimmer.

4

Im ganzen Kosmos, denke ich. *Friede.*
Das Fieber wärmt. Von hier aus betrachtet, denke ich, bin ich von Vergangenheit umzingelt. Mit einem Fernrohr könnte ich in alle Richtungen sehen. Und je weiter ich in den Kosmos blicke, umso weiter liegen die Vergangenheiten zurück, die ich dann beobachte. Das Licht. Es gibt keine Gegenwart im Kosmos, denke ich fiebrig. Nur der Mensch trägt eine Gegenwart mit sich herum. Und sie wiegt so schwer. Aber sie wird von Licht aus der Vergangenheit angestrahlt.
Um mich herum steht diese besondere Stille, die nur in einem Krankenzimmer entsteht. Ich kann sie atmen hören, die Stille, die durch mein Schweigen anwächst. Die Nacht ist dunkel. Und das Licht in meinem Fernglas, das Licht aus der Vergangenheit, gibt nur den Zustand wieder, der zum Zeitpunkt der Aussendung bestand. Weil ich Sternenbilder beobachte, die es schon ewig nicht mehr gibt. Ich sehe also Vergangenheit.
Stille.
Schweigen lernen, denke ich, um sterben zu lernen. Mitten im Kosmos, in der Welt leben, ohne von ihnen beherrscht zu werden. Und täglich sterben lernen, indem ich alle Bindungen an diese Welt loslasse. Schweigen lernen, um selbst den Reichtum der Worte aufzugeben. All

das, was mein Herz in Beschlag hält. Die Erinnerungen. Meine Vergangenheit. Und dafür eintauchen in die plumpe Realität der Gegenwart, das Fieber, weil die Krankheit mir meine Illusionen aufzeigt. Individualität ist so eine Illusion, Selbständigkeit ist eine Illusion. Alles zerbrochen. Ich wäre nicht an diesem Punkt, in diesem Bett, in dieser Arbeitslosigkeit, ohne mein Elternhaus, ohne Freunde. Ohne meine Feinde. Das ist meine Individualität, denke ich, zusammengewebt aus anderen. Niemand hat sich selbst gemacht. Jeder braucht andere, gerade jetzt. Und *hier.*

Selbst die Einteilung der Zeit in Vergangenheit, Gegenwart und Zukunft ist eine Illusion, denke ich. Es gibt keine Raumregion der Vergangenheit und keine der Zukunft. Im Kosmos ist überall Gegenwart. Wir können sie nur nicht in dem Moment wahrnehmen. Im Augenblick. Andererseits ist die Zeit ohne Körper und Form, ich kann sie nicht sehen oder hören oder sie fühlen. Ich werde wohl nie ihr Wesen erfahren. Die Zeit vergeht einfach, sie rutscht mir durch die Finger, erinnere ich mich plötzlich an einen Schulausflug in die DDR. Nachts durch Weimar, erinnere ich mich, nachdem wir in kleinen Grüppchen eine konspirative Wohnung besucht hatten. Aufgedreht, hormongesteuert; lebensfremd. Wie wir albern feixend eine rote Fußgängerampel ignorieren, in einer menschenleeren Straße. Und plötzlich steht da ein Vopo vor uns, der offensichtlich nur auf uns gewartet hat. Keine Ahnung, wo der herkam, erinnere ich mich fiebrig; total aggressiv, lächerlich autoritär. »Gehen Sie bei sich zu Hause auch bei Rot über die Straße?!«

Wir hatten Spaß. Wir waren jung. »Ja, natürlich ...«

Er war sprachlos, erinnere ich mich, und die Zeit vergeht einfach weiter, sie rutscht mir durch die Finger. Kann sie

auch mal müde werden, die Zeit, sich abnutzen oder einfach mal ganz aufhören? Gibt es auch mal neue Zeiten?
Ich lebe noch, denke ich plötzlich. *Glücklich.*
Der Boden vibriert dabei, seit bestimmt zehn Minuten. Es steht nämlich ein Porsche vor meinem Fenster. Der Fahrer lässt den Motor brummen und dröhnen, weil er auf einen Parkplatz wartet. Das ganze Bett vibriert. Weil der Fahrer darauf wartet, dass vielleicht ein nächtlicher Kneipengänger irgendwo in sein Auto steigt. Das kann offensichtlich auch schon mal eine Stunde dauern. Aber es macht ihm anscheinend nichts. Er ist vermutlich alleinstehend, und er liebt seinen Porsche. Er hört im Innenraum Musik.
Und ich lebe noch, denke ich glücklich.
Es ist schön.

5

Vorwärts, denke ich, das wird schon wieder. Es geht schon besser. Irgendein ähnlicher Wortlaut steht auch in einer SMS von Max, die er vermutlich in seiner Mittagspause verfasst hat. Irgendein Salbader von »Kopf hoch« und »wird schon wieder«. Das werde ich auch ändern, denke ich. Krankheit ist nicht schön, aber es geht dabei nicht um die Haltung des Kopfes. Ein Kranker will einfach nur angehört werden, angenommen werden, aber genau das fällt so schwer. Das muss ich ändern. Dieses oberflächliche Hinhören, bis ich ansatzweise verstanden habe, was der andere *sehr wahrscheinlich* vorbringen möchte, um dabei meinen eigenen Plänen nachzuhängen. Und mein Gegenüber quatscht längst weiter. Ich höre aber nicht mehr zu. Weil es Mut verlangt, denke ich, Leid aushalten zu können.

Dieses verdammte Virus hat mir noch einmal deutlich klargemacht, wo ich stehe. Meine bescheidene finanzielle Situation, meine beschränkte Zukunftsperspektive. Aber das Virus hat mich auch daran erinnert, dass das Leben im Grunde leicht ist, und dass es Spaß macht. Es geht nur brutal mit meinen Illusionen um, und es zerrt immer wieder meine Gier und meine Sehnsucht in den Vordergrund. Dabei fällt mir im Kiosk, in der Warteschlange, ein junger Kerl auf, einige Meter vor mir, der mit Goldketten

behangen ist und wild und ghettomäßig herumgestikuliert. Er spricht offensichtlich mit seinem Freund, das ist nicht weiter ungewöhnlich, aber er gestikuliert irgendwie *zu viel.* Es dauert einige Augenblicke, bis ich registriere, dass er stumm ist. Selbst die Gebärdensprache unterliegt anscheinend Moden. Sie ist *cool* geworden.
Aber die beiden lachen.
Genau darum geht es doch, denke ich plötzlich, auf meiner üblichen Pilgerstrecke, um das vermeintliche Unglück und Scheitern. Darum, dass ich der Wirklichkeit zu Leibe rücke, dass ich sie pausenlos mit meinen Interpretationen aufladen will, mit meinen Illusionen. Und mit meinen Sehnsüchten und Erwartungen. Ich muss endlich damit beginnen, die Realität und die Menschen nicht mehr ändern zu wollen. Es gibt nichts zu ändern. Das Unglück und Scheitern ist nur in meiner Hirnplatte verankert. Niemand von diesen Jungs, nicht einmal der Kioskbesitzer mit seinem lauwarmen Kaffee, hat die Macht, mich unglücklich zu machen. Und genauso wenig haben sie die Macht, denke ich zunehmend fröhlicher, mich glücklich zu machen. Das Leben, die Wirklichkeit, ist nicht kompliziert. Es ist nicht problematisch. Die Fehlermeldungen entwickle ich mir selbst in meiner Hirnplatte. Ich erwecke mir die Probleme, denke ich, nein, ich bin selbst das Problem.
Neben dem Kiosk werde ich dabei von zwei lachenden Gewinnern abgelenkt. Von meinen sogenannten Feindbildern, denke ich ironisch, um mich selbst zu testen. Die beiden blasierten Anzugträger haben in einem Straßencafé jeweils zwei Rundtische blockiert und ihre Kommandozentrale mit fünf Papiertürmen eingezäunt. Dabei gackern sie schrill, um die vorbeischlendernden Frauen zu beeindrucken, denn sie sind offensichtlich Messetouristen, die wie alle Messereisenden aus der Provinz der

Meinung sind, dass ihre ländliche Herkunft sich im Straßenbild einer Metropole zu atemberaubender Großartigkeit addieren würde. Nett ist dabei allerdings, dass die beiden Tröpfe vor einem der bekanntesten Schwulencafés der Stadt logieren. Anscheinend wissen sie das nicht, es ist auch nicht offensichtlich, denn das angestammte Publikum ist noch nicht vertreten. Nur wer hier wohnt, kennt den tieferen Zusammenhang, oder wer hier pilgert, denke ich, tagein und tagaus. Und vor allem die ansässigen Frauen. Wenn man nun den beiden Übermenschen andeuten würde, denke ich, *wo* sie ihre eindrucksvolle Männlichkeit demonstrieren möchten, dann würden sie vermutlich schreiend aufspringen, mit ihren ganzen Wichtigpapieren.

Es ist eben oft nur eine kleine Richtungsänderung, und deshalb muss ich die Gefühle, die mich runterziehen wollen, wegen der Arbeitslosigkeit, auch als solche benennen. Gefühle sind nicht die Wirklichkeit, und wenn ich mich leer fühle, wegen der Arbeitslosigkeit, dann ist es nicht die Wirklichkeit. Gefühle kommen und gehen, aber wenn ich mich mit der Leere verschmelze, dann bekomme ich tatsächlich ein Problem. Dann *bin* ich leer.

Wie Edina, denke ich, weil eine Frau in einem Café am Ring eine Vitamintablette in einer heißen Kaffeetasse auflöst. Zischend. Die Frau hält ihr rechtes Handgelenk vor ihrem Bauch verschränkt, als sei es verstaucht. Die rechte Hand bleibt in der anderen geschützt, aber sie hält sich daran fest. Wie Edina, denke ich und registriere wieder meine Gedankenflut. Manchmal gehen mir schon auch wichtige Dinge durch den Kopf, vor allem meine Sorgen, aber meistens ist es doch nur ein Morast aus Plastik. Ein Schlick aus Abfall. Das hat allerdings mit diesem schweigenden Pilgern zu tun, denke ich, tatsächlich, weil durch

die Stille, durch das Fehlen von Ablenkung etwas in mir in Bewegung gekommen ist. Und weil ich vor meinen Gedanken nicht mehr abhaue.
Als ob es in mir erlöst werden möchte, denke ich schmunzelnd.
Aber es sind auch so unglaublich viele Gedanken, denke ich fast schon ängstlich, und ich stecke damit natürlich wieder im Analysieren, in der Frage, ob ich vielleicht mein Pilgern verändern sollte. Aufhören geht ja schlecht, weil ich noch keine Lösung habe.
Die Frau im Straßencafé erschreckt sich währenddessen wie ein kleines Mädchen, weil ihr Zwergschirm sich unerwartet neben ihr aufstellt. Sie hat ihn zu ihren Füßen postiert, aber aus unerfindlichen Gründen reckt sich ihr Schirm vom Boden hoch, faltet sich auf und wackelt wie ein Stehaufmännchen.
Loslassen, denke ich.
Schweigen.
Nur schauen. Ich muss meine Leere aushalten, schweigen, weil ich tatsächlich eine Ahnung bekommen habe, was sich darin versteckt haben könnte. Eine hauchzarte Ahnung, denke ich fröhlich, die ich vorsichtig in mir hegen muss, vorsichtig umschmiegen. Nicht darüber reden.
Sie hat wirklich Ähnlichkeit mit Edina, weil die Frau im Straßencafé mehrmals den Kopf schüttelt. Der Mann am Nebentisch hat sich über den aufgeweckten Regenschirmknirps erschrocken und ist nun verärgert. Und die Frau lächelt mich deshalb an.
Ich lächle zurück.
Es ist schön, denke ich.
Aber meine Einsamkeit lässt sich jetzt nicht durch eine beliebige Ansammlung beliebiger Gespräche aushebeln, sondern tatsächlich nur durch Nähe an das Leben. An

die Wirklichkeit. Und indem ich meine verdammten Illusionen aufgebe, auch an diese Frau, an ihr Lächeln, überhaupt an viele Frauen, Menschen, Partys. *Zerstreuung*. Indem ich vor meinen Gedanken nicht länger davonrenne. Klarheit. Wenn ich das wirklich schaffe, denke ich, mich zu verstehen und meinen Gedankenwust nicht länger zu verdrängen, dann werde ich auch entdecken, was sich in meiner Ahnung verbirgt. Dann werde ich mich nicht mehr sorgen und mich nicht mehr fürchten. Absolut damit einverstanden, ein Niemand zu sein. Erfolglos, ein Versager, verlacht, verachtet, aber es wird mir nichts mehr ausmachen. Denn wenn ich mich von meinen Sorgen und meiner Angst befreie, von meinem verkrampften Vorhaben, Erfolg haben zu müssen, dann weiß ich endlich, was ich bereits ahne. Und zwar ganz entspannt. Und glücklich.

Die Frau im Straßencafé lächelt immer noch.

Wie Edina, denke ich.

Es ist schön.

6

Wie bitte?« Ich wiederhole mich nun schon zum dritten Mal. »Deine Freundinnen wissen davon?!«

»Mach dich mal locker ...« Edina hat einen Stuhl umgedreht und sich breitbeinig vor die Rückenlehne gesetzt. Sie schmiegt ihren Kopf auf die Lehne und beobachtet mich. Es verändert ihren Charakter. Es macht sie überlegen, stark und zickig. Ich kann mir vorstellen, dass sie überall, sogar in einem edlen Restaurant, erst einmal den Stuhl umstellt. Wahrscheinlich wissen das auch alle Freunde von ihr.

Zumindest wissen sie schon mal über diese Affäre Bescheid.

»Du hast es deiner Schwester erzählt?« Meine Hand auf ihrem Bein beginnt zu schwitzen. Ein Seitensprung ist eine geheime Sache, dachte ich zumindest, aber Edina erzählt all ihren Freundinnen und Freunden von der Sache. Und schwärmt. Sie ist begeistert davon, einen Geliebten zu haben. Mit einem Sportwagen.

»So ...«, antwortet sie, weil das Thema sie langweilt. Das ist mir in unserer kurzen Zeit schon aufgefallen, dass sie gerne bestätigend zu sich selber spricht, sobald sie etwas abgeschlossen hat, und wenn es nur das Umsetzen ihrer Füße ist. Oder ein unterdrücktes Gähnen.

»So ...« Sie drückt mich an sich. Ihre Küsse sind hart, grob, egoistisch.

»Du bist voller Überraschungen …«, sage ich.
Dabei stürzen abrupt mehrere Kindheitserinnerungen auf mich ein, ohne dass ich einen Grund dafür finde. Es kann nicht an ihren Küssen oder ihren absurden Schwärmereien liegen, da bin ich mir sicher. Es dauert einige Minuten, bis ich entdecke, dass ein bestimmter Geruch diese Rückbesinnung befeuert. Auslöser ist der charakteristische Dunst eines Tintenkillers, vor allem abgestanden und irgendwo gleich in unserer Nähe.
»Ich brauche Veränderung, ich kann auch die Wohnung nicht mehr sehen.«
»Aber es ist doch schön hier«, antworte ich steif. »Es ist so ruhig und friedlich, anscheinend … Und im Erdgeschoss ist direkt ein Blumenladen.«
»Eben«, antwortet Edina, »ich kann keine Ärsche mehr sehen!«
Mein Blick deutete auf eine gewisse Hirnunterfunktion hin.
»Morgens, wenn ich aus dem Haus gehe«, erklärt Edina, »da sind schon die alten Leute da und wühlen in den Blumen-Sonderangeboten vor dem Laden. Und alle strecken mir ihren Arsch entgegen. Jeden Tag fette Ärsche! Den ganzen Tag über …«
Ansonsten arbeitet sie daran, die einzig verbliebene elektrische Lichtquelle im Zimmer zu löschen. Es dauert ein wenig, weil sie dabei nicht von ihrem Lehnstuhl aufstehen will, also streckt sie ihre Füße mühselig dem Fußschalter der Lampe entgegen. Sie muss mit ihrem Restkörper immer wieder nachrücken, hart erkämpfte Sehnenmillimeter, bis sie endlich mit den Zehenspitzen den Stift im Sockel der Lampe umlegen kann. Es dauert bestimmt dreißig Sekunden.
Danach ist es schlagartig dunkel. Und sie verkrampft. Edina setzt sich kerzengerade hoch und lauscht.

»Halt dein Glas fest!«, schreit sie plötzlich panisch auf, und ich bereite mich auf ein Erdbeben oder etwas Ähnliches vor. Mein Herz schlägt Sonderschichten. In diesem Moment hechelt ein Hund ins Zimmer, der sich hysterisch freut. Er stürzt vor Freude auf Edina und fegt mit seinem Schwanz alles Geschirr vom Tisch. Edina schreit deshalb noch lauter und stachelt den Hund damit offensichtlich zu noch größerer Freude auf, und ich entschuldige mich kurz und suche das Badezimmer. Um mich ein wenig frisch zu machen, wie es heißt.

Ich muss das endlich beenden, denke ich und verriegele die Tür.

Das Badezimmer ist, wie die ganze Wohnung, nicht gerade stabil gebaut. Der metallene Rahmen der Duschkabine sammelt und verstärkt Gesprächsfetzen der Nachbarwohnung wie eine Abhörvorrichtung. Von dort drüben höre ich Wasserrauschen, dann das Klirren eines Glases, das auf einen harten Untergrund gestellt wird, sowie das Knarren und Klicken, wenn jemand den Toilettenschrank schließt. Ich erinnere mich daran, dass ich als kleiner Junge mal Besuch von einer gleichaltrigen Cousine hatte. Sie durfte sogar bei uns übernachten. Also putzten wir uns erst gemeinsam im Badezimmer die Zähne, aber wir wanderten anschließend zähneschrubbend durch die Wohnung. Fast wie ein altes Ehepaar, denke ich heute. Diese Karawane der Zahnbürsten zog sich durch alle Zimmer. Wir wussten nicht miteinander zu sprechen, aber auch nicht nebeneinander im Bad zu stehen, also wanderten wir mit den Bürsten in alle verfügbaren Winkel, vor jedes Fenster, und schauten intensiv hinaus.

Ich muss das endlich beenden, denke ich und öffne die Badezimmertür. Es ist nicht mehr ganz so dunkel.

Edina sitzt inzwischen normal auf ihrem Stuhl, lehnt sich

dabei übertrieben lässig zurück und lässt eine Hand seitlich herabhängen.
»Ich hab den Hund eingesperrt« sagt sie leise und blickt mich lasziv an. Sie ist stolz auf ihren Körper.
»Wahrscheinlich besser so …«
»Setzen wir uns wieder auf die Couch«, sagt sie und zieht ein Cocktailglas dicht an ihren Mund heran. Als sie den Strohhalm endlich gefunden hat, saugt sie daran, bis ihre Wangen rhythmisch pulsieren. Die Eiswürfel klirren, und aus den Untiefen ihres Alkoholgemischs steigen gurgelnde Geräusche herauf. Dabei entdecke ich, dass ihre Handrücken mit Kugelschreibertinte beschrieben sind. Wie bei einem Schulmädchen, denke ich. Es sind anscheinend elementarste Aufgaben, die sie noch erledigen muss: Putzen, Einkaufen, Leben.
»Musik …«, sage ich und wühle wieder in ihrer diffusen Plattensammlung.
Edina eliminiert dabei Fliegen. Phasenweise wirkt ihre handfeste Tötungstechnik wie eine asiatische Kampfsportart, wenn sie versunken auf die Flugbahn der Fliegen und gleichzeitig auf ihren Atem achtet. Bis sie dann ruckartig auf die schwarzen Körper zielt, zischend, wie ein Samurai, klösterlich geschult in der Kunst des Tötens.
Aber sie trifft nicht.
Illusionen, denke ich, du warst niemals verliebt. Ich war immer nur in meine Vorstellungen von einer Frau verliebt, in Illusionen, genährt von Bildern, Hoffnungen, Sehnsüchten. Und ich habe fast alles, was ich denke und fühle, in mir selbst hochgeköchelt.
»Mach das aus«, flüstert Edina mit glühendem und weihevollem Gesicht. »Komm her …«
Die plötzliche Stille, ohne Musik, wirkt ähnlich brutal wie ein dunkler Keller, in dem unerwartet Neonlicht flackert.

Illusionen, denke ich und setze mich neben Edina auf das Sofa. Hinter dem Wohnzimmer befindet sich das Badezimmer der Nachbarwohnung. Deren Badewanne. Während wir also schweigen und uns ansehen, begleitet uns ein regelmäßiges Körperdrehen von dort, das entfernt wie das Pupsen eines Walrosses klingt. Und wenn die Nachbarin ihre Parfumartikel auf der Ablage zurechtrückt, dann knallt das bei uns wie ein zerbrochener Teller.

»Lass uns heute einfach nur so herumliegen«, sage ich.

Sie drückt mich daraufhin, als plane sie, mir die Rippen zu brechen.

7

Ich wohne auf dem Land, also dort, wo die Welt noch in Ordnung ist, und damit das so bleibt, klingelt der Vermieter und überreicht mir einen Zettel. Ein kopierter Zeitungsartikel. Es geht um das richtige Lüften eines Fensters.
»Bitte lesen Sie den Text.« Er ist sehr besorgt. Es geht offensichtlich um Leben oder Tod. Mein Vermieter hat nämlich morgens früh die Mülleimer kontrolliert und dabei entdeckt, dass eines meiner Fenster gekippt war. Und das geht nicht, seiner Meinung nach, gekippte Fenster könnten katastrophale Folgen nach sich ziehen.
»Stoßlüftung!«, sagt er hektisch und endet mit der schlimmsten aller möglichen Folgen: »Schimmelbildung!«
Es ist 9 Uhr morgens. Ich bin arbeitslos und überhaupt nur aufgestanden, um eine weitere unerwünschte Bewerbung zu schreiben.
»Vielen Dank«, antworte ich, »das werde ich unverzüglich studieren«, schließe die Tür und schmeiße den Zettel ungelesen in den Mülleimer.
Es ist ein wunderschöner Frühlingstag. Ideale Voraussetzung also für ein geistreiches Bewerbungsschreiben. Morgens schon blauer Himmel, und wenn ich das Fenster schräg stelle, höre ich die Begleiterscheinungen des Bilderbuchwetters: Der Himmel ächzt unter der Last Dut-

zender Flugzeuge. In dieser Gegend tummeln sich drei Segelflugvereine, und dieses Wetter zieht alle verfügbaren Mitglieder in seinen Bann, also hoch ans Firmament. Assistiert von mehreren Motorflugzeugen, die die Segler hochschleppen, wechselt sich am Himmel ein einziges Surren und Rumoren ab, gefolgt von pausenlosen Landeanflügen und Aufstiegen.

Immer schon wollte ich für Ihr Unternehmen arbeiten, feile ich an Formulierungen und streiche letztlich alles weg. Der Nachbar gegenüber schmiert die Windschutzscheibe seines Autos mit einem Stück Apfel ein. Das macht er immer dann, wenn für den Nachmittag Regen gemeldet wurde. Weil sein Scheibenwischer kaputt ist. Damit das Wasser abperlen kann. Ein Hobby-Jäger, das ist das Einzige, was ich über ihn weiß. Alleinstehend. Man erzählt sich, einmal habe er Tauben erlegt und die dann stundenlang zu Hause gerupft und ausgenommen. Es muss bestialisch gestunken haben. Um eine Suppe zu machen. Als der Sud endlich fertiggeköchelt hatte, konnte er wohl diesen Rupfgeruch nicht mehr aus der Nase bekommen und hat keinen Bissen runterbekommen.

Hiermit bewerbe ich mich um die von Ihnen ausgeschriebene Stelle. Wozu eigentlich? Ich bin kein Ingenieur, denke ich, als Journalist bin ich nicht mehr als eine ungelernte Hilfskraft. Zudem zwanzig Jahre zu alt, denke ich und spüre, wie meine Unzufriedenheit jeden Gedanken weiter aufheizt. Stopp, denke ich und horche in die Leere meiner Hirnwelt, um zu markieren, aus welchen Gefühlen meine Gedanken aufsteigen. Und in welchen Gefühlen sie erhitzt werden. Und ich werde diese Unzufriedenheit sogar zulassen, sage ich mir, obwohl ich mich nicht darüber freue. Aber ich werde es akzeptieren. Und plötzlich spüre ich, wie mein Genervtsein nachlässt. Interessant.

Es geht also weniger darum, meine Gedanken zu betrachten, sondern immer wieder nur auf ihrem Rücken zurück in das Schauen zu klettern. Interessant. Ich fühle mich besser. Ich schaue meinen Gefühlen kurz ins offene Maul, in den fauligen Geruch, *Arbeitslosigkeit,* aber nur so lange, um ihnen zuzunicken. Es geht also nicht darum, sie zu bekämpfen, denke ich und schaue aus dem Fenster hinüber in den Neubau. Meine Eckhausnachbarn sitzen dort wieder mit heruntergezogenen Pulloverarmen am Küchentisch. Sie backen ihre Brötchen immer selber im Herd auf. Die Teigknubbel sind offensichtlich derart heiß, dass die Nachbarn mit den gedehnten Pulloverärmeln auf die Brötchen patschen müssen, damit sie so, von Wolle geschützt, vorsichtig schneiden können. Letzte Woche, erinnere ich mich, haben sie einen ganzen Nachmittag vor ihrer Küchenzeile gehockt und auf mögliche Bewegungsmuster hinter dem Holz geachtet. Später habe ich erfahren, dass sich eine Maus in ihre Wohnung verirrt hatte. Die Maus lebte noch und hatte sich panisch hinter einen Schrank geflüchtet. Daraufhin hockten sie vor dem Holz herum. An ihrer Seite eine Katze, die sich entspannt ihre Vorderpfoten leckte, während die drei Mauskomplizen hektisch auf den Knien rutschten.
Gerne stelle ich mich in einem persönlichen Gespräch vor, formuliere ich gelangweilt, stecke beide Hände in die Hosentaschen und pendle mit dem rechten Bein vor meinem Standbein herum. Dabei zeichne ich mit meiner Schuhspitze einen imaginären Halbkreis in den Boden. Letztlich bedeutet Ansehen gar nichts, denke ich, es ist nur ein Kasten-Spiel, eine Gesellschaftskomödie. Wenn ich alleine zurückdenke, wie häufig ehemalige Kollegen nach oben gejubelt wurden, und dann, nur zwei Jahre später, wegen irgendeiner Lappalie verachtet wurden. Zuerst hatten sie

es *geschafft,* denke ich amüsiert, ohne dass sie dafür irgendetwas getan hatten, und zwei Jahre später waren sie dann erledigt, ohne dass sie dafür etwas getan hatten. Was hatten sie denn überhaupt *geschafft?* Führt viel Geld wirklich zu einem sinnvollen Leben?
Ich will das nicht mehr. Ich will stattdessen glücklich sein, und dann ist es mir so was von schnuppe, was andere von mir halten. Oder was sie von mir denken, weil ich gescheitert sein könnte. Dann ziehe ich mir aus Trotz einen Anzug an, weil *ich* doch nicht meine Krawatte bin. Ich will das nicht mehr. Von Kritik erschüttert werden, von Lob begeistert. Letztlich meint beides immer nur meine Krawatte, denke ich, aber wenn ich glücklich bin, dann ist es gleichgültig, ob ich erfolgreich oder minderwertig wirke, weil ich dann aus dem Kasten-System aussteige.
Letztlich schaut niemand in meine Augen, sondern immer nur auf die Krawatte. Auf die Illusion einer schönen Krawatte. Und die wird dann gelobt, für ihre schönen Farben oder für ihren Stoffgehalt, oder sie wird abgelehnt. Verachtet. Gehasst.
Aber es geht immer nur um die Krawatte.

8

Papa, ich möchte ein Eis.« Sein lockiges braunes Haar umrahmt den Kopf wie ein restaurierter Heiligenschein.

»Welche Sorte?«, frage ich.

Junior legt den Kopf schief und überlegt.

Freibäder sind für mich besondere Orte. Aus irgendwelchen Gründen sehen viele meiner Freunde das anders. Für sie sind Freibäder irgendwie dreckig und unhygienisch, und wenn überhaupt, dann seien es Orte für Kinder.

»Vanille«, sagt der Kleine.

Ich mag Freibäder. Natürlich ist es ein besonderes Erlebnis, mit meinem Sohn schwimmen zu gehen, aber ich gehe auch gerne alleine dorthin.

»Und du nimmst die gleiche Farbe«, sagt er.

Der belebende Sommerwind weht seine Haare in alle Richtungen und legt die Stirn frei. Ich gebe ihm einen Kuss auf die freigewordene Stelle, aber er wehrt sofort ab. Schließlich ist er schon sieben Jahre alt. Und damit cool. Zärtlichkeit, denke ich, habe ich in dieser feinen Nuancierung erst durch ihn kennengelernt. Diese vollständige Offenheit. Diese vollständige Bereitschaft zuzuhören, ohne zu werten.

»Vielleicht nehme ich aber Erdbeere«, antworte ich.

Er soll nichts ahnen von meiner Arbeitslosigkeit und erst recht nichts von den Sorgen, die sich daraus ergeben.

»Nein«, sagt er, »die gleiche Farbe …«
Das können wir gerne noch stundenlang machen, denke ich, einfach nur die Zeit verstreichen lassen. Einfach nur so leben. Und spielen. Exzessiv spielen, mit Autos im Sand, mit Eimern im Nichtschwimmerbecken.
Wer bin ich?
Ohne Krawatte im Freibad stoße ich wieder auf dieses Mehr in meinem Sehnen. Es dehnt sich aus, dieses Mehr, und es lässt sich mit Worten nicht umfassen.
Was will dieses Leben?
Ohne Krawatte im Freibad fühle ich mich tatsächlich eins mit mir selbst, vollständig eins, und das so umfassend und tief, dass ich mich mit allen anderen Badehosenträgern an diesem Nachmittag verbunden fühle. In so einem Moment habe ich das Gefühl, dass mein Herz kein einsamer Ort ist. Weil sich dort alle Badehosenträger dieser Welt umarmen.
Es ist aber immer nur *der* Moment, denke ich, in dem ich mit mir selbst eins bin. Dann bin ich mit allen anderen eins, dann habe ich diese Verfremdung, diese Entfremdung überwunden.
»Papa«, sagt der Kleine und stößt mich an, »wir wollten doch Eis kaufen.« Er verschluckt sich dabei an seinem Getränk, und selbst das wirkt schön und richtig.
»Stimmt ja«, antworte ich, »Zitrone …«
Und tatsächlich bin ich in diesem Moment glücklich, denke ich, weil ich dankbar bin. Ohne dass ich genau umschreiben könnte, für was ich mich nun ausdrücklich verbeugen müsste, weil es in diesem Moment gleichgültig ist. Ob nun arbeitslos, verschwitzt, übermüdet, *gleichgültig*. Weil ich mich für das Gesamtpaket bedanke und in dieser Gesamtheit das Dankesagen selbst das Glücklichsein auslöst.

»Also Vanille und Pistazie«, sage ich.
Vor uns steht ein Mann, in der Schlange am Eiswagen, der an den Beinen ungewöhnlich stark behaart ist. Aber irgendwie nur dort, bis zur Badehose aufwärts; Rücken und Schultern sind beinahe glatt. Es sieht wie eine Hose aus.
»Pistazzien ham wa nicht«, nuschelt dann eine junge Frau im Eiswagen. Sie führt ein beeindruckendes, offenherziges Dekolleté vor sich her, das allerdings beinahe lückenlos mit Koboldanhängern, Buchstabenketten und bunten Perlen verhangen ist. Sie trägt einen schwarzgefärbten Kurzhaarschnitt und ein rötliches Stirnband.
»Dann zweimal Vanille ...«
In diesem Moment bin ich glücklich, weil ich voller Freude bin. Unabhängig davon, was alles noch passieren könnte. Und weil ich endlich mal mit ganzem Herzen im Moment feststecke, und ich diesen Moment auskoste wie ein Geschenk. Dann bin ich tatsächlich glücklich. Und wenn ich mich immer mit dieser Radikalität begeistern könnte, unabhängig davon, ob am nächsten Tag wieder eine Absage in meinem Briefkasten steckt, dann könnte ich auch jeden Tag solche Momente erleben.
»Oh, dein Eis ist viel größer«, sage ich spielerisch enttäuscht, während wir langsam zurück zu unserer Decke schlendern.
Streng genommen wäre es richtig, mich alleine nur schon über die Sonne zu freuen, oder über die Holztische vor dem Würstchenwagen, von Messern zerritzt. Aber ich lasse das nicht zu. Streng genommen gibt es unentwegt solche Momente, denke ich, von denen jeder einzelne das Potenzial in sich trägt, Glück zu machen. Unentwegt. Aber ich achte normalerweise einfach nicht auf diese Momente, an denen ich mich freuen könnte. Stattdessen ta-

pere ich wie schlaftrunken durch meinen Alltag, bis mir etwas in die Quere kommt, an dem ich mich reibe. Erst wenn ich mir die Knie aufschlage, dann glotze ich plötzlich aufmerksam umher. Dabei wäre es viel wichtiger, vorher, bevor ich mich wieder auf die Schnauze lege, all diese Momente zu markieren. *Und zu leben.* Damit ich dann, wenn ich mich wieder aus dem Morast hochrappeln muss, nicht zu atmen vergesse. Und Dankbarkeit austeile. Streng genommen ist Dankbarkeit in jedem Moment die passende Untermalung.

»Schmeckt dein Eis?« Ich taste vorsichtig das Rückgrat meines Sohnes hinunter und lasse immer wieder dabei einen Finger in den Wirbelbuchten liegen.

Er nickt.

Genau darum geht es, denke ich.

»Sollen wir nächste Woche wieder hierhergehen?«

Er nickt.

Dann ist es auch möglich, in einer völlig bizarren und zerrissenen Welt zu leben. Und dann ist es auch möglich, in einer völlig bizarren und zerrissenen Welt Frieden zu säen, denke ich. Wenn ich es nur schaffe, den Moment zu heiligen.

Der Kleine malt mit einem dicken blauen Stift ein krakeliges Rennauto auf seine Serviette, während der Sommerwind sein Haar zu einem expressionistischen Kopfschmuck aufrichtet.

Dann bin ich glücklich.

Leben und Tod

1

In Dortmund gibt es derart viele ruhige Ecken, dass ich immer wieder neu überrascht bin. Und so viele Bäume und Grünanlagen.

Ich bin aber nicht hierhergefahren, um Birken oder Pappeln zu zählen, sondern um wieder etwas zu lernen. Überall, in jeder Stadt, in jedem Viertel, finde ich inzwischen Menschen, die über den Dingen stehen. Und obwohl sie einander nicht kennen, verändern sie das ganze Land.

»Man lernt, anders mit der Zeit umzugehen«, sagt Ramona Seidel, während zwei Katzen um ihre Beine streifen. Sie ist zweiundfünfzig Jahre alt und vierfache Mutter. Der jüngste Sohn ist hyperaktiv, ein anderes Kind ist sprachbehindert; sie ist also keine weltfremde Theoretikerin. Zudem arbeitet sie in einem Hospiz.

»Ein besonderer Ort«, sage ich.

»Das muss sein, schon aufgrund unserer Gäste. Und natürlich verändert sich in einem etwas, das geht ja gar nicht anders.«

Ursprünglich hat Frau Seidel Kinderkrankenpflege gelernt, danach Altenpflegerin, und während dieser Tätigkeit hat sie ihren Kolleginnen immer wieder gesagt, sie spüre, dass es einigen Patienten schlechtgehe. »Da bin ich immer ausgelacht worden, ach, was du immer hast, mit deinen Gefühlen. Dann habe ich die Palliativpflege eingeschlagen und habe da zum ersten Mal gemerkt, ich bin richtig. Da lacht keiner, wenn ich sage, ich spüre doch, wenn es den Menschen schlechtgeht.«

Sie ist eine freundliche, eher zurückhaltende Frau, aber eine, die zupacken kann, das ist deutlich.

»Man lernt, anders mit der Zeit umzugehen«, sagt sie noch einmal. »Die Zeit ist ein Geschenk, das man jetzt, in dem Moment, so nehmen muss, wie es ist. Deswegen sagen wir auch – das ist in allen Hospizen gleich –, wir sind Wegbegleiter für diese Zeit, die noch bleibt.«

Ich darf nicht länger vor dem Tod davonlaufen, denke ich, deshalb bin ich nach Dortmund gefahren.

»Wir können die Zeit nicht vorbestimmen, wir können sie nur angenehm machen. Wir stehen hinter den Menschen: Wenn ihnen übel ist, begleite ich sie, gebe ich ihnen etwas gegen Übelkeit. Braucht jemand ein Gespräch, setz ich mich hin, aber ich zwing ihm meine Zeit nicht auf, weil er die Zeit anders nutzen möchte.«

Seit zweieinhalb Jahren arbeitet sie in einem neugebauten Hospiz, seit dessen Gründung. Vorher hat sie ihre Tätigkeit drei Jahre lang ambulant ausgeübt. »Wir lernen die Menschen so kennen, in der kurzen Zeit, wie sie wirklich sind«, erzählt sie. »Wir wissen nicht, was vorher war. Ich bin kein Richter. Natürlich erfahre ich viel über die Familie, aber ich sehe einen netten Mann, eine nette Frau, die jetzt im Moment lebt. Und die jetzt im Moment zu uns freundlich ist oder biestig. Und dieses Stück kann ich begleiten. Manchmal kommen dann die Angehörigen und sagen: Ja, aber das ist nicht mein Vater, der war früher so hart. Oder warum will der denn jetzt in den Garten, der wollte doch nie in den Garten?«

Der stand auch vorher nicht an der Schwelle des Todes, denke ich.

»Die Menschen, die bei uns sind, nutzen ihre Zeit anders. Wir bekommen ganz schnell eine intensive Beziehung. Erfahren ganz viel, ohne nachzufragen, weil wir sind fremd. Wir sind zum Zeitpunkt da, wo es der letzte Zeitpunkt ist. Und da bleibt nicht mehr viel.«
Keine Fassade mehr. Nur noch der Kern.
Es gibt tatsächlich Menschen, die das Hospiz erst einmal strahlend und scherzend betreten, so wie sie auch *davor,* in ihrem früheren Leben, jedes Haus, jede Gesellschaft beehrt haben. Manchmal braucht es einige Stunden oder sogar Tage, bis diesen Menschen langsam klarwird, wo sie sich befinden.
»Unsere Gäste müssen wissen, weshalb sie da sind«, sagt Frau Seidel. »Es kommt kein Mensch zu uns, der nicht weiß, warum er bei uns ist. Manchmal verschönern das die Angehörigen. ›Ich kann doch nicht sagen, Hospiz, der stirbt doch da.‹«
»Es ist nicht einfach mit dem Tod«, sage ich.
»Die Hoffnung stirbt immer zuletzt«, antwortet Frau Seidel. »Die Menschen wissen, dass sie sterben werden. Sie wissen auch, dass die Zeit begrenzt ist. Aber trotzdem darf ich doch hoffen, dass vielleicht noch die Enkeltochter eintrifft.«
Die Hoffnung ist überhaupt das Wichtigste, denke ich.
»Viele kommen und sagen: Endlich habe ich mal Ruhe. Keiner, der mich hetzt, keiner, der sagt: vorwärts, Termine. Und dann werden die Menschen häufig noch mal sehr wach, und dann können sie sterben.« Andererseits gäbe es auch Menschen, die selbst im Hospiz nicht abschalten können. »Immer zappelig, immer rappelig. Aber die meisten Menschen kommen hier zur Ruhe. Die Umgebung ist ruhig, und die Menschen, die hier arbeiten, sind auch ruhig. Wir müssen es aushalten, ruhig zu sein. Wir sitzen

auch am Bett, halten die Hand und sagen nichts. Oder wenn jemand in der Sterbephase ist, dann sitze ich auch dabei und sage nichts. Weil, da werden Worte sinnlos.«
Vielleicht, denke ich, sind Worte überhaupt oft sinnlos.
»Umgekehrt …«, erzählt Frau Seidel, »Menschen, die vorher sehr abweisend waren, die dann plötzlich die Hand ergreifen. Und das ist das Wunderschöne in so einem Hospiz, man ist wie ein Kleeblatt, jeder findet seine Nische. Wir versuchen auch, die Zeit mit demjenigen zu verbringen. Und die Zeit zu schenken. Da ist auch keiner von uns böse, wenn ein Gast nach einer bestimmten Schwester fragt.«
Insofern verzeihe sie auch mehr. Als Krankenschwester hätte sie manch böses Wort nicht einfach so im Raum stehenlassen. »Wir wollen die Menschen da abholen, wo sie sind«, erklärt sie. »Natürlich gibt es da auch Momente, wo du vor der Tür stehst und denkst, jetzt gleich setzt es einen Tritt, grade, wenn es Gäste sind, die sehr fordernd sind. Ein Gast, der im Fünf-Minuten-Takt schellt, weil die Bettdecke nicht richtig liegt, ›machen Sie die Gardine auf‹, ›machen Sie die Gardine wieder zu‹. Da muss man sich zusammenreißen und immer wieder zurückholen. Tief durchatmen und da rein. Der Gast kann nichts dafür.«
»Es ist nicht einfach mit dem Tod«, sage ich.
»Es gibt irgendwann eigentlich immer den Zeitpunkt, an dem die Gäste mit uns reden. Manche machen es relativ früh, und manche sondieren erst, wie läuft das denn hier. Wird das meinen Angehörigen erzählt? Geht das rum? Viele erzählen auch Sachen, von denen sie nicht möchten, dass die Angehörigen das wissen.«
Die Angehörigen stehen gewissermaßen für den Trubel und die Unruhe, und ich kann mir lebhaft vorstellen, wie

manche dieser Tanten und Onkel ihre Welt und damit ihre soziale Schicht mit in das Hospiz wuchten wollen. Uneinsichtig darüber, dass die Regeln und Gepflogenheiten einer Standeskaste in einem Hospiz keine Rolle mehr spielen.

»Aber Familienangehörige sind auch ganz wichtig«, unterbricht Frau Seidel. »Man muss lernen, die ins Boot zu holen. Das ist nicht immer einfach. Das Loslassen ist schwer. Der Verstand sagt, es ist Zeit, dass derjenige geht. Weil, er hat Schmerzen, er kann nicht mehr, er möchte nicht mehr. Und das Herz sagt: Nein, bleib. Angehörige haben auch oft Schwierigkeiten zu weinen. Ich kann doch jetzt nicht weinen. Natürlich darf derjenige das wissen. Ich bin doch traurig, dass er geht.«

Selbst kurz vor dem Tod klammern wir uns noch an Konventionen, denke ich, und an Illusionen.

»Ich kann doch nicht in die Vorlage machen, das geht doch nicht.

Die Haare sind fast nicht mehr vorhanden, aber die Frau möchte sie toupiert haben. Das war schließlich immer so.«

Andererseits fällt in diesem Umfeld auch immer wieder die Fassade, und es entwickeln sich Gespräche ohne Hintergedanken. Es bleiben nur einige Tage dafür, vielleicht Wochen. Aber das Gesagte wühlt tief. »Das ist auch das, was einen so mitnimmt«, sagt Frau Seidel. »Wobei ich die Leute nicht bemitleide, aber ich leide manchmal mit.«

»Gibt es dabei auch Menschen, die bereuen?«, frage ich.

»Es gibt alles, auch Menschen, die sagen, was ich getan habe, war nicht gut. Aber ganz klar, ich kann's ja nicht ändern. Die dann aber auch häufig gefangen sind, in dieser Zeit. *Damals.* Und die sagen, ich hab jetzt den Krebs als Bestrafung. Für das, was ich früher gemacht habe.

Und wenn ich jetzt nett zu meiner Tochter bin, dann habe ich vielleicht noch die Chance, etwas Zeit geschenkt zu bekommen.«

Offensichtlich gehören derartige Deals zur Krankheit dazu. Immer wieder, sagt sie, erlebe sie diese Augenblicke, wo vermeintlich harte Kerle, Brummbären, wie sie sagt, ihre Hand nehmen und um ein Gespräch bitten. »Das sind die Momente, die mich dankbar machen, dass ich hier arbeiten darf und meine Zeit so verbringen kann. Das ist immer der Moment, da ich merke, irgendwas tut sich in ihm. Und dann hat er mir aus seiner Familie erzählt, und dass er weiß, dass er nicht mehr lange da ist. Und das spüren die Leute. Und das sind die Momente, wo einem selber das Herz klopft. Oder sie gucken einen an, das ist ein Blick, der geht bis in die Seele. Und dann weiß man, aha, es ist so weit.«

Klarheit, denke ich.

»Die Leute, die ganz ruhig sind, sanft, zart, sind meist zwischen sechzig und achtzig, die sagen, ich hatte ein schönes Leben, ich bin zufrieden. Klar habe ich mir das anders vorgestellt, aber es ist so, wie es ist. Und ich muss es annehmen. Die streicheln uns dann häufig die Wange und sagen, Sie müssen jetzt nicht traurig sein. Ich weiß, dass ich bald gehen muss.« Anders bei den Jüngeren, verständlicherweise. Vor allem bei den Machern, wie man sie nennt. Die mitten im Leben stehen, wie es heißt. Und vor allem dann wird es schwierig, wenn Kinder warten. »Ich wollte meine Kinder aufwachsen sehen. Aber irgendwann kommt häufig der Punkt, wo sie sagen: Ich kann nicht mehr. Ich kann einfach nicht mehr.«

Der Nullpunkt, denke ich.

Spätestens dann verändern sich auch die Angehörigen.

»Die sind häufig sehr verunsichert«, sagt Frau Seidel. »In

den Krankenhäusern wird das anders gehandhabt, Angehörige sind oft Störenfriede, bekommen keine Auskunft oder werden in ihrer Psyche nicht wahrgenommen. Bei uns ist das eben ein Rundumprogramm, da sind die Angehörigen sehr wichtig. Die sind letztlich auch eine Stütze. Meistens kommen sie voller Ablehnung, er hat schon immer diese Tabletten bekommen und nicht, dass sie jetzt alles umstellen. Und da muss man dann ganz langsam erst mal mit denen zusammenkommen. Es dauert meist ein paar Tage, bis die Angehörigen merken, wir möchten ihnen nichts. Umgekehrt fragen wir auch ganz viel. Manchmal können unsere Gäste nicht mehr sprechen. Wir versuchen, den Menschen so zu nehmen, wie er war, wir wollen ihn nicht umpolen.«

Immer steht dabei das Klingeln am Anfang, denke ich, das ist sehr symbolisch. Man kann ein Hospiz nicht einfach so betreten, wie ein Krankenhaus. Und immer wieder wird gefragt, ob der Gast überhaupt Besuch wünscht. »Wir sind der Anwalt unserer Gäste, und was die wünschen, ist Priorität.« Das kann mitunter problematisch sein. Gerade bei den Angehörigen, die immer schon genervt haben. Das kann sogar zu Geschrei führen, vor der Tür zum Hospiz. Oder zu Heulerei. »Wir sind dafür da, um die letzte Zeit so angenehm wie möglich zu machen«, erklärt sie. »Aber das Haus ist dadurch nicht traurig. Es laufen Kinder durchs Hospiz, wir feiern Geburtstage, wir feiern Hochzeiten, singen zusammen, wir machen Scherze mit den Gästen. Wir haben auch schon den Fall gehabt, dass die Frau zu uns gekommen ist, nachdem der Mann gestorben ist, und die Trauerfeier fand im Hospiz statt.«

Eine unglaublich intensive Zeit. Auch für das Pflegepersonal. Sie müssen nicht mehr heilen, es ist irrelevant, wie die

Blutwerte sich entwickeln. Oder ob ein Tumor gewachsen ist. Alles wird irrelevant, denke ich.

»Man sieht die Menschen nur eine kurze Zeit, sehr intensiv, und wenn ich mir dann die Personalausweise ansehe, dann denke ich immer, nein, das ist *der.* Die Menschen verändern sich so.«

»Und nach der Schicht gehen Sie in den Supermarkt?«, frage ich. »Wie leben Sie Ihren Alltag?«

»Ich schaffe es tatsächlich«, antwortet sie, »wenn ich die Tür zumache vom Hospiz, abzuschalten. Manchmal sitze ich noch im Auto und weine, das ist halt so. Weil ich einfach diese Anspannung, die in mir ist, loswerden muss. Ich bin dann zwar traurig, dass jemand gestorben ist, aber anders, ein wertvoller Mensch ist gegangen. Weil der vielleicht einen besonderen Witz hatte, oder es gab nette Gespräche. Für mich ist Autofahren dann ganz wichtig. So, jetzt hol mal tief Luft. Du hast doch gerade noch gedacht, wie schön das war, so, und jetzt kannst du abschließen.«

»Und dann im Supermarkt, regen Sie sich da auf, wenn die Sachen nicht da stehen, wo sie hingehören?«

»Das stört mich nicht mehr«, sagt sie bestimmt. »Ich stand diese Tage auf der B1 im Stau. Schild vor mir, zweihundert Meter bis zur Abfahrt, und diese zweihundert Meter haben fünfundzwanzig Minuten gedauert. Ich saß im Auto, hab mein Fortbildungsbuch genommen und darin gelesen und in der Gegend herumgeguckt.« Um sie herum der altvertraute Feiertagsstress; Hupen, Geschrei, hervorquellende Adern. »Das Leben hat eine andere Zeit für mich bekommen. Das Leben ist total wertvoll, und ich glaube, dessen sind wir uns alle gar nicht mehr bewusst. Erst in dem Moment, in dem es auf das Ende zugeht, fällt einem auf, dass man noch viele Sachen sagen oder

erledigen wollte. Ich versuche schon, bewusster daran zu denken: Ich lebe jetzt.«
Aber ich lebe am Leben vorbei, denke ich, und schlage immer nur anderswo auf als dort, wo ich bin. In meinen Sorgen.
»Die Kinder von den Hospizmitarbeitern wachsen alle mit dem Hospiz auf«, sagt Frau Seidel. Die meisten ihrer Bekannten oder Freunde sagen allerdings, sie könnten nicht in einem solchen Haus arbeiten. Der Tod soll zwar angeblich existieren, irgendwo, aber bitte nicht in dieser Straße. »Mein Jüngster war schon mit Kaffee verteilen. Er war mit Einverständnis des Gastes bei seiner Mobilisation anwesend. Er weiß, dass da auch was anderes passiert. Er hat Menschen gesehen, die kaum sprechen können, die eine Infusion haben, Leute, die weinen. Und wenn Babys geboren werden, dann werden die auch den Gästen gezeigt.«
So wie früher, denke ich, als der Tod noch ein Teil des Lebens war.
»Menschen bis fünfzig sind eher neugierig«, sagt Frau Seidel. »Ach, du arbeitest im Hospiz? Da muss ich häufig erzählen, was machen wir überhaupt. Leute, die älter sind, die machen sofort zu. Eine Bekannte weigert sich kategorisch, mal an einem Tag der offenen Tür vorbeizukommen. Ich doch nicht, auf keinen Fall!«
Was ich nicht weiß, denke ich, macht mich nicht tot.
»Man stirbt, wie man gelebt hat«, erklärt Frau Seidel. »Wer im Leben sehr gekämpft hat, kämpft auch im Tod. Denen fällt es unglaublich schwer loszulassen. Sie wollen nicht gehen.«
Es gibt dabei eine sehr symbolische, sehr wichtige Geste, erfahre ich, bei Männern und Frauen gleichermaßen: Die Menschen suchen eine Hand, die sie greifen können. Und

wenn Gäste nach der Hand greifen, dann halten sie die meist auch bis in den Tod. Das Suchen nach der Hand ist manchmal das einzige Zeichen, das den letzten Weg einläutet.

»Ich glaube, dass alle glücklich sterben«, sagt sie. »Der Gesichtsausdruck ändert sich im Tod. Ich hab keinen Menschen gesehen, der im Tod nicht glücklich aussieht.«

Oft kommen die Angehörigen später noch einmal und sagen, sie haben den Verstorbenen noch nie so friedlich gesehen.

Der Tod ist wahrscheinlich das Einzige, das uns alle verbindet, denke ich, wahrhaft demokratisch, ob reich oder arm, erfolgreich oder erfolglos. Dumm oder klug. Es ist sogar egal, ob es einen digitalen Wandel gibt – wir sterben trotzdem. Und zwar alle. Schön oder hässlich.

Die soziale Schicht erkennt man ausschließlich an den Angehörigen, denke ich. Aber das Hospiz ist der einzige Ort, an dem die Kaste egal ist. Ob der Angehörige im Bentley vorfährt oder mit dem Bus kommt, es ändert nichts.

»Ja«, sagt Frau Seidel leise, »der Tod scheint Friede zu bringen.«

2

Ich lebe am Leben vorbei, denke ich, und beobachte neue Schalträgerinnen. Neue Trickdiebe. Es sind tatsächlich immer die gleichen Abläufe, denke ich, als ich eine Dreiergruppe bemerke, die einer Studentin in die U-Bahn folgt. Es sind Rhythmen, die überraschend simpel zu erkennen sind, weil ich stoisch meine Runden drehe und nur beobachte und schaue.

Die Dreiergruppe besteht ausschließlich aus Frauen, Ende vierzig, und sie verfügen gemeinsam über ein beachtliches Arsenal an Halstüchern. Ich muss hinterher, denke ich, weil ich mich nicht in einem dekadenten Luxusschweigen suhlen darf, in dem ich nur meine brüchige Ruhe verteidige. Ich darf kein unpolitischer, desinteressierter, gefühlloser Sesselmotzer werden. Auch wenn Arbeitslosigkeit dazu einlädt. Erst dann, wenn mein Schweigen nicht stumpfe Gleichgültigkeit ist, sondern konzentriertes Hören, bin ich auf dem richtigen Weg. Also tippe ich in der U-Bahn über den Halbkreis der Frauen hinweg auf die Schulter der Studentin. Und sie versteht sehr schnell. Es dauert einen kurzen Moment, weil sie in der Drehbewegung zuerst die Umzingelung der Frauen bemerkt und nicht sofort kombiniert, dass die Berührung von einem fremden Mann dahinter ausgeht. Aber dann erkennt sie mein schweigendes Seitwärtsnicken, die Bewegungen der Taschendiebinnen, und nickt freundlich zurück.

Die Dreiergruppe tuschelt. Offensichtlich sind sie überfordert von meiner schweigenden Aktion.

Das gefällt mir. Es sind die Augen, denke ich, wir müssen uns alle viel mehr anschauen. Und wenn ich glücklich sein möchte, denke ich, dann kann ich damit genau in diesem Moment anfangen. Denn in diesem Augenblick liegt Glück. Und ich muss nicht einmal viel dafür anstellen, um glücklich zu sein, denke ich, überhaupt nichts, denn es ist schon da. Aber dazu muss ich meine Illusionen verschenken.

Als ich an der nächsten Station aussteige, bedrängt mich im Kölner Hauptbahnhof ein ungewohntes, reges Treiben. Menschen wuseln hektisch von links nach rechts, Kinder heulen, und auf dem Bahnhofsplatz dirigiert eine Frau in Zeitlupe einen kompakten Taubenschwarm, indem sie unter dem rechten Arm eine prall gefüllte Brötchentüte jongliert. Damit ist sie Kaiserin. Was ihr offensichtlich gefällt. Sie plaziert einzelne Krumen vor bevorzugte Vögel, bevor sie denen wieder die Stücke vor dem Schnabel wegzerrt und neu verteilt. »Du kriegst nichts, geh weg! Und du kriegst dafür mehr. Duuuu, sei lieb zu mir …« Es ist den Tauben nicht ersichtlich, wie sie sich benehmen müssen, um von der Kaiserin Nahrung zu erhalten, weil die Kaiserin so launisch gewährt. Aber die Tauben bemühen sich.

Während ich mich in diesem allgemeinen Gewirr und Gewimmel zu orientieren suche, wundere ich mich über ein animalisch anmutendes Röcheln. Aus den Tiefen der weitverzweigten, überdachten Straßentunnel, die sich an dieser Ecke, unter dem Hauptbahnhof hindurch, kreuzen und aufteilen, hallt ein debiles Rasseln und Grunzen aus

tiefster Bronchialseele. Ohne Silben oder Form, ein sinnloses Stammeln. Irgendwo dort hinten leben und schlafen aber anscheinend Menschen.
Ich denke an die Studentin in der U-Bahn und daran, dass ich mich inzwischen mutiger fühle. Je mehr ich helfe. Stärker noch, denke ich, habe ich das Gefühl, dass ich mein Gesamtpaket an Ängsten dadurch in den Griff kriege, dass ich die schwächste Angst umzirze. Indem ich also eine kleine Angst überwunden habe, denke ich, bin ich in der Gesamtschau mutiger geworden. Und dadurch lebendiger. Und wieder ist es die Dankbarkeit, die mir hilft, meine Ängste zu bewältigen.
Jetzt sind es nur noch die ollen Sorgen, denke ich. Aber das sind zwei verschiedene Baustellen. Es gibt den Willen, den Wunsch, die Sehnsucht, die blöden Sorgen hinter mir zu lassen, merke ich, und dann gibt es noch den Vorgang. Zwei Baustellen. Es ist absurd, aber ich kann meine Sorgen erst dann loslassen, wenn ich damit aufhöre, sie loslassen zu wollen. Weil ich mir dann einen neuen Kriegsschauplatz zementiere und dadurch wieder nicht den Augenblick beobachte. Es ist zum Mäusemelken, aber ich schaffe es erst dann, meine Sorgen zu vergessen, wenn ich es geschafft habe, sie nicht mehr vergessen zu wollen.
Um zu leben.
Dabei löst sich eine lächelnde junge Mutter aus der anonymen Masse und strömt in meine Richtung. Sie kommentiert das Walten der Welt für ihr Baby im Kinderwagen, in Kindersprache, wie es alle Mütter machen. Sie strahlt dabei wie Bolle, weil sie einen farbenprächtigen, afrikanischen Turban austragen darf. Ansonsten ist sie geschlechtsneutral, alterslos, in Jeans und schwarzer Jacke gekleidet. Sie lächelt sich näher und näher an mich heran. Über ihrer Stirn thront dieses gigantische Farbenteil, und

sie beschreibt ihrem Kleinen im Kinderwagen die Flora und Fauna einer Großstadt, das Leben und Lieben um sie beide herum. Tirilierend. »Alles Nazis hier, überall Nazis, man sollte sie alle aufhängen, alle zusammen, diese Drecksäue, Faschistenschweine, vergasen sollte man euch, Dreckschweine …« Und immer schön als Kindersummen. Fröhlich.

3

Du hast ein schönes Hemd an«, sagt Edina. Ihre Fingernägel sind auffällig rot lackiert, wirken allerdings an manchen Ecken wie angeknabbert und eher dreckig. Sie verbreitet dabei einen Geruch nach Kaffee und Verderben.

»Wie bitte?«, antworte ich. »Kaffee? Und du hast es deinem Mann erzählt?!« Ich wiederhole mich nun schon zum dritten Mal. Und mir fällt ein zweiter Geruch auf, der sich über den Kaffee legt. Es ist kein Parfum, auch kein Deodorant, vielmehr ein feiner Puderduft, der wie ein sphärischer Hall in der Luft steht.

»Mach dich mal locker ...« Sie küsst mich unbeeindruckt. »David leidet unter der Situation, aber er wird bei der Familie bleiben und keine Szene machen.« Sie spricht den Namen ihres Mannes aus, als handele es sich um eine ansteckende Krankheit.

»Das geht nicht, Edina ...«

Sie hebt den Kopf und starrt mich mit ihren großen, verzweifelten Augen an.

»Das geht nicht, Edina, wir werden uns nicht mehr sehen.«

Daraufhin dreht sie ihren Kopf nur noch wenige Zentimeter nach links, nach rechts, nach unten und nach oben, sobald ich mich bewege. Als seien ihre Augen unbeweglich im Schädelinneren angebracht.

Und dann heult sie.
Sie umarmt mich. Sie zittert.
Das ist völlig absurd, denke ich, aber ihre Verzweiflung ist so unglaublich tief. Obwohl sie nichts von mir weiß. Da gibt es keine Liebe, denke ich, das ist völlig absurd. Niemand war jemals so verzweifelt wegen mir, so besessen von mir. *Es geht nicht um dich!* Und es ist dieses existenzielle Heulen, das mich dazu bringt, sie zu umarmen. Und das sie irgendwie auch faszinierend macht. Die Schlickschichten ihrer Verzweiflung, von Tränen umspült, wie an einer Meeresklippe. Ihr Puder riecht nach Marzipan, so echt und verlockend, dass ich mich beherrschen muss, ihr nicht in den Nacken zu beißen. Glücklicherweise verfliegt der Geruch, je näher ich ihrem Hals komme.
Und dann beißt sie mich.

»Ich habe mir ein Radio gekauft«, erzählt sie.
Das Bett in ihrem Schlafzimmer ist in zwei Zonen unterteilt. Auf ihrer Seite liegen ein Hund und zwei Katzen unter der Decke. Auf der anderen Seite: ich.
»Das war ganz spontan«, erzählt sie fröhlich weiter. »Aber inzwischen ist es mir zum Orakel geworden. Ich stelle das Radio an, und der erste Spruch, das erste Wort, das gerade gesprochen wird, verheißt mir etwas über meine Zukunft.« Sie lacht auffällig viel und auffällig laut.
Mir klebt Schweiß auf dem nackten Körper.
»Und weißt du, was die Radio-Moderatorin heute Morgen gesagt hat, bevor wir uns gesehen haben?«
Sie lügt, denke ich. *Genau wie du.*
»Ich höre …«
Wir werden uns nicht mehr sehen, denke ich.
»Die Frau sagte … Sie werden eine lange Reise machen … Und das habe ich schon so lange vor!« Dabei bläst sie die

Haarsträhnen, die ihr vor die Augen fallen, wie ein Schulmädchen nach oben.

Wir werden uns nicht mehr sehen, denke ich.

Die grünen Topfpflanzen auf der Fensterbank sind stichig. Das Sonnenlicht zaubert Kanäle. Offensichtlich beißt sich die Katze dort fest.

»Du bist so ruhig«, sagt sie.

»Ich bin fast immer ruhig«, antworte ich.

Du bist ein Vollidiot, denke ich. Dabei tanzt ein Lichtfleck in ihrem Gesicht. Der ungewöhnlich flinke Kobold ist eine Spiegelung des Messers, mit dem sie einen Weinkorken bearbeitet, beinahe schon wie eine Visualisierung ihrer Gedankentätigkeit, ihrer aufbrausenden Wut.

Wir dürfen uns nicht mehr sehen, denke ich.

»Das liegt bei uns in der Familie …«, sagt sie plötzlich leise.

»Was?« Ich starre demonstrativ auf das Laken.

»Meine Mutter ist schon fremdgegangen …« Sie spricht mit geschlossenen Augen, nimmt jeweils zum Satzende den Kopf hoch und senkt ihn im weiteren Verlauf wieder. Unentwegt. »Und ich habe meine Mutter als kleines Mädchen sogar dabei begleiten müssen, als Alibi. Ich habe danebengesessen, wenn meine Mutter mit diesen Männern in einem Biergarten knutschte. Und immer, wenn sie dann nach Hause kam, habe ich meinem Vater in die Augen sehen und lügen müssen. Ohne wirklich verstanden zu haben, was am Vormittag geschehen ist. Aber ich war mir völlig bewusst darüber, dass ich lüge. Und von Jahr zu Jahr deutlicher hat sich bei mir das Gefühl eingestellt, ich bin schuld an den Ausflügen meiner Mutter …«

»Du musst mir nichts erklären, bitte …«

»Ich habe auch zu Hause neben meiner Mutter sitzen müssen, wenn sie mit einem Verehrer telefonierte. Schließlich sollte ich mir merken, wann der nächste Ausflugstermin war, damit ich für meinen Vater schon eine passende Geschichte aussuchen konnte. Und wenn ein fremder Mann anrief, während mein Vater im Wohnzimmer saß und meine Mutter nicht zu Hause war, musste ich meinem Vater gegenüber spontan eine Geschichte erfinden, wer denn soeben angeklingelt hatte … Das Ergebnis ist, dass ich heute nicht mehr unbefangen telefonieren kann …«

»Und warum hast du das alles mitgemacht?«, frage ich sie entgeistert. Und auch ein wenig ungläubig. Der Schweiß auf meinem Körper kühlt die Haut erstaunlich schnell runter.

»Weil mein Vater mich ignoriert hat … und gehasst …«

Na großartig, denke ich. Aber schlagartig erinnere ich mich an ihren merkwürdig verhagelten Blick auf der Party, als ich aus irgendwelchen Gründen davon gesprochen hatte, ein Faible für Frauen zu haben, die ein Geheimnis trügen. »Und im Nachhinein«, hatte ich gesagt, »waren die einfach nur psychisch krank.«

Ich erinnere mich jetzt, dass Edina in diesem Moment geschluckt hat. »Das Schlimmste war immer«, hatte ich gesagt, »wenn diese Psychos dann plötzlich bürgerlich werden, irgendeinen Geschäftsmann heiraten und jedem, aber auch wirklich jedem ungefragt unter die Nase reiben, wie gut es ihnen nunmehr gehe. Und wie ausgeglichen sie jetzt seien …«

Und dabei hatte sie schon wieder geschluckt.

»Und was denkst du jetzt von mir?«, fragt sie. *Jetzt.*

»Ich denke nicht mehr«, antworte ich.

Wir dürfen uns nicht mehr sehen, denke ich.

»Ich bin ansonsten auch ganz normal«, sagt sie. »Ich bin zum Beispiel eine Frau, die sich ständig einen Schal um die Nieren wickelt.«

»Das ist gut«, antworte ich, »denn ich bin jemand, der nach drei Gläsern Bier Schnupfen bekommt.« Und als hätte ich mit dieser Offenbarung einen geheimen Schalter umgelegt, reckt ihr nackter Körper sich plötzlich aufrecht, und ihr Kopf sucht eifrig nach charakterisierenden Attributen. Wir finden zusammen bald eine beachtliche Liste von körperlichen Ausnahmezuständen, die in keinem Lehrbuch stehen, die auch nicht gefährlich sind und die uns trotzdem gegenseitig auszeichnen. Wir finden das ungewöhnlich phallische Zäpfchenschwellen im Rachen, das tatsächlich nur bei Männern auftritt, bis zum Brechreiz führen kann und doch keinen Sinn ergibt; wir finden: Unterlippe knicken und damit schnackelnde Geräusche machen; wir finden: roter Fleck auf der Schläfe, der kein Pickel ist und nach zwei Stunden wieder verschwindet; wir finden: Emmentaler Käse, der bei ungewöhnlichen Körperkonstellationen Zahnschmerzen verursacht; und besonders grausam: Husten nach dem Genuss von Speiseeis.

Wir dürfen uns nicht mehr sehen!

»Vergiss meinen Mann«, sagt sie energisch. »Er ist viel zu weich, um sich scheiden zu lassen, oder auch um dich zu bedrohen. Aber ich bin momentan in einer Phase, in der ich nicht weiß, wie es weitergeht. Ich muss das austesten. Und deshalb habe ich David reinen Wein eingeschenkt, weil ich keine Verräterin bin ... Und vielleicht ist solch eine Phase auch eine Chance für unsere kriselnde Ehe ...«

»Edina, ich fliege nach Japan, um dort als Korrespondent zu arbeiten.«

Sie legt die Gabel auf das Laken und starrt mich an. Edina ist die einzige Frau, die nach dem Beischlaf essen muss, denke ich.

»Wann?«, fragt sie und nimmt das Kauen wieder auf.

Kartoffelsalat aus dem Supermarkt. Sie kaut ernst und dann auch bizarr grinsend vor sich hin.
»Bald …«, sage ich und lächle sie an.
»Aha …«
Sie setzt sich kerzengerade auf und reicht mir ihren merkwürdigen Fertigsalat hinüber. Ich kann aber jetzt nicht essen. Vor allem nicht Kartoffelsalat.
»Wann bald?«, fragt sie leise. Ihre Stimme klingt dabei derart gepresst, dass ich mich frage, wie sie es noch schaffen will, weitere Stücke hinunterzuschlucken. Zumindest stochert sie jetzt nur noch in der gelblichen Pampe herum und wendet die Scheiben von einer Seite auf die andere.
»Sehr bald …«, antworte ich.
»Aha …« Sie hält den Kopf dabei leicht gesenkt und spricht ganz langsam und sehr, sehr leise. Fast schon besorgt. »Ich wünsche dir viel Erfolg … in Japan …«
Anschließend hockt sie reglos neben mir, wie ein Friedhofsstein, die tonnenschweren Augenlider regungslos gesenkt.

4

Ein Impuls zu gehen drängt mich vorwärts. Schnell zu gehen.
Es war richtig, wiederhole ich wie ein Mantra, immer wieder, es war richtig, Edina zu verlassen.
Aber wenn ich jetzt weiter mit diesem Entschluss hadere und kämpfe, denke ich, dann bin ich weiterhin mit ihr verbunden. Mit ihrer bizarren Verzweiflung. Solange ich überhaupt noch gegen ihre Berührungen ankämpfe, gebe ich Edina Macht. Und solange ich mich in meiner Enthaltsamkeit zu bestätigen versuche, halte ich mich nur in ihren Berührungen gefangen. Es muss dir doch endlich in deine verdammte Birne gehen, denke ich, dass das nichts bringt. Im Gegenteil! Du zerstörst eine Familie, auch wenn Edina noch so sehr die Initiative übernimmt. Das ist nicht richtig. Und wenn ich mir das jetzt endlich logisch und rational vor Augen führe, dann erlischt auch unmittelbar das Verlangen.
Dabei starrt mich ein Hund an. Mich hat noch nie ein Hund angeglotzt. Einer dieser auf Dummheit gezüchteten Miniaturhunde, die es auf dem Land nicht zu sehen gibt. Weil sie in der Natur nicht lebensfähig wären, sondern nur in einer parasitären Zweckgemeinschaft mit gleichgesinnten Menschen.
Der Hund glotzt, steht auf dem Bürgersteig, pupst und

dreht sich dann erschrocken um. Ob der Geräusche von hinten.
Das Verlangen erlischt unmittelbar, denke ich.
Während der dumme Hund von seiner Herrin mitgezogen wird, schlingert mir ein Obdachloser in Skater-Ausrüstung entgegen. Weiß Gott, in welchem Mülleimer er die Beinschienen und Ellbogenschützer gefunden hat. Er sieht martialisch aus, und das ist offensichtlich auch sein Beweggrund. Er bewegt sich nicht simpel auf Rollschuhen, nein, er ist in einer militärischen Mission unterwegs. In seinem Kopf. Er ist nunmehr ein Ninja, schreit und brüllt der Welt hinterher. Das hat er zwar vorher auch schon getan, aber jetzt ist er laut und wichtig und schnell. Er ist ein Kämpfer.
So weit ist das nicht von mir entfernt, denke ich dabei. Ich bin auch so ein Windmühlenkämpfer. Ich führe einen Krieg mit meinen Sorgen, meinen Ängsten und der daraus resultierenden Niedergeschlagenheit, weil ich darin aufgehe. Ich *bin* ängstlich, voller Sorgen, ich *bin* niedergeschlagen, dabei wäre es viel zielführender für meine Pilgerei, wenn ich meine Ängste und Sorgen lediglich *erlebe*. Und meine Niedergeschlagenheit. Es würde mich befreien, wenn ich meine Ängste und Sorgen lediglich betrachte, beobachte, registriere, ohne Wertung, als würde all das einem anderen geschehen.
Als würde ich Edina beobachten. Ohne Kommentarfunktion, ohne Analyse, ohne Stellungnahme, ohne Handlungsanweisung. Es würde mich beleben, denke ich, wenn ich mich selber eher wie einen Fremden annehme.
Ich steige in die nächste U-Bahn zum Hauptbahnhof, einfach so, und wundere mich inzwischen schon nicht mehr darüber, dass sich ein Betrunkener gegenüber vom Sitz hochwuchtet und zu deklamieren beginnt. Er sieht

unauffällig aus, wie ein Versicherungsfachangestellter, und trägt auch so einen Berufsbackenbart. Dann krakeelt er die einzelnen Stationennamen und erklärt, wie ein Fremdenführer, was es dort jeweils oben Sehenswertes zu sehen gäbe. Nur dass es dummes Zeugs ist. Er ist sturzbetrunken, dialogisiert mit der Ansagefrau vom Tonband, und plötzlich meine ich mich zu erinnern, dass ich diesen Mann auch schon in Berlin und Hamburg gesehen habe. Und irgendwie bringt mich diese Vorstellung derartig zum Lachen, dass der Betrunkene irritiert schweigt.

5

Ich taste nach meinem Schlüssel in der Jackentasche, während des Gehens, taste nach der Geldbörse und dem Handy in der Hosentasche. Es ist ein gewohntes Ritual für mich, dieses Suchen und Fühlen. Ob alles seinen Platz hat und sich durch Gewicht meldet. Ob die Welt damit in Ordnung ist, denke ich und sehe im Augenwinkel plötzlich Edinas Mann auf der Straße. Ich habe ihn kurz vor der Party gesehen, als er sie dort absetzte, und ich habe ihn auf diversen Fotos in Edinas Wohnung registriert. Vor allem seine rosafarbenen Riesenohren, die beinahe schon künstlich wirken. Wie Plastik. Auf einer dieser Aufnahmen, erinnere ich mich, beleuchtet ein Deckenfluter seine Ohrmuscheln von hinten mit voller Kraft und lässt sie dadurch wie Papier erscheinen. Wie angeklebt.

Ich werde ihn ansprechen, denke ich. *Du bist bescheuert!* Edinas Liebeswahn kann nur in einer logischen Beziehung zu der Selbstschwäche des Ehemanns gesehen werden, denke ich, und wenn ich es schaffe, dessen Selbstvertrauen zu stärken, ihm auch die Angst vor dem vermeintlich stärkeren und potenteren Geliebten zu nehmen, dann wird diese Ehe gerettet werden.

Und Edina wird mich meiden.

Ich vermisse ihre Verzweiflung jetzt schon, und ihre Haut.

Ihren Atem. Und ihre Bewunderung für einen Menschen, der ich nicht bin. *Du bist bescheuert!*
»Kann man hier auch was essen?«
»Ja«, antwortet der Ehemann freundlich, »ich komme oft mittags in dieses Lokal ...«
Es ist eines dieser modernen, leicht versifften Restaurants, in denen gedämpfte Electro-Samples ohne Gesang die Illusion verfestigen, man befinde sich in einem Kristallisationspunkt westlicher Avantgarde. Vermutlich steht deshalb auch ein Springbrunnen im Raum. Die Längsseite wiederum ist mit aufgespießten Riesenfischmäulern und Buntmalerei dekoriert. Neben der breiten Theke prunkt ansonsten ein breiter Spiegelschrank, dessen beide äußere Türen offen stehen und dadurch jede unserer Bewegungen ins Unendliche verhundertfachen.
»Den Springbrunnen hat der Chef leider wieder abstellen müssen«, sagt eine Kellnerin im Vorübereilen, »weil zu viele Gäste dabei unentwegt Harndrang verspürt haben.«
Anscheinend hat sie meinen versonnenen Blick registriert. Sie ist eine dieser studentischen Aushilfen, die mit Kellnerschürze so aussieht, als ob das Leben ihr manches Mal übel mitgespielt hätte und sie von diesen Enttäuschungen gerne erzählen würde.
In der Spritzdüse des stillgelegten Brunnens wabert noch eine Wasserblase, wie ein lebendes Organ. David und ich nicken dem Lebewesen zu. Das ist alles so einfach, denke ich und frage mich gleichzeitig, wie ich aus der Nummer wieder rauskommen will. Und was soll ich machen, wenn das ganze Theater auffliegt?
»Alles frisch zubereitet«, begeistert sich David für den Koch und den Service. Eine der Kellnerinnen steht an einem Nebentisch und erprobt sich darin, eine Kerze zu entzünden. Irgendwie kann sie kein Feuerzeug bedienen.

Sie benötigt zwei Hände, um kurzzeitig ein Glühen zu erzeugen, aber sie schafft es nicht, die Flamme zu halten.
»Vermutlich hat sie andere Qualitäten«, sage ich.
David nickt amüsiert. Er ist gut gekleidet, Sakko, Stoffhose, elegante Schuhe, vielleicht etwas zu dünn und hager, hat ungewöhnlich jugendliche und rosige Haut, interessanterweise aber fettige und strähnige Haare. Alles an ihm scheint erfüllt von der Sehnsucht nach Hingabe und gleichzeitig leidender Unerfülltheit.
»Ich trage meine Schuhe neuerdings prinzipiell offen«, plaudere ich so vor mich hin, »weil ich mich in geschlossenen Schuhen beengt fühle. Und weil ich Schweißfüße habe. Die Schuhriemen flattern dann vor mir wie aufgeregte Tiere.«
Er lächelt. Er ist ein feiner Kerl, denke ich, ein wirklich netter Mann.
»Weißwein?«
Er nickt. »Zum Mittagessen ganz gerne ...«
»Mit Weißwein verbindet mich eine abstruse Geschichte«, erzähle ich, weil ich irgendwie den Dreh zum Thema »Frauen« kriegen will. »Ich war neunzehn, und immer noch Jungfrau, ich war ein Spätzünder ...« Und sehe alles direkt wieder vor mir: das ehemals besetzte Haus, von sogenannten Undergroundkünstlern und Punks bewohnt, und die sogenannte Kneipe im Eingangsbereich. Und natürlich Bea, mein Date. »Sie war sehr süß«, erzähle ich, »aber irgendwie auch schwierig ... Und launisch. Und unzurechnungsfähig ...«
David nickt. Nachdenkliche Falten überwölben seine Augen. Seine Hände liegen fest gefaltet auf dem Tisch. Er schaut ausschließlich auf seine Finger.
»Und sie wollte unbedingt Weißwein trinken. Wie Frauen halt so sind«, erzähle ich. »Also, ich ganz Held, ›bin in fünf

Minuten zurück‹ ...« Und sehe alles direkt wieder vor mir: wie ich Bea mit dem Zeigefinger auf ihre Stirn punkte, beinahe schon aggressiv. Aber ich wollte mir diese Chance diesmal nicht entgehen lassen, nicht durch einen blöden Zufall. Also taute ich mein gefrorenes Lächeln vorsichtshalber erst im Inneren der Halle wieder auf. Ungefähr dort, wo ich zwischen Graffiti und Statuen die Theke vermutete und wo ein blauhaariger Pulloverträger neben einem Zapfhahn stand. Er war leider abgelenkt, denn er musste lange und ausdauernd seinen Kopf schütteln, bis wirklich alle weißen Schuppen auf die Theke gesegelt waren. Es interessierte ihn anscheinend außerordentlich, geradezu wissenschaftlich, wie die kleinen Flocken flogen und wie schnell sie landeten, und ich war mir sicher, dass er jede einzelne Landungsphase schriftlich dokumentierte. »Bier?«, grummelte er aus den Tiefen seines Laboratoriums.

»Nein ... zwei Gläser Weißwein ...«

»Was?!«

Ich wollte mich rechtfertigen, erklären, auf die besondere Situation eines Jubelfestes hinweisen, aber der Kerl an der Theke rief schon nach einem gelbhaarigen Kumpel. »Der Typ hier«, brüllte er über die Köpfe einiger sitzender Szene-Menschen hinweg, »der will ... Weißwein!«

»Was?«, antwortete sein Kollege. Ich hatte wirklich das Gefühl, dass die Musik unterbrochen wurde und mich alle Anwesenden anglotzten. Gelb- und Blauhaar beäugten mich von unterschiedlichen Standpunkten, aber mit identischer Haltung im Blick: Ich war der personifizierte Feind. Ein aufgeblasener Yuppie-Arsch, der sich in die Höhle des Widerstandes wagte, in die Kommandozentrale des Neuen Deutschlands, und der zudem das bourgeoise Lieblingsgetränk der Schickeria verlangte. »Im Kühlschrank ... könnte noch was sein ...«

Der Blauhaarige bückte sich, öffnete den Kühlschrank und fand eine Flasche Weißwein ohne Etikett. Er starrte sie an, als müsse man den Korken freibeten oder zumindest andächtig verharren, letztlich suchte er aber wohl nur ein Gefäß für den Inhalt. Es war eine schwierige Entscheidung. Er nahm zwei Biergläser, füllte sie jeweils zur Hälfte auf, bedachte seine Tat und sagte dann eine Spur zu nachdrücklich: »Zehn Mark ... pro Glas, also ... zwanzig Mark ... Typ, Wein ist teuer!«

Ich bezahlte. Was mich in den Augen des Blauhaarigen natürlich erst recht zu einem verdammungswürdigen, abscheulichen Subjekt abstempelte, der jeglichen Bezug zur Realität proletarischer Ausbeutungsmechanismen verloren haben musste. Zwanzig Mark auszugeben, für zwei Gläser Wein!

»Aber ich musste das machen«, erzähle ich David, *jetzt,* in einem Restaurant, »ich wollte schließlich an diesem Tag entjungfert werden ...«

Alles sah nach Romantik aus, erinnere ich mich, es stand eine schwüle Frühlingshitze über den Häusern. In den letzten Stunden waren etliche Meisen und sogar Rotkehlchen im Park herumgeflattert, wie sich auch vor dem besetzten Haus schon wieder Dutzende Vögelchen um uns herum einfanden, was Bea schön fand, und ungewöhnlich, und romantisch, und sie erging sich in leidenschaftlichen Monologen über die Kraft des Vollmondes. Wir schlenderten an einigen Mülltonnen vorbei, an Hunderten Blüten, die durch den Regen herabgespült worden waren. Dabei entdeckte ich plötzlich, dass sich die süßen Blütenblätter bewegten, krabbelten: Es waren Tausende Maden. Und deshalb tirilierten auch die Vögel irre vor Lust.

»Ansonsten?«, fragt David freundlich. »Hat es geklappt?«

»Nein …«, antworte ich. David ist eher schüchtern, denke ich, nachdenklich, und herzensgut.
»Ich habe auch so eine launische Frau«, sagt er plötzlich leise.
»Oh«, antworte ich, »das ist bestimmt nicht immer einfach?«
»Nein …«
Dann schweigt er wieder. Am liebsten würde ich ihn schütteln und ihm ins Gesicht brüllen, dass Edina nicht in einen richtigen Mann, sondern in eine Fantasie verliebt ist. Und dass es vermutlich nicht mal eine richtige Verliebtheit, sondern bloß eine bescheuerte Neurose ist. Und vor allem, dass der Geliebte, also ich, ein Vollidiot ist, vor dem er sich nicht zu verstecken braucht. Weil es um ihn, also um mich, überhaupt nicht geht. Weil *dieser andere* in Wahrheit arbeitslos, gescheitert, geschieden ist.
»Vielleicht sehen wir uns öfter«, sage ich stattdessen, »mir gefällt das Lokal.«
»Würde mich freuen«, antwortet David.
»Alles Gute …«

6

Vor dem Restaurant werfe ich meinen Kopf in den Nacken und atme tief ein und aus. *Du bist bescheuert!* Gegenüber steht eine Frau im Eingangsbogen und raucht. Sie hat innen am Nebentisch gesessen, erinnere ich mich, mit einem Begleiter, der fast ohne Unterbrechung telefoniert und dabei pausenlos mit einem Kugelschreiber herumgeklackert hat. Das Geräusch, die Bewegung und das Telefonieren gehörten förmlich zusammen. Manchmal hat er auch mit dem Kugelschreiber auf der krümeligen Tischdecke herumgekritzelt. Dadurch sammelten sich an der Minenspitze millimeterdicke Dreckballen. In diesen Krümeln umkreiste er wahrscheinlich seine Sehnsüchte, denke ich.
Wir dürfen uns nicht mehr sehen!
Die rauchende Frau sieht ein wenig streng aus, mit ihren zurückgekämmten, gleichwohl blonden Haaren. Fast schon blasiert, sehr stolz und herrisch, in ihrem dunklen Anzug, dem umgelegten schwarzen Mantel und vor allem in ihren Lederhandschuhen. Sie hat ihre Augen geschlossen, während sie an der Zigarette zieht, und sie lauscht offensichtlich Musik aus kleinen weißen Ohrstöpseln. Und dann löst sich aus dieser Versteinerung plötzlich ein unglaubliches, warmes Lächeln. Einmal hält sie sogar ihre Hand vor den Mund, als habe sie einen guten, aber schweinischen Witz gehört. Und dann versteinert sie wieder.

Möglicherweise hört sie gar keine Musik, denke ich, sondern einen humorigen Text. Es macht sie sympathisch. An ihrer gleichfalls schwarzen Umhängetasche baumelt ein buntes Holzmännchen. Was mich überrascht. In dem dunklen, kalten Zusammenhang wirkt das kleine hampelnde Farbwesen wie der Rest ihrer Seele.

Aber du weißt es nicht, denke ich, du weißt gar nichts. Und es kommt auch nicht darauf an, irgendeine Wahrheit zu wissen. Oder was das *Ich* ist. Es kommt nur darauf an, dass ich mich von meinen unentwegten Meinungen trenne, denn mein *Ich* ist letztlich nichts anderes als ein Flohmarkt angesammelter Kindheitserfahrungen.

Die rauchende Frau bläst den Rauch nach oben und greift dabei ihr Handy, um es als Spiegel zu nutzen. Sie filmt sich dabei, wie sie ihre Haare ordnet.

Loslassen, denke ich, alles loslassen.

Wenn ich endlich meine verdammten Illusionen über Bord schmeiße, dann komme ich endlich vorwärts zur Wirklichkeit. Und dann werde ich mich nicht mehr einsam fühlen, nie mehr. Das ist sicher.

Meine Einsamkeit lässt sich nicht durch Edina oder eine andere Frau aushebeln, sie wird ausschließlich durch eine hauchdünne Nähe zur Wirklichkeit erlöst. Und indem ich meine Klammerei sausenlasse, denke ich, an Frauen, an meine Sehnsüchte und Ablenkungen.

Dann bin ich alleine. Und will es so.

Es geht bei meiner Pilgerei nicht darum, keine Sorgen oder Traurigkeiten mehr zu haben, das ist mir jetzt klar, aber es geht darum, dass ich alles, was auf mich einprasselt, wahrnehme. Um es unverzüglich über die Schulter abrollen zu lassen.

Dann bin ich alleine.

Es geht darum, meine Ängste und Sorgen zu durchblicken,

als doofe Illusionen, Wolkenschleier, als Nebelbänke, die abends kurz auftauchen und dann wieder verschwinden.

Dabei prustet die rauchende Frau, als hätte ich einen neckischen, schmutzigen Witz gemacht, und drückt ihre Zigarette auf einem Stück Pappe aus, das sie die ganze Zeit über in ihrer rechten Hand gehalten hat. Es ist ihre vierte. Und sie postiert alle Filterstücke nach außen, damit ein gleichmäßiges Muster entsteht.

Es ist schön, denke ich. Das Leben.

Die rauchende Frau hört und sieht mich nicht, aber sie macht mir gute Laune. Alles zu verlieren, wirklich alles zu verlieren, also Job und Familie und Ansehen und Zukunft, fühlt sich in diesem Moment an wie ein Spielzeugauto, das unter den Schrank gerast ist. *Nicht mehr.*

Und deshalb ist der Moment so schön. Es sind nur Trolle, denke ich, die meine Sorgen aufmarschieren lassen. Es ist Mordors Schatten, nicht mehr.

Und wenn ich Frieden spüren möchte, dann muss ich nur ein wenig an mir ändern, nicht an den anderen.

Als hätte sie mich vielleicht doch verstanden, entsorgt die rauchende Frau daraufhin ihre Pappe mit den Zigaretten in einem Abfalleimer und reckt in einem Anfall cineastischer Theatralik beide Hände nach vorne. Um zu telefonieren. Die beiden passen also doch zusammen, denke ich an ihren Begleiter und registriere die erstaunliche Wesensveränderung, sobald sie das Handy vor ihre Augen postiert. Ihr Kreisgang (stets im Radius von etwa einem Meter) bekommt etwas Verträumtes, Spielerisches. Sie schlendert, lächelt, und telefoniert mit einer weichen und humorvollen Stimme. Und mit dem Moment, in dem sie das Gespräch beendet, erstarrt alles an und in ihr wieder zu einer missmutigen Fratze.

»Einen schönen Abend«, sage ich und entferne mich langsam. Ohne Antwort.
Mistegal, darum geht es nicht mehr. Nicht mehr identifizieren. Natürlich spüre ich, wie mich in der Abenddämmerung ein trauriges, ein angespanntes Gefühl befällt. Und natürlich rotten sich die Sorgen wieder zusammen, aber anstatt mich nun da hineinzusuhlen, in diese Traurigkeit und Angespanntheit, erkenne ich deren Vorgangsweise. *Und ärgere mich nicht mehr.*
Vor mir läuft mittlerweile ein fetter Hund mit seinem einsamen Frauchen durch den Feierabendverkehr. Das Halsband des Fiffis rutscht langsam über den Kopf, bis auf den Boden. Frauchen merkt es nicht und zieht das leere Halsband etliche Meter weiter über den Boden. In gemächlichem Tempo. Der dicke Hund wiederum trottet brav hinterher.
Ich überlege, die Frau wenigstens auf diesen Umstand aufmerksam machen, aber sie dreht sich schon um und schimpft bitterlich mit ihrem Wauwau, was er denn wieder angestellt habe. Und ich muss ihr einfach zulächeln.
Sie versteht es natürlich nicht, mein Lächeln, aber das macht nichts. Ich bin glücklich.

Meckern und motzen

1

Der Kölner Stadtteil Ehrenfeld ist beliebt und wuselig, eine Mischung aus Hinterhofgalerien und verfallenen Häusern, Berlin im Miniaturformat, überspitzt formuliert, weil in Köln alles kleiner ist als in der Hauptstadt. Aber dafür komprimierter. Alternativ, wie es heißt, und gleichzeitig beliebt bei Neureichen. Eine Mischung aus Kunst und Junkies, Schwulen und Schweigern.
Ich bin auf dem Weg zu einem Spielplatz, zu Antonio Pizzulli, auch einem Helden des Alltags. Einem, der über den Dingen steht. Wir haben uns lange nicht mehr gesehen und schon ewig nicht mehr gesprochen.
In einer Nebenstraße baumeln Verlängerungskabel aus einem Fenster im ersten Stock, sie reichen hinunter bis in den Innenraum zweier Autos. Dort basteln Jungs in ihren Wagen herum.
In einem Kiosk suche ich Kaugummis.
Der Ladenbesitzer verdreht den Kopf. Er ist sichtlich genervt.
Vor ihm steht eine extrem schwierige Kundin mit zugegebenermaßen extrem bescheuerten Sonderwünschen. Sie möchte Äpfel ohne Kerne, Bananen ohne Schale. Wasser mit Rosengeschmack.
»Was ist denn daran so schlimm?«, frage ich den Kioskbesitzer, nachdem die Kundin lachend abgezogen ist.

»Die Frau ist mir egal ...«, antwortet er gedehnt, »aber das Theater wiederholt sich inzwischen jede Woche. Irgendwo in der Nähe ist eine psychologische Praxis, und die Therapeuten empfehlen ihren Patienten, sich extra bescheuert und schwierig zu benehmen, um dadurch ihre Ängste in den Griff zu kriegen.«
»Interessant ...«
»Ich werde aber langsam verrückt davon! Ich kann es nicht mehr haben, dieses überzogene Getue!«

2

Antonio Pizzulli winkt.
Die Wegbeschreibung zum Treffpunkt, an dem ich ihn finden sollte, war klar und folgerichtig. Aber die Geschäfte und Kneipen, die uns telefonisch zur Orientierung halfen, existieren fast alle nicht mehr.
»Pünktlich«, sagt er.
Antonio ist etwas kleiner als ich, etwas fülliger, und vor allem fröhlicher. Ein Italiener, der jetzt dreißig Jahre in Deutschland lebt, immer in Köln, und der aus seiner italienischen Community heraus ein Ansprechpartner für alle Nationalitäten geworden ist.
»Selbstverständlich ...«
Er ist einer der wenigen Menschen, mit dem ich über meine Angst vor Hartz 4 sprechen kann und der bei diesem Thema nicht den Mund verzieht.
Weil ... Ja, wovon lebt er eigentlich?
»Ein Rätsel für viele Menschen«, antwortet er lächelnd. »Die sagen, wie kannst du von tausend Euro im Monat leben?« Und zwar gut leben. Glücklich. »Aber das kannst du leider nicht erklären. Entweder man lebt, ohne sich viele Gedanken zu machen, oder du gehst kaputt. Ich habe viele Freunde, die viel Geld verdienen, aber verzweifelt und unglücklich sind. Menschen machen sich verrückt, wegen dem Geld.«

Er ist fünfundfünfzig Jahre alt, sieht allerdings (ebenfalls) jünger aus. Wir schlendern an einem vermüllten Haus vorbei, in dem bulgarische Alkoholiker herumstreunen. Da geht sonst niemand hin. Antonio deutet allerdings daran vorbei auf einen Betonkübel, der als Parkplatztrenner fungiert. Neuerdings übernimmt er ungefragt die Patenschaft für einige der meist verwilderten, mit Unkraut zugewachsenen, von Flaschen und Müll verzierten Betonabsperrungen. Und er pflanzt dort Blumen und säubert sie. Namensschilder lehnt er ab, sonst wäre Ehrenfeld voll davon, sagt er. »Ich mache das anonym.«
Auf unserem Weg zu seinem Spielplatz, von dem er mir schon vorgeschwärmt hat, überqueren wir eine vielbefahrene, gleichwohl enge Straße, die von einer Baustelle durchschnitten wird. Ein Laster hält und lädt riesige Rohre ab. Es dauert alles ewig. Anfänglich die übliche Unruhe, vereinzelt Hupen, aufgeregtes Geschrei. Motorengeräusch. Dann plötzlich: allgemeines Akzeptieren. Dutzende Autofahrer stellen ihren Motor ab und warten schweigend. Auf einmal brütet eine merkwürdige Stille in der Großstadt. Das Leben läuft beinahe wie in Zeitlupe ab.
Die Ruhe ist gespenstisch.
»Eine Frau aus Sizilien war zu Besuch …«, erzählt Antonio dabei, um mir zu erklären, was ihn vor einigen Jahren zu seiner Lebensänderung bewegt hat. »Sie wollte mit mir zu einer bestimmten Disco gehen.« Der Club wurde von Sannyasins betrieben, heute weitgehend vergessenen Anhängern von Osho, oder wie er früher hieß, von Bhagwan. Die hatten in Köln eine große Basis, deutlich sichtbar durch rote oder orangefarbene Gewänder und Mala-Amulette. »In der Disco habe ich einen dieser Typen kennengelernt. Ich habe ihn provoziert, ›ihr arbeitet nur für diesen Bhagwan, und der kauft sich von eurem Geld

einen neuen Rolls-Royce‹. Und dann hat der Typ gesagt: Wenn man Geld nicht so wichtig nimmt, kann man das Leben genießen. Wir haben nur unsere Community, kein Geld, und sind alle glücklich ... Das hat mich beeindruckt.« Nicht in einem spirituellen Sinne, denn im Herzen ist Pizzulli unverändert Kommunist. »Ich glaube an die Menschen, nicht an die Religion.« Aber aufgrund dieser kommunistischen Vergangenheit in Italien beschäftigte ihn lange schon ein anderer Umgang mit dem Mammon. Die Vision eines entspannteren Verhältnisses. Und so bescheuert es sich anhören mag: Er nimmt *es* seitdem nun auch nicht mehr wichtig.

Er nimmt es höchstens noch zur Kenntnis.

»Komischerweise war immer Geld da«, sagt er. »Ich unterstütze zurzeit vier verrückte Projekte. Ich weiß selber nicht, ob ich das geliehene Geld zurückkriege.«

Aus der Abfindung in einem Arbeitsverhältnis hat er zeitweise ein Pizza-Taxi betrieben, dann ein Restaurant eröffnet. »Das war der Sinn von dem Geld. Ich wollte damit verrückte Sachen machen. Jetzt hab ich selber keine Zeit für meine Ideen, weil ich mich um Sonja kümmere, aber ich unterstütze andere.«

Sonja ist seine Lebensgefährtin, die vor einigen Jahren einen Schlaganfall erlitten hat und in ein Heim eingewiesen werden sollte. »Mit tollem Fernsehraum«, wie er spöttisch erzählt, »und die Ärzte damals haben mir gesagt, es ist das Beste, denn Sonja würde nicht mehr laufen und nicht mehr sprechen.« Nur noch im Bett oder Rollstuhl vegetieren.

Alle Verwandten und sonstige Freunde hatten sich für diese großartige Lösung ausgesprochen, und man war sogar bereit, sie einmal in der Woche im Heim zu besuchen und einen Kuchen mitzubringen. *Super!*

Sonja hat Antonio angesehen und brachte unter Aufbietung aller Kräfte nur noch einen Satz heraus: Bring mich raus! »Sie hat es geschafft, das zu sagen, und dann war mir klar, ich muss alles versuchen.« Innerhalb einer Woche baute er eine Rampe in Sonjas kleines Haus, wobei diese angefertigte Konstruktion nicht unbedingt einer DIN-Norm entgegenkam. Die Leute vom Krankentransport standen daraufhin vor einem sehr deutschen, sehr bürokratischen Problem: *Eigentlich* durften sie Sonja nämlich nicht in ein Haus mit einer solchen Rampe entlassen, weil die Kufenform nicht den standardisierten Vorschriften entsprach. Andererseits wussten die Fahrer auch nicht, wohin sie Sonja nun stattdessen fahren sollten, weil sie ja auf eigenen Wunsch entlassen worden war. Es schien unkomplizierter, sie einfach bei Tonio zu belassen. Ansonsten hätten sie sich darum kümmern und einen umfangreichen Bericht schreiben müssen.

»Es gibt so was häufiger, als man denkt«, sagt Antonio, »aber es wird nicht darüber geschrieben oder gesprochen. Das ist keine Story. Lieber irgendwas mit Tod.«

Nach einer Woche hat er sie aus dem Rollstuhl gehoben, einige Schritte versucht, sie festgehalten und gesagt: Sonja, steh auf und geh. Ganz realistisch, nicht im Sinne einer Wunderheilung. Nach einigen Monaten ist sie tatsächlich selbständig aufgestanden und humpelte vorwärts. Heute ist die Muskulatur wieder aufgebaut, sie läuft, spricht und arbeitet sogar in einer Behindertenwerkstatt. Sie geht eigenständig einkaufen, nimmt neuerdings Klavierstunden und will einen Malkurs belegen.

»Wenige Menschen haben uns geholfen«, sagt Pizzulli nüchtern, »weder Institutionen noch Familie.« Aber er hat nie aufgegeben. Antonio hat mit gefühlt Hunderten Menschen gesprochen und immer wieder einen Weg gesucht. »Ich bin einer dieser Menschen, der sagt, wenn man etwas will, dann schafft man es auch.«

Das sei allerdings nicht immer und nicht überall erwünscht, setzt er nach. Es nervt.

»Ich denke schon, dass ich einigen Leuten auf den Keks gehe. Weil ich auch nicht ganz gewöhnlich bin. Es ist manchmal schwierig mit Menschen, die aus der Reihe tanzen.«

Aber anders geht es wohl nicht, denke ich. In der vertrauten Tanzformation bleibt manchmal kaum Luft zum Atmen.

»Ohne Druck geht es nicht«, setzt er nach. »Der Mensch ist es nicht gewohnt, einen eigenen Weg zu suchen. Der Mensch hat es gelernt, sich anzupassen. Wenn du da vorne alleine bist, dann ist es einsam. Aber ich habe viel gelernt in der Zeit mit Sonja, als die Ärzte und das gesamte Umfeld sie aufgegeben haben, das war für mich wie ein Zeichen. Mit Religion hab ich nichts am Hut, aber was mit Sonja passiert ist, das war so ein Zeichen.«

Auch der vorangekündigte Spielplatz ist so ein Symbol für ihn. Mittlerweile ein beliebter Treffpunkt für junge Familien im Viertel, gerne genutzt für Feiern und Geburtstage. Ursprünglich allerdings war das ein düsterer, vergammelter Schandfleck (wie so viele Spielplätze in so vielen Stadtteilen in so vielen Ländern), an dem sich Junkies und Alkis die Ecken teilten. Er bestand vornehmlich aus Müll, noch mehr Müll, abgelegtem Abfall und einigen verbrannten Räumen ohne Türen. »Verwahrlost …«, sagt Antonio. Niemand wollte etwas ändern, niemand wollte dort seine Zeit verbringen. Außer einigen Dealern, für die der Platz strategisch interessant war, weil sich mehrere Straßen kreuzten.

»Ausgangspunkt war ein Anti-Rassismus-Projekt, das

plötzlich in aller Munde war und auch ein Projekt für Jugendliche initiieren wollte.« Er lächelt spöttisch, dabei aufmerksam und hochkonzentriert, als ob man für so ein Lächeln eine spezielle Genehmigung brauchte, und er hätte wie immer versäumt, die zu beantragen. Wie gesagt, er eckt überall an. Nicht nur bei den etablierten Parteien, sondern auch bei den neu etablierten alternativen Strömungen. Wenn es um Geld geht. Um viel Knete. »Die haben Geld bekommen, um eine Stelle zu finanzieren, im Stadtteil, für Kinder- und Jugendarbeit. Nur die Leute, die dort mithelfen wollten, sollten sich als Erstes anpassen. Nicht an die Kinder und Jugendlichen, sondern an den Vorstand der Organisation. Nach etwa sechs Monaten gab es dann große Probleme. Sie wollten mir kündigen, denn meine Arbeit mit Jugendlichen passte nicht in deren Konzept. Ich habe immer gesagt, ihr kriegt das Geld von der Stadt für den Stadtteil, also muss auch hier was passieren – und nicht dafür, dass ihr irgendwelche ›Konferenzen‹ in Hamburg oder Berlin veranstaltet, auf denen eure Freunde als sogenannte ›Referenten‹ einen Haufen Geld bekommen.« Der Stadtteil war ihnen dabei offensichtlich egal, genauso wie die Zukunft der Jugendlichen. »Die Organisation kündigte mir dann wegen meiner Vorwürfe. Und zu dem Zeitpunkt habe ich den Spielplatz gesehen. Ich habe die Räume saniert und die Patenschaft übernommen. Dann habe ich von einer anderen Organisation eine Stelle bekommen, um zwei Jahre ein Projekt zu übernehmen, und dann habe ich die Räume und den Spielplatz richtig saniert.« Er kannte eine Menge Jugendliche, die Sozialstunden ableisten mussten und die sich für eine solche Aufgabe begeistern wollten. Es waren Jugendliche, die Maler lernten, andere wollten Elektriker werden. Ein italienischer Rentner übernahm wiederum die komplette Installation. Ohne Bezahlung. Einfach nur

deswegen, weil Antonio mit seinem unermüdlichen Beharren ihn dazu motivierte.
Heute ist der Spielplatz bunt bemalt, sauber und ein beliebter Treffpunkt für Alt und Jung. Die Sonne scheint, und ein Mofabesitzer klimpert mit seiner Schlüsselsammlung an uns vorbei. Er hat mindestens zwei Dutzend an einen Karabiner gekettet und knattert damit durch die Straßen. Das Karabinerklimpern wird zunehmend rhythmischer. Und lauter. Ein anderer Junge setzt sich in Hörweite auf eine Bank und knotet aus einem Bindfaden ein Quadrat über alle zehn Finger. Mit unglaublicher Geschwindigkeit dehnt und zieht er neue Netzverstrickungen. Und dann ist da noch einer, der sich in unnützen Besonderheiten übt. Er ist offensichtlich stolz darauf, dass er seine Kopfhaut so zu bewegen und verschieben versteht, dass der Eindruck entsteht, er trage eine Perücke. Und er vermag Speichelbläschen von der Zungenspitze als kleine Ballons in die Luft steigen zu lassen. Sie segeln dann langsam vorwärts. Die Sonne scheint, und es geht darum, den einen, diesen einen wunderbaren Augenblick, der unser Leben beschreibt und ausmacht, auch hier und jetzt zum Leben zu bringen. Zum Klingen. Und es geht dahinter immer nur um die eine, diese eine wichtige Frage, denke ich: *Was fange ich mit mir selber an?*
»Ich habe auch wieder einen Brief bekommen«, sagt Tonio.
Und ich bin ständig nur auf der Suche nach etwas anderem, denke ich.
»Diesmal von der SPD …« Heute, wo der Spielplatz zu einem Schmuckstück geworden ist, erhält er unentwegt Dankesschreiben von Parteien und Behörden für sein Engagement im Stadtteil. »Ich habe zurückgeschrieben: Vielen Dank für eure Geduld.«

Wie gesagt, er eckt gerne und überall an. Zudem in Köln, wo der berühmte Klüngel unverändert existiert. Aber er tarnt sich geschickter, ist vielfältiger geworden, weil er einstmals alternative Parteien und Strömungen eingesogen hat. »Ich muss mit denen zusammenarbeiten, aber ich will mich nicht kaufen lassen.« Damit eckt er immer wieder an, mit dieser Unbestechlichkeit. »Der Klüngel ist anders als der in Italien«, erklärt er. »In Deutschland führt es dazu, dass auch schon mal Leute vermittelt werden, die gut sind. In Italien geht es nur darum, einen Familienangehörigen zu protegieren, selbst wenn er völlig ahnungslos ist.«

Seine Vorgehensweise führt auch deshalb zu Reibereien, weil sie nicht unbedingt den universitären Vorschriften entspricht. Einige der Jugendlichen beispielsweise, die vorher auf dem Spielplatz gedealt haben, hat er übernommen, damit sie genau hier ihre Sozialstunden ableisten sollten. »Und dadurch, dass diese Jugendlichen hier selber mit angepackt haben, wurde auf einmal viel weniger zerstört. Es war jetzt auch deren Platz. Ein Teil von denen. Selbst der Müll ließ nach. Weil sie mit anderen Jugendlichen sprachen: ›Wenn ihr hier Müll macht, dann muss ich das wegmachen‹.«

Bizarrerweise drängeln sich inzwischen neue Störenfriede auf dem weiten Rund, die niemand auf der Rechnung hatte. Es sind sogenannte Künstler, die sich auf einem benachbarten Spielzeuggelände breitmachen und die sich nicht an Regeln halten wollen. Schließlich seien sie Künstler. Also sitzen sie allabendlich mit Bierflaschen herum und müllen ihr Umfeld zu. Es ist ihnen verbal nicht zu vermitteln, dass sie sich damit optisch kaum von ebendiesen Junkies und Alkoholikern unterscheiden, die gerade erst vertrieben wurden. Der Unterschied besteht aller-

dings darin, dass besagte Künstler äußerst renitent sind und dass sie die inzwischen gepflegte Fläche als ihren Erfolg auszugeben versuchen.
»Weitermachen«, bemerkt Pizzulli trocken. Er hat andere Pläne. Es gibt im Viertel eine Design-Schule, die sich verstärkt engagieren möchte. Also hat er mit zwei Dozenten gesprochen, die wiederum sechzehn Studenten für ein Projekt gewonnen haben. Antonio will damit erreichen, dass die übriggebliebene, geradezu klassisch verwahrloste Betontischtennisplatte verschwindet (geradezu ein Icon für verwahrloste Spielplätze, so eine graue Betontischtennisplatte). Stattdessen will er Jugendliche mit zeitgemäßen Reizen für den Spielplatz gewinnen. Anstelle der steinernen Platten sollen Fitnessgeräte locken, die bei Betätigung Strom produzieren. Die hergestellte Energie wird gespeichert und damit abends der ganze Platz beleuchtet. »Jetzt brauchen wir nur noch Designer, die die Geräte entwickeln, eine Firma, die das Ganze baut, und Politiker, die ihre schützende Hand über alles halten.« Viel Gesprächsbedarf also. Aber die Design-Studenten sind schon mal begeistert von dem Vorhaben. »Und meine Idee ist, dass Spielplätze für alle Generationen interessant werden. Dass alle hier zusammenkommen.«
Wie auf dem letzten Spielplatzfest, das er begeistert beschreibt, ein Ereignis, zu dem geschätzt sechshundert Menschen aus dem Viertel zusammengefunden haben. »Und das Tollste war, am Abend war kein bisschen Müll auf dem Platz. Alles sauber. Die Leute haben ihren Müll in Säcken mit nach Hause genommen.«
Weil sie sich mit dem Platz identifizieren, denke ich.
Und weil es ausnahmsweise nicht um *meins* geht, um mein Ich. In dem Moment nämlich, da sich bei mir und bei anderen der Impuls ausbreitet zu horten, zu haben, zu

besitzen, und zwar alleine, in dem Moment siegt der Egoismus. Und damit verhärtet sich mein Denken und Fühlen. Dann kann die Sonne noch so sehr scheinen. Und in dem Moment, in dem mein Denken und Fühlen sich verhärtet, verschwindet Friede.

»Das hat mir die Krankheit von Sonja klargemacht«, setzt Antonio nach. »Der beste Job, das beste Gehalt, und in einer Minute hat sich das alles erledigt. Man lebt, um schöne Dinge zu erleben, und nicht, um voller Angst durch den Tag zu schleichen. Voller Sorgen, was wohl morgen sein wird. Dabei macht genau das dann viele Leute krank.«

Deshalb muss ich auch aus meinen Sorgen klettern, denke ich.

Wenn ich es schaffe, nach nichts mehr zu streben, nicht mal mehr nach Harmonie und Frieden, werde ich endlich die Sonne genießen können, weil ich nicht mehr von meinen Anspannungen zerfressen werde. Weder nach Geld und Ruhm streben, nicht nach Erfolg oder Ansehen, nicht einmal mehr nach Erkenntnis oder Glück, dann werde ich endlich meine Augen schließen.

»Bist du wieder festangestellt?«, frage ich.

Er schüttelt den Kopf.

Alles nur noch projektbezogen, wie es heißt, also zeitlich befristet, teilweise sogar nur für vier Monate als Streetworker, wo sich die Frage stellt, was das bringen soll, aber es stört ihn nicht. »Ich habe gerade wieder bei einem Projekt aufgehört, weil ich merke, da bewegt sich nichts. Ich lasse mich nicht verbiegen. Ich gehe nicht arbeiten, nur um ein bisschen Geld zu verdienen. Wenn man mit Menschen arbeitet, dann muss man daran glauben, dass man etwas bewegen kann.«

Andere Menschen würden bei solchen Aussichten in

Panik geraten. Auch ich betrachte ihn mit dem Blick eines Arztes, der mit seinem todkranken Patienten spricht. *Hilfe,* denke ich, ausschließlich Zeitverträge, ohne zu wissen, was die Zukunft bringen könnte. Also sehe ich ihm intensiv in die Augen und suche dort einen Lichtreflex, einen Einlass. Einen Schwachpunkt. Er ist schließlich schon fünfundfünfzig Jahre alt.

»Ich sage immer, um zu überleben, kann man auch putzen gehen, das ist gesund.«

Das hat gesessen, denke ich. *Schweigen.*

Niemals aufgeben, sagt er, und tausend Leute ansprechen.

»Ich denke nicht, dass viele Leute von mir begeistert sind, aber ich spreche sie trotzdem an. Man muss sich nicht befreunden, aber die Chance ist immer, sich kennenzulernen. Und vielleicht entwickelt sich etwas Positives.« Ob der Kontakt nun ein bulgarischer Alkoholiker oder ein millionenschwerer Immobilienbesitzer ist, Antonio geht zu allen. Und alle spüren zumindest seine Ehrlichkeit.

Gerade die Jugendlichen. Das macht ihn so erfolgreich.

»Die Jugendlichen riechen, dass ich gerne mit ihnen zusammen was aufbaue«, erklärt er. »Ich gehe nicht dahin, weil das mein Job ist. Deshalb ist es für mich einfacher, auch in schwierigen sozialen Verhältnissen Fuß zu fassen. Die Menschen sehen mich nicht als einen an, der kurz vorbeikommt und ein paar schöne Worte hat.«

So ist er auch überhaupt erst in den sogenannten Sozialbereich hineingerutscht. Weil es in einem sozialen Brennpunkt derart brannte, dass die etablierte, heißt studierte, Sozialarbeiterschaft nicht mehr weiterwusste.

»Ich hatte eine Ausbildung als Elektroinstallateur, und meine Berufserfahrung war als Metzger. Aber in der Jugendeinrichtung brauchten die damals jemanden, der als Schlichter zwischen Kurden, türkischen grauen Wölfen,

Sizilianern, Deutschen, Sinti, Roma fungierte. Chaos. Lass mal diesen komischen Italiener probieren. Ansonsten schließen wir das Haus. Ich habe eine Fußballmannschaft angeboten, plötzlich waren es gleich drei, Tischtennismannschaften, wir haben Pizza gebacken, wir haben so viele schöne Sachen gemacht, dass ich eine Vollzeitstelle angeboten bekam. Ohne Qualifikation.«
Elf Jahre lang hat er dort geholfen.
»Ich hätte bei der Caritas Karriere machen können.« Er lächelt wieder süffisant. »Danach habe ich mir vorgenommen, ich mache nur noch das, was ich gerne mache und wo ich das Gefühl habe, ich bewege etwas.«
Genauso radikal hat er dann auch mit diesen Bindungen gebrochen und sich ein Jahr lang nur um Sonja gekümmert. In dieser Zeit konnte er sich nicht arbeitslos melden, das hätte nicht funktioniert, weil er sofort eine Stelle bekommen hätte. Also hat er sich eigenständig krankenversichert und keinerlei staatliche Zuwendungen bezogen.
»Das Gute ist«, erzählt er, »bei dieser Arbeit bleibt man jung. Immer wenn ich Jugendliche von früher treffe, dann sagen die, Toni, du hast dich überhaupt nicht verändert.« Sie bestellen ihn zum Kaffeetrinken ein, zeigen ihre Kinder vor. Ein schönes Gefühl, sagt er.
Die äußerst schwierigen Jugendlichen von damals laden inzwischen bei Facebook Fotos von früher hoch. Es verbindet sie unverändert der Gedanke an eine schöne Vergangenheit. Und Tonio ist einer der wenigen Erwachsenen, dem sie sich verbunden fühlen. »Das Schöne ist auch, dass einige von denen in ihrem Leben etwas Gutes machen wollen, und dann denken sie an mich und fragen, ob sie helfen können.«
Solche Gespräche finden meist in irgendwelchen Cafés

oder Restaurants statt, denn die Gastronomie ist unverändert ein Schmelzpunkt verschiedenster Nationalitäten und Vorhaben. Das hat sich in den oft besungenen Zeiten des Internets nicht verändert.
Auch unser Gespräch verlagert sich schnell in ein kleines Café, versteckt zwischen Mehrfamilienhäusern und Einbahnstraßen. »Du weißt, wer mit guten Lebensmitteln frisch kocht und wer nur schlecht aufwärmt«, sagt Antonio und grüßt im Vorübergehen mehrere Bekannte. »Leider gehen viele Menschen nicht essen, um zu essen, sondern um eine nette Atmosphäre zu genießen. Ich kenne Besitzer, die deshalb schon resigniert haben. Toni, du bist der Einzige, der sich immer beschwert. Der Laden ist immer voll, warum soll ich also beim Essen groß investieren?«
Es wundert mich also nicht einmal mehr, dass er auch in diesem Café ein Stück Kuchen reklamiert, weil es zu kalt sei, wie aufgetaut. Die Kellnerin versichert, alle Kuchen würden nach dem Backen höchstens gekühlt, aber letztlich ist ihr das alles egal, weil sie eine der unzähligen Studentinnen ist, die in den unzähligen Cafés und Restaurants ein bisschen Geld verdient.
Wie gesagt, er gilt als schwierig.
Aber ist das nicht völlig legitim?, denke ich Schließlich bezahlt er hier auch Geld. Ist das wirklich schon *zu viel?*
Ich muss an den Kioskbesitzer denken, der mir vorhin erzählt hat, einer der Verhaltenstherapeuten habe seinen Patienten geraten: »Gehen Sie in ein Lokal, und sagen Sie der Kellnerin, das Essen habe gut geschmeckt. Bestellen Sie dann ausdrücklich dem Koch noch einen Gruß.« Eine der Patientinnen sei dann geschockt in die nächste Therapiestunde gekommen. Die Kellnerin habe nur die Schultern gezuckt und trocken geantwortet: »Wissen Sie, wie egal mir das ist, ob das Essen schmeckt.«

»Vielleicht mache ich bald wieder einen Laden auf«, sagt Antonio. Dabei hat er letzte Woche erst eine unangenehme Erfahrung verdaut. Nicht weit von hier hatte er ein heruntergekommenes Objekt entdeckt, wie es so seine Art ist, darin Potenzial vermutet und geplant, ein ungewöhnliches Eis-Café zu eröffnen. Ihm fehlte das Investitionskapital, also wollte er den Hausbesitzer mit ins Boot nehmen. Wie es so seine Art ist. Letzte Woche nun hat ihm dieser Hausbesitzer eröffnet, er wolle lieber alles alleine machen. Tonio solle nur noch Präsenz zeigen, um Kunden anzulocken. Was nun wiederum überhaupt nicht seine Art ist.

Das Ergebnis darf ich auf dem Rückweg mit einem Schulterblick erhaschen. »Nun ja …«, sage ich.

Langweilige Einrichtung, keinerlei Kunden. Wozu auch? Es gibt hier keine Laufkundschaft.

»Das muss man können«, sage ich.

Wir gehen zurück durch die Straße mit der imposanten Baustelle. Einer der Arbeiter öffnet sein Portemonnaie, um einen Kollegen für ein Getränk zu bezahlen, und dabei fallen alle seine Münzen in eine schlammige Pfütze. Wie Goldgräber sieben die Männer nun in dem undurchsichtigen Grund und schieben Schlick zur Seite.

»Ein Freund in Bonn hat eine Bäckerei und suchte Leute«, erzählt Antonio. »Ich habe ihm einige Jugendliche empfohlen, die schwer vermittelbar sind. Viele sind bei der harten Arbeit abgesprungen, aber zwei haben wirklich durchgehalten und arbeiten dort fest.«

Ich muss schnellstens aus meinen Sorgen klettern, denke ich. Meistens sehe ich die Dinge nicht so, wie sie sind, sondern eben so, wie ich bin. Und wenn ich die Dinge so sehen will, wie sie sind, dann muss ich vor allem auf die Dinge schauen, an die ich mein ganzes Sehnen hänge. Wie

Weihnachtskugeln, denke ich. Und auf meine Ängste, die wegen meiner Sehnsüchte anfallen. Das kann ich inzwischen schon deutlich überblicken, dass es nur meine Sehnsüchte und Ängste sind, die eine Vorauswahl treffen, was mir vor die Augen kommt. Und was ich nicht wahrhaben will.

Und weil ich tagtäglich mit dieser Vorauswahl beschäftigt bin, betrüge ich mich tagtäglich mit einem verfälschten Eindruck der Dinge. Wobei ich selbstverständlich davon ausgehe, objektiv und wahrheitsgemäß zu glotzen. *Lügner.* Aber meine Sehnsüchte und Ängste sind auch geschickt darin, mir meine Eindrücke so zu verstellen, dass sie meinen Bildern im Kopf entsprechen.

Einige der Bauarbeiter wuchten inzwischen hohe Stapel Altpapier vor sich her, mit violetten Stoffhandschuhen, die offensichtlich schnell selbst genäht worden sind. Gegen die Druckerschwärze. Gestandene Männer mit lila Stoffhandschuhen.

Ich muss schnellstens aus meinen Sorgen klettern, denke ich.

Und das schaffe ich nur, wenn ich mich von meinen verrosteten und eingeklemmten Grundsätzen löse und damit meine Ängste und Sehnsüchte aufgebe, die mich so blind und taub machen. Die mich kalt machen, gefühllos gegenüber den Dingen, der Welt und mir selber.

»Nicht nur meckern«, sagt Antonio freundlich, »sondern anpacken. Loslegen.«

3

Loslegen, denke ich. Mehr ist nicht zu sagen.

»Da sind doch Schreie …«, sagt ein Mann auf einer Parkbank, während er damit beschäftigt ist, seine Zeitung umzublättern. Er findet die Falz zwischen den Seiten nicht, um weiterzublättern, leckt also, raschelt vergeblich, mehrere Anläufe lang.

Ich nicke ihm zustimmend zu, während ich eine Bratwurst von einem Pappteller esse, den ein violettes Mäusegesicht verziert. Es sind Schreie.

Einige Meter entfernt ereignet sich tatsächlich eine Straftat. Etwas verdeckt, auf einem begrünten Marktplatz, sehen wir einen weiteren älteren Mann, der eine deutlich jüngere Frau im Schwitzkasten hält. Und sie schreit inbrünstig. Also spurte ich auf das wirre Menschenknäuel zu und rufe: »Aufhören!« Inzwischen assistieren mir zwei weitere Männer und Frauen.

Der boxende und klammernde Mann will aber nicht von der jüngeren Frau lassen. Sein Gesichtsausdruck schwankt zwischen Genervtheit, Verzweiflung, Blackout und Hilflosigkeit. Irgendwie so, als habe er in einem eleganten Restaurant gleichzeitig gepupst und einen Teller fallen gelassen.

»Sie verstehen nicht, was hier …« Er zischt mit ungewöhnlich hoher, gleichzeitig gepresster, aggressiver Stimme, ein wenig wie einer dieser halbstarken Skateboarder in der Pubertät.

»Lassen Sie die Frau los!«, wiederhole ich.

Die junge Frau schreit dabei unablässig um Hilfe. Sie kreischt. Ihre Augen scheinen irgendwie vertrocknet, fällt mir auf, weit zurück in den Höhlen. Es umgibt sie eine fröstelnde Aura von Einsamkeit. Ihr gesamter Gesichtsausdruck wirkt so, als hätte sie schon als kleines Mädchen gewusst, dass wir hier eines Tages helfend auftauchen würden.

»Das ist nicht so, wie Sie …« Der Täter zerrt zunehmend halbherzig an der jüngeren Frau, weil sich immer mehr Zuschauer einfinden. Letztlich resigniert er, schließt die Augen und lässt den Kopf auf seine Brust sinken, als habe sich weiter oben die Verankerung gelöst.

Und in dem Moment, in dem er seinen Haltegriff löst, spurtet die junge Frau davon. Kein Wort des Danks. Sie rennt einfach nur weg, mit merkwürdig hochgezogenen Schultern. Dabei hält sie beide Pulloverärmel in den Handflächen umklammert.

Der ältere Mann, der *Böse,* flennt nun. »Das ist meine Tochter. Sie ist drogensüchtig. Ich habe sie in einer Tagesklinik angemeldet, aber sie ist abgehauen, wahrscheinlich, um wieder Drogen zu kaufen … Die Polizei ist für so was nicht zuständig … Ich wollte doch nur …«

Er öffnet die Augen und atmet tief aus. Eine Hälfte seines Gesichts scheint bereit für einen Ausbruch, für einen Angriff, während die andere Hälfte in sich zusammenfällt. Zerdrückt von der Last des Augenblicks. Seine Augen starren uns an. Sie drücken all die Verzweiflung und Erschöpfung eines verbitterten Vaters aus, der sein bisheriges Leben in geordneten Zusammenhängen verstaut hat, die ihm unverändert richtig scheinen. Die aber gleichzeitig zerbröseln. Und die er nun alleine mit sich zurücktragen muss.

Verdammt, brülle ich mich selber an, gedanklich, wobei ein leichtes Hecheln und Keuchen aus meinem Mund dringt. Laut genug, dass es die anderen mitbekommen.

Wie in einem dieser absurden Theaterstücke verlassen wir nacheinander schweigend den Platz. Nur der Mann steht unverändert weiter dort herum.

Er wartet und wartet, aber die Erschütterungen der Zeit verformen sich nicht greifbar. Hörbar sind nur die eindringlichen Befehlsschreie einiger Hundebesitzer auf einem nahegelegenen Matschstreifen. »*Aus! Aus! Aus!*« Hohe Stimmlage, hysterisch kreischend, passend zu meinem Blutdruck, denke ich.

In einem Frisörladen, im Vorüberhasten aufgeschnappt, auf dem weißen Boden, hell bestrahlt, liegen Dutzende Haarbüschel auf dem Boden. Wie kleine Tiere, denke ich und habe das Gefühl, meinen Atem mit mir herumzuschleppen, wie einen surrealistischen Schattenteppich.

Wahrscheinlich hat das Leben überhaupt keinen Sinn, denke ich, aber genau das ist schön. Denn wenn es einen Sinn hätte, denke ich, dann wäre es eine mathematische Gleichung. Es wäre damit logisch, zielführend und vernünftig. Wahrscheinlich hat das Leben nur dann einen Sinn, wenn ich es als ein Geheimnis betrachte.

Mein Portemonnaie klumpt in der rechten Hosentasche. Und bei jedem Schritt schnippe ich mit dem Mittelfinger und Daumen darauf, wie auf das Fell einer Conga. Rhythmisch.

Denken verhindert Liebe, überlege ich. Aber ein Leben ohne Liebe ist ein mumifiziertes Vegetieren.

4

»Mahlzeit ...«

»Ah, auch wieder da ...« David dreht sich interessiert in meine Richtung und legt tatsächlich sein Kinn in beide Handflächen. Das machen sonst nur Mädchen, denke ich.
»Das Essen war gestern gut ...«, sage ich.
David trägt wieder einen schwarzen Anzug, unter dem er seinen fasrigen Körper versteckt. Er wirkt so, als würde er sogar in diesen Anzügen schlafen. Aber er nickt freundlich und sieht unverändert verirrt aus. Grundsätzlich verwirrt, denke ich. So, als ob er prinzipiell und überall nach Antworten sucht, und vor allem nach einer Person, die ihm einen triftigen Vorschlag machen könnte, wo er zukünftig danach suchen sollte.
»Nicht wahr ...«
Eine neue Kellnerin schüttet uns schweigend Mineralwasser in die bereitstehenden Gläser. Einige der Kohlensäurebläschen zerplatzen an der Glaswand und fabrizieren dabei einen interessanten Ton.
»Angenehmer hier als zu Hause ...«, sage ich.
Er nickt. »Oh ja ...«
»Manchmal könnte ich zu Hause alles kurz und klein schlagen ...«, sage ich.
Er nickt. »Oh ja ...«
Und dann bricht es aus ihm heraus, und er erzählt tat-

sächlich von Edina (ohne sie namentlich zu nennen) und gewissen Problemen (ohne sie zu spezifizieren), aber er schüttet mir, einem Fremden, sein Herz aus. Noch vor der Hauptspeise. Ich kann es zuerst nicht richtig glauben. Weil es irgendwie auch nicht richtig mit mir zu tun hat. Der *andere* ist irgendein Cary Grant, Hollywood, alles klingt irgendwie schnulzig und kitschig und eine Spur zu leidend.

»Sie sind ein guter Typ«, sage ich und bestelle den Mittagstisch. »Wirklich, lassen Sie sich nicht so gehen. Es klingt bescheuert, wenn ich das sage, weil wir uns nicht kennen. Aber lassen Sie sich nicht von diesem Kerl beeindrucken. Sagen Sie Ihrer Frau, wie Sie sich fühlen und dass das Ganze aufhören muss. Basta.«

Es hört aber nicht auf. David erzählt. Es klingt alles so fremd, so weit weg von mir, wie eine Abfolge von hysterischen Ereignissen ohne Bedeutung und ohne Zusammenhang. Ich werde an einen Kometen erinnert, der stumpfsinnig durch die Milchstraße, durch das lautlose, unendliche Vakuum eiert. Edinas Gesicht, ihre Erregbarkeit, ihre Schrägheit, alles gerinnt zu irgendwie abstrakten Handlungsformen, mit jeweils unterschiedlich abstrakten Motivationssträngen. Und es wird zunehmend anstrengender für mich, den Überblick zu behalten. Dabei bin ich gewissermaßen ein Insider.

»Meine Oma ist Italienerin«, versuche ich mich an einem Einschub, dabei stammt meine Oma aus dem Rheinland, »und sie sagt immer, es wird nichts so heiß gegessen, wie es gekocht wird …«

Aber David will es heiß. Er erzählt unaufhörlich weiter. Vermutungen, Gerüchte, Prophezeiungen; es nimmt kein Ende.

»Meine Oma lebt jetzt schon seit vierzig Jahren auf einem

Campingplatz«, unterbreche ich ihn mit einem weiteren Schwank meiner angeblichen Verwandten. »Von April bis Oktober, ohne Telefon, ohne Post. Meine Oma ist fünfundachtzig und quietschfidel. Ihre Wohnung in Köln wird so lange von einer Putzfrau gepflegt ...«
Absurderweise werde ich dabei an meinen wirklichen Opa erinnert. Ein eleganter Mann mit vollendeten Manieren, soweit ich das noch beurteilen kann. Erstaunlicherweise aber geschah eine absurde Verwandlung, wenn er wichtige Dokumente zu lesen hatte. Er war weitsichtig, und dann stierte er über den Brillenrand hinüber wie ein Volltrottel. Als Kind habe ich ihn immer wieder angefleht, nicht *so* zu starren, nicht so blödsinnig, so konzentriert, aber er hat mich nur ausgelacht.
»Lassen Sie sich nicht unterkriegen«, appelliere ich an David. »Die Dinge sind oft anders, als wir uns das vorstellen. Und Sie sind ein toller Kerl!«
»Ich weiß, dass die Dinge oft anders sind«, sagt er. Seine Stimmfarbe verändert sich radikal. »Wir haben zu Hause jedes Wochenende ein Spiel gespielt, als ich noch klein war. Das hieß ›Raus-rein‹ oder so ähnlich ...« Den Namen des Spiels hat er vergessen, aber der Sinn bestand darin, dass ein Familienmitglied das Zimmer verlassen musste, und die anderen bereiteten dann innen etwas vor, was der Ausgeschlossene später erraten sollte.
Seine Mutter war diejenige gewesen, die immer wieder rausmusste. Jede Runde erneut. Und dabei war sie die Kellertreppe runtergestürzt. Tot. Der Rest der Familie hatte währenddessen drinnen Spaß gehabt. Und wartete lachend auf die Rückkehr der Mutter.
Die Familie war daran zerbrochen.
»Das Essen ist wirklich gut ...«, sage ich.
Verdammt.

5

Darf ich eigentlich durch die Gegend pilgern, wenn gleichzeitig so viele Menschen leiden? Wenn so viele Menschen in der Welt hungern?
Gehen, nach dem irgendwie verunglückten Mittagessen mit David, um wieder zur Ruhe zu kommen. Zum Schluss, denke ich, war er doch zugänglich, bestätige ich meine Vorgehensweise, beim Kaffee hat er tatsächlich versprochen, etwas zu ändern.
Darf ich eigentlich durch die Straßen pilgern, wenn gleichzeitig überall Menschen verfolgt, vertrieben, gedemütigt und getötet werden? Kurz habe ich die Orientierung verloren. Ich stehe vor einem Hotel, das zu einer internationalen Kette gehört, mit drei Sternen ausgezeichnet, das aber in einer etwas schmuddeligen Gegend liegt. In einer Nebenstraße. Und dieser Seitenarm besteht fast ausschließlich aus Garagen. In der Nachkriegszeit war diese Gegend vermutlich eine Hinterhofecke gewesen, inzwischen aber ist sie zur Parallelstraße einer großen Allee gewachsen. Die Garagen sind daher teilweise zweckentfremdet worden. Es gibt eine Menge kleiner Buden, Kioske, Handwerksbetriebe, aber auch anrüchige Kneipen, Getränkehandel und eine Moschee. Teilweise sind die vormaligen Garagen ausgebaut, vergrößert und umgewandelt worden.

Menschen hetzen an mir vorbei, und in ihren Gesichtern spiegeln sich Konzentration und Leere. Sollte ich mich jetzt nicht eher für politische Veränderungen einsetzen? Und für Gerechtigkeit, denke ich und spüre zunehmend Schuldgefühle. Helfen, denke ich, mehr helfen.
Stopp, sage ich.
Jetzt liegt es an dir, jetzt ist es deine Verantwortung, hundertprozentig hier zu sein. Mehr nicht. Für politische Veränderungen einsetzen kannst du gleich noch tun, den ganzen Abend lang, und morgen noch, der Tag hat vierundzwanzig Stunden. Alles andere will dich jetzt nur ablenken. Es sind Hindernisse, um mich aus der Wirklichkeit zu beamen.
Ich muss es schaffen, in der Realität zu leben und nicht vor mir selber wegzulaufen.
Dabei rauscht ein alter Mann auf weißen Inlinern an mir vorbei. Er trägt den Oberkörper frei, hält sein weißes T-Shirt in der Hand, auf dem Kopf prunkt ein ebenfalls weißer Cowboyhut. Er saust engelsgleich an mir vorüber, und ich sehe, dass sein weißes Stoffhöschen an der Rückseite verschwitzt und damit durchlässig geworden ist; hautfarben. Und deutlich darunter ein schwarzer String. Nein, ich will das nicht werten, denke ich, aber ich frage mich schon, was aus den Engeln geworden ist?

6

Mein erster Sommer in Köln, erinnere ich mich, bestand im Wesentlichen darin, dass wir vor dem *Blue Shell* standen und kollabierende Autos beobachteten. Auswärtige Autofahrer ließen sich nämlich nur zu leicht ablenken, von der nahenden Leuchtreklame einer großen Kreuzung, den beidseitigen Kneipenstrahlern, den schlendernden Passanten, und übersahen die veralteten Straßenbahnschienen in der Dunkelheit. Am Boden. Dann knirschte es und quietschte, und die Karosserien steckten fest. Und der Verkehrsfluss dahinter kam zum Erliegen, genau vor dem *Blue Shell*. Vor unseren Gläsern.

Mehr brauchte es nicht, erinnere ich mich. *Und die Zeit stand still.* Ich weiß doch, was das Jetzt bedeutet. Und ich will da wieder hin, denke ich, in dieses Gefühl hinein, wie Ewigkeit.

Mein erster Sommer mit Jonny, vor dem *Blue Shell*, erinnere ich mich. Und mit Vera.

»Hey«, sagte Jonny langsam und grinste Vera an, erinnere ich mich, »du siehst aus, als brauchtest du ein Fahrrad. Hier, ich hab eins für dich, für fünfzig Mark …« Dabei schob er ein weißes Damenrad vor ihren Bauch, ohne Vorderlampe, ohne Luft im Hinterreifen.

»Hey«, antwortete Vera angepasst, »das ist doch mein Fahrrad, das ich dir vor einem halben Jahr geschenkt

habe … Du hast am Neumarkt gestanden und wusstest nicht, wie du nach Hause kommen solltest und …«
»Ach …«, unterbrach Jonny sie, »weißt du was: Dann gib mir zwanzig Mark …«
Mehr braucht es nicht.
Einfach diesen Mann auf der Bank ansprechen, denke ich plötzlich, weil ich dessen Gesicht schon einmal gesehen habe. Nicht bei meinen letzten Pilgerstrecken, sondern früher einmal. Irgendwo. Das muss damals in dem Journalistenbüro gewesen sein, als dieser Mann als Laufbursche für eine Kugelschreiberfabrik im Hinterhof gearbeitet hat. Ein eher frankophiler Typ, habe ich damals gedacht, jemand, der nicht wie das Klischee eines ungelernten Arbeiters aussieht. *Verschwunden,* erinnere ich mich, wie so viele Gesichter, Gesten, die als Zeitband dienen, an denen ich in aller Brutalität ablesen kann, wie die Tage vergehen. Und immer weiter vergehen.
»Haben wir nicht mal im gleichen Haus gearbeitet?«, frage ich.
Jeden Tag wenigstens eine kleine Überraschung als Vorsatz. Ich werde meine Augen weiter öffnen, jeden Tag, denke ich, um täglich eine kleine Überraschung einzulassen. Bis es auch für mich nicht mehr zu übersehen ist, wie viele Überraschungen jeder Tag zurückhält.

Aus und vorbei

1

»Einsatz«, sagt er und parodiert lachend die sogenannten Arbeitsbedingungen in der damaligen Hinterhofdiktatur.

Wir schütteln einander die Hände und erinnern uns an vergangene Alltäglichkeiten zu Anfang des Jahrtausends.

»Und heute?«, frage ich.

Er lacht.

In der Luft hängt der schwere Geruch von Feierabendabgasen, Schweiß und Parkanlagengrün. Sein Name ist Juan Valdes, erinnere ich mich, nur wenige Jahre älter als ich, aber schon vierfacher Vater. Und doppelt gezeichnet, denke ich, vom Leben. *Lachend.* Sein Heute beginnt damit, dass eine seiner Töchter die Diagnose Brustkrebs erhalten hat. Mit zweiunddreißig Jahren, eine junge Mutter. Und die andere Tochter in einem Stadtteil wohnt, in dem morgens eine Fliegerbombe aus dem Zweiten Weltkrieg entdeckt wurde. *Lachend.*

»Entschuldigung«, sage ich, »dann werde ich nicht mehr …«

»Nein«, antwortet er. Das ist nichts Neues in Juans Leben. Es ist immer so gelaufen.

»Das haut Sie nicht von den Füßen?«

»Nein.« Er lächelt. Aber er grinst nicht. Es ist mehr so eine warme Zustimmung. »Eben hat es geregnet, eine

Dreiviertelstunde lang, und die Leute laufen um mich herum, schlecht gelaunt … Ich bin aber so gelaunt, als ob die Sonne scheint.«

Er ist beinahe beängstigend abgeklärt. Anders als seine Frau, die auf Hochtouren läuft, Arztbesuche organisiert und sich vor Sorge verzehrt. Und dann erinnere ich mich, dass ich Juan meist nur so erlebt habe, freundlich, gesprächsbereit, während sein Leben von Hiobsnachrichten zerfetzt wurde wie ein Laken von einem Samuraischwert.

»Was bedeutet das für Sie?«

»Eine Probe.« Mehr nicht. »Mehr Glaube«, sagt er, »nicht zweifeln.«

Das ist alles.

Es ist schon ein wenig absurd, denke ich, dieses Gespräch zu führen, in einem der reichsten Länder der Erde, in einem gutsituierten Stadtviertel, und die Leute um uns herum schleichen tatsächlich grantig an uns vorbei und machen sich Sorgen. Juan wiederum hat kein Einkommen, lediglich eine beachtliche Zahl an Schicksalsschlägen vorzuweisen, aber er schaut freundlich.

»Als ich hier in Deutschland ankam, ohne ein Wort der Sprache zu verstehen, ohne Ahnung von der Kultur, da wollte ich zwar viel sagen, aber es ging nicht. Es hat mir auch keiner zugehört. ›Der Mann ist bescheuert.‹ Ich brauchte einen Job und kannte mich nicht aus, habe Leute gefragt. Die haben mir irgendwas gesagt, aber ich habe sie nicht verstanden. Wahrscheinlich: dritte Ampel rechts, dann Unterführung … Also bin ich losgelaufen, und an der nächsten Kreuzung wusste ich nicht mehr, was die Frau oder der Mann gesagt haben. Wenn ich heute daran denke, ist das lächerlich, aber damals habe ich geweint und geweint und geweint … Lieber Gott, hilf mir, ich bin in dieser Situation, in der ich mich nicht auskenne. Und aus dieser Situation habe ich gelernt, anderen Menschen zu helfen.«

Das ist alles.

Wahrscheinlich habe ich ihn damals genauso abgekanzelt, denke ich. Von Sorgen umnebelt, damals wie heute, denke ich, auf der Flucht vor Leid und eigenem Elend. Und überzeugt davon, denke ich, tief innen überzeugt davon, dass nur der Schuldige leiden muss. Also war und bin ich pausenlos auf der Suche nach einem Verantwortlichen, einem Sündenbock, auf den ich meine Strafe abwälzen könnte. Zum Rechtfertigungsprofi geworden, gnadenlos darin, andere zu beschuldigen, um selbst noch mal davonzukommen.

Zuhören.

»Wo kommen Sie überhaupt her?«

»Aus Kolumbien.«

»Oh … das war sicher keine leichte Entscheidung …«

Er nickt.

Juan Valdes stammt aus der gehobenen Mittelschicht, was in Kolumbien noch entscheidender ist als in Deutschland. Schon die Grundschule siebe dort die Menschen aus, sagt er. Die Unterschicht habe spätestens da verloren. Es muss eine Privatschule sein.

Juan begann ein Jurastudium, arbeitete nebenher als Autoverkäufer und Immobilienmakler in Medellin. Das ist ein heute weltweit bekannter Landstrich, weil Pablo Escobar dort ein internationales Drogenkartell begründete.

Sein Leben änderte sich mit dem Tag, als sein jüngster Sohn schwerkrank wurde. Felippe war gerade einmal anderthalb Jahre alt. Und er hatte seit drei Tagen Fieber. Hohes Fieber. »Gesicht und Körper waren rot wie eine Aubergine.« Die Eltern brachten den Sohn in ein Krankenhaus, wo Felippe in eine Wanne mit kaltem Wasser gelegt wurde. »Dampf stieg auf«, erzählt Juan, so hoch sei das Fieber gewesen.

Meningitis, sagte der behandelnde Arzt, Ihr Sohn wird sterben. »Ich sage, nein, das glaube ich nicht. Und dann habe ich gebetet: Gott, hilf meinem Sohn ...«

Tatsächlich ging das Fieber zurück, die verschiedenen Ärzte waren zwar überrascht, aber selbstredend erleichtert. Allerdings entdeckten sie bei weiteren Untersuchungen eine dramatische Nachwirkung. »Ihr Sohn ist taub ...«

In Kolumbien gab es Mitte der neunziger Jahre keine weiteren medizinischen Möglichkeiten. Schlimmer noch, sagt Juan, behinderte Kinder wurden versteckt. Nur in Japan, den USA und Deutschland gab es Therapieansätze für diese Form der Taubheit. Juan verschickte also Briefe an Institutionen, weltweit, vor allem in diese drei Länder. Allerdings antwortete nur die Kinderkrebshilfe in Deutschland. Sie verwiesen an einen Professor in Bonn, der eine damals völlig neuartige Operationsmethode entwickelt hatte. Es handelte sich um einen elektrischen Impulsgeber, der sieben Zentimeter tief in den Gehörgang implantiert wird. Allerdings war das zum damaligen Zeitpunkt nur bei Schimpansen getestet worden.

Und sie würden sämtliche Arztkosten aus eigener Tasche bezahlen müssen. Für einen Kolumbianer übernimmt keine Krankenkasse mal eben eine Operation in Deutschland. »Also Haus verkauft, alles verkauft«, erzählt Juan. Einfach so.

Flug, Unterkunft plus Operationen, Nachbehandlungen, das alles hat umgerechnet ungefähr hunderttausend Euro verschlungen.

Damals war auch nur die Rede davon, eine Operation im Ausland machen zu lassen. Niemand hätte sich vorstellen können, länger als nötig in Deutschland zu bleiben.

»Eine ganz andere Kultur«, erinnert sich Juan an seine ersten Eindrücke. »Kalt von Wetter und kalt von Mensch.« Die Nachbehandlung zog sich allerdings dahin. Irgendwann wurde die Therapiedauer mit »circa drei Jahre« beziffert. Ihre Ersparnisse reichten nicht mehr länger, die Botschaft trödelte; Juan musste Arbeit suchen. Und schleichend verging die Zeit. Die Töchter brauchten eine Schule; Juan bewarb sich als Chauffeur.

»Eines Morgens fahre ich an einem eleganten Gebäude vorbei«, erzählt er, nicht sonderlich weit von der damaligen Wohnung entfernt. Er wendet, sieht, dass es sich um eine Schule handeln könnte, und klingelt. Ahnungslos, dass es sich um eine *äußerst* elitäre Privatschule handelt, von der deutsche Nachbarn nur in der Tuschelform reden. Das Gebäude liegt halt in der Nähe.

»Guten Tag, meine Tochter braucht einen Platz in der Schule.« Großes Gelächter auf der anderen Seite. »Hier? Es gibt andere Schulen.«

Juan versteht nicht. Seine Tochter braucht Bildung.

»Hier müssen Sie bezahlen«, erklärt ihm ein belustigter Direktor im Anzug, »das ist viel zu teuer für Sie.«

Aber Juan quatscht weiter. Er erzählt den Anzugträgern von seiner Tochter und der Schönheit Kolumbiens. Immer dieses Quatschen, denke ich, ohne Berührungsängste, es erinnert mich an Antonio Pizzulli. Und tatsächlich macht ihm der Direktor nach einigen Scherzen einen Vorschlag: Wenn seine Tochter in drei Monaten gut Deutsch spricht und schreibt, dann könne sie bleiben. Aber nur dann.

»Ich gehe also zu meiner Tochter und sage: Du schaffst das. ›Sì, Papi, ich kann.‹ Nach drei Monaten war sie Klassenbeste. Das ist sie bis zum Abitur geblieben.«

Und weil sie so eine vorbildliche Schülerin war, übernahm der Förderverein auch noch die Schulkosten.

»Das ist nicht normal«, erklärt Juan trocken. »Das war ein Wunder.«
Nicht werten, denke ich, weil ich diese Wortwahl nicht gewohnt bin. Aber Juan lebt in diesen Wundern. Er erzählt pausenlos von diesen Begebenheiten. Wie er beispielsweise Rasen mäht, um ein paar Euro zu verdienen, und später, zu Hause, in seiner Jacke einen Briefumschlag mit Geld findet. Immer wieder, erzählt er, seien Menschen aufgetaucht, wie aus dem Nichts, die ihm für die Kinder Geschenke gemacht haben. Und es gab diese Fabrikbesitzerin, die ihn in ihrer Kugelschreibermanufaktur beschäftigte, weil sie seine Ehrlichkeit und seinen Optimismus faszinierend fand.
»Einsatz ...«, sagt er wieder. Aber diesmal lacht er nicht. Denn es gab auch andere Erlebnisse. Die Arbeiter dort wussten, dass die Chefin Juan deckt, und sie hassten ihn. Weil er mit seiner Ehrlichkeit und seiner Hoffnung nervte. Also musste er die dreckigsten Arbeiten erledigen. Wie in einem Märchen der Gebrüder Grimm wirkt das teilweise; immer stärker verachtet, ausgebeutet, verlacht.
Eine Stunde Zugfahrt, jeden Morgen und jeden Abend, erzählt er. »Jeden Morgen um 7 Uhr war ich da. Zehn Minuten später kam der Vorarbeiter und ließ mich draußen stehen. Bis halb acht.« Jeden Morgen. Auch im Regen.
Als seine Arbeitsgenehmigung abgelaufen war, sah dieser Vorarbeiter eine Lösung, wie er sich Juans problemlos entledigen könnte. Er ließ ihn einfach nicht früher gehen, damit er seine Genehmigung verlängert. »Die letzte Möglichkeit war an einem Freitag. Das Amt schließt freitags um 12 Uhr. Ich fragte wieder, ob ich etwas früher gehen könne. Nein, bis 12 Uhr sollte ich arbeiten.«
Wenn der Plan des Vorarbeiters aufging, dann konnte er

Juan montags direkt wieder auf die Straße setzen. Ganz legal, weil keine Arbeitsgenehmigung. Weil er Juan auf den Tod nicht leiden konnte.

»Ich hetze mich trotzdem ab«, erzählt er, »laufe den ganzen Weg bis zum Arbeitsamt. Bestimmt fünfzehn Minuten. Und der Pförtner, der mich schon zweimal gesehen hatte, lässt mich noch durch und sagt: Geh schnell hoch, die Sachbearbeiterin ist noch da.« Und diese Frau wiederum versteht den Ernst der Lage und gibt ihm nicht nur auf der Stelle die Genehmigung, sondern auch noch eine Kopie. »Sie sagte, wenn dein Vorarbeiter das Original zerreißt, dann hast du nichts. Die Kopie kann er ruhig kaputt machen.«

Montags dann: große Augen. Das Mobbing ging allerdings unvermindert weiter. »Zehn Jahre lang ...«, sagt Juan und holt tief Luft.

Er fand einfach keinen anderen Job. Keine Diplome, schlechtes Deutsch, eingeschränkte Arbeitserlaubnis.

Nebenher, am Wochenende, versuchte er sich an selbständigen Auftragsarbeiten. Als Auto-Liebhaber wusste er, wie man einen Oldtimer zum Glänzen bringt. Eine gutsituierte Kundschaft. Aber er macht keinen Festpreis aus. »Gib, was die Arbeit dir wert ist«, sagt er den Reichen. »Gib, was dein Herz dir sagt.« Das hätte er vielleicht besser nicht vorgeschlagen. Die meisten geben ihm zwanzig Euro. Für eine Rundumpflege, für einen ganzen Tag Arbeit. Aber sie wundern sich später, dass Juan diese Tätigkeit nicht mehr weiter ausübt. Es ist so dumm, denke ich, sich kurz darüber zu freuen, einen Dummen gefunden zu haben. Weil der Dumme dann gleich wieder verschwindet.

»Später habe ich in einer Waschanlage gearbeitet«, erzählt er, wobei er nebenbei noch die Mechanik der Anlage verbesserte. »Fünfzig Autos am Tag, von 7 Uhr morgens bis 9 Uhr abends.« Es sprach sich schnell herum, mit welcher Gründlichkeit dieser Kolumbianer sich den Karosserien widmete. Es gab lange Warteschlangen vor der Anlage, wenn er arbeitete. Nur dann allerdings. Es erschien sogar ein Foto in der Lokalzeitung, von dem Stau auf der Landstraße. »Was ist der Unterschied?, fragen die Leute. Nur Liebe, sage ich …«

Der Sohn der Inhaberin nahm allerdings Drogen, und Juan versuchte, ihm zu helfen. Wie es so seine Art ist, er kann nicht anders. Wird zum Vaterersatz. Juan schenkt dem Sohn sogar sein hart verdientes Trinkgeld. Der Besitzer wiederum, der leibliche Vater, reagiert eifersüchtig auf diese neue Beziehungskonstellation. Er schmeißt ihn fristlos raus, will ihm kein Zeugnis schreiben, behauptet sogar, Juan habe »Seife« (!) geklaut. Es kommt zum Gerichtsverfahren. Das ist zwar klares Mobbing, sagt sein Anwalt, aber du bist Ausländer, das wird nicht einfach. Tatsächlich verliert Juan in der ersten Instanz. Erst in der Berufung vor dem Oberlandesgericht wendet sich das Blatt, weil die Richterin ihn diesmal persönlich anhört. Ungeachtet der lautstarken Aggressivität des gegnerischen Anwalts.

»Trotzdem sind Sie positiv gestimmt?«, frage ich.

»Immer.«

Ich könnte das nicht, denke ich, weil ich nicht bedingungslos glücklich sein will. Wenn ich ehrlich bin, denke ich, bin ich nur unter gewissen Bedingungen zum Glück bereit. Wenn ich dieses oder jenes habe. *Verdammt.*

Ich stecke darin fest, mein Glück an Bedingungen zu knüpfen.

»Wir sind anschließend noch aus der Wohnung geflogen …«

Es nimmt kein Ende, denke ich.

Die ursprüngliche Vermieterin, eine ältere Frau, schätzte Juan als ehrlichen, gottesfürchtigen Mann und half, wo sie nur konnte. Aber als sie gestorben war, erbte ihr Sohn (ein Rechtsanwalt) alles und setzte Juan samt Familie unverzüglich auf die Straße. Mit einem zynischen Abschiedskommentar: »Wo ist denn jetzt euer Gott?«

Zum ersten Mal lacht er nicht. Aber er wirkt nicht niedergeschlagen. »Irgendwann ist man so tief unten«, erklärt er, »dass alles kein Problem mehr ist. Es ist genug.«

Kummer und Sorgen verschwinden nicht einfach so. Aber sie verdunsten. Die Sorgenteilchen steigen auf und kühlen sich ab, bis aus der gesättigten Molekülmasse Wolken entstehen. Vorüberziehende Sorgenwolken. Er lässt sie fliegen. »Lösung – nächstes Problem … Lösung – nächstes Problem …«

Das gelingt ihm sogar bei der größten Furcht vieler Menschen, der Angst vor dem Tod. »Das ist mir egal«, antwortet er.

Letztes Jahr erst hat er einen Herzinfarkt erlitten. Das heißt: Er wusste nichts davon. Juan spürte nur Schmerzen, starke Schmerzen, und ließ sich vorsichtshalber in ein Krankenhaus fahren. Für eine Ultraschalluntersuchung. »Ich dachte, das dauert vielleicht zwanzig Minuten …« Noch eine Blutuntersuchung. »Und dann bin ich in der Intensivstation wieder aufgewacht …«

Den Herzinfarkt hatte er schon vor Tagen erlitten, aber nicht wahrhaben wollen. Zwischenzeitlich war der vergrabene Stress wohl doch zu groß geworden: vier Kinder ernähren, die pausenlosen Demütigungen.

»Der Arzt sagte, wenn jemand so viel Stress erleidet, dann ist das schlimm für das Herz … Ich habe gebetet. ›Gott, hilf mir.‹«

Das EKG ist mittlerweile in Ordnung.

»In so einer Situation fragst du dich, welche Bedeutung hat noch ein schönes Auto?« Er konnte sich in der ersten Zeit nach dem Krankenhausaufenthalt kaum bewegen, kaum laufen. »Aber wenn ich als Mensch an Gott glaube, dann schaffe ich das auch.« Immer wieder kommt er auf diesen Punkt zurück, sein Kraftreservoir, ein Wechsel aus Geschenken, wie er es nennt. Aus Wundern, wie er sagt. Und Enttäuschungen, wie ich es nennen würde. Eine Welt aus Schlägen.

»Alfredo hat sich aufgehängt …«, wechselt er abrupt das Thema. Ein deutscher Rentner, gebürtig: Alfred, mit dem er zusammen Kartoffeln gepflanzt, zusammen gequatscht hat. Einer dieser unzähligen einsamen Pensionisten, der nur noch einen Scherbenhaufen namens Alltag vor sich sah, vor allem, als auch noch seine Frau starb. Alfredo war zweiundneunzig Jahre alt, rüstig, aber er wollte nicht mehr. Da war sonst niemand. Außer Juan.

»Keine Kinder?«, frage ich.

»Doch, aber die wollten immer nur Geld …« Selbst an seinem Geburtstag, erzählt Juan, gewissermaßen ein Trauertag, weil es die erste Zusammenkunft nach dem Tod der Frau war, verweigerte die Nachkommenschaft grinsend die Übernahme der Restaurantrechnung. »›Du musst bezahlen‹, hat der Sohn gesagt …«

Wenige Tage später fand die Tochter Alfredo an einem selbstgeknüpften Galgen in der Wohnung hängend.

»Ich bin so traurig darüber«, sagt Juan. »Wir haben zusammen Kartoffeln gepflanzt … Er hat immer Piccolo getrunken …«

»Wie geht es eigentlich Felippe?«, frage ich.

»Er ist zufrieden.« Aktuell kann Felippe hören, sprechen, hat eine Ausbildung, einen Beruf.

Und dann flüstert Juan seinen charakteristischen Satz: »Weiter …«

Ohne Freunde, ohne Geld, ohne Arbeit – aber voller Hoffnung.

»Weiter ...«

Es beschämt mich.

»Ich kann«, sagt er. »Weil Gott hilft.«

Das ist alles.

2

Loslegen, denke ich. Mehr ist nicht zu sagen.
Das Gespräch mit Juan beschäftigt mich auch noch Stunden später. Ich schlendere am Rhein entlang und gerate unverschuldet in eine Seminarpause. Etwa zehn Männer in Anzügen verlieren sich neben einer weiteren Gruppe Betriebswirtschaftler aus Bremen, die alle gemeinsam erst ihre Laptops öffnen und starten müssen, bevor sie miteinander sprechen können. Am Rhein. In der Sonne. Banker und Karrieristen, gekleidet wie aufgepeppte Grundschüler in den Klamotten ihrer Eltern, zappelnd in einem Netz von Gewohnheiten und Groll, scheinbar sogar dankbar für die Gefangennahme, denke ich, weil sie sich damit definieren. Als Kosmopoliten und Checker. Sobald das erleuchtete Display ihnen ins Gesicht scheint, beginnen sie zu leben. Die Augen in konzentrierter Leere verschraubt. Sie albern wie kleine Jungs und schieben sich sämtliche verfügbaren Erdnüsse und Cracker in den Rachen. Dabei benutzen sie ihre Laptops keinen einzigen Moment. Und nachdem sie die Salzsnacks vernichtet haben, klappen sie ihre Geräte wieder zu, um verbissen zu schweigen, bis die Pause offiziell endet.
Aber wir alle, denke ich plötzlich, wir sind gemeinsam von Freude und Glück umgeben. Hier am Rhein. Von Liebe. Aber ich erkenne es genauso wenig wie ihr. Ich will es

nicht erkennen, denke ich. Wie betäubt, wie zugedröhnt, sehe ich nur die Schatten.
Ich leide und hoffe auf etwas Besseres, auf einen neuen Job, eine bessere Beziehung, und vergesse diesen Moment in der Sonne. Am Rhein. Und dass ich schon alles habe, um glücklich zu sein.
Letztlich, denke ich, leide ich herum, weil mir die Nähe zur Wirklichkeit fehlt. Zur Sonne. Es zeigt mir an, dass irgendwo etwas nicht stimmt. Es zeigt mir an, dass sich meine Illusionen an der Wirklichkeit reiben, und meine Lebenslügen an den Tatsachen. Und meine Trauer ist nichts anderes als ein Wink mit dem Zaunpfahl, dass ich wieder mein Glück von Dingen oder Menschen abhängig gemacht habe.
Und plötzlich verschwindet sie, denke ich überrascht, die Trauer, sie ist weg. Im Moment der Erkenntnis bin ich glücklich.

3

»Nein!«

Kurz überlege ich noch auszuweichen, mich taub zu stellen, umzudrehen, in einen U-Bahn-Tunnel zu hetzen. Aber es gibt am Rhein keinen öffentlichen Nahverkehr.

»Robert … Kisch …« Ohne Ausrufezeichen diesmal. Es kann verschiedene Bedeutungen haben, wenn man mit Vor- und Zunamen angesprochen wird, erinnere ich mich.

»Edina«, antworte ich freundlich, ohne Zuhilfenahme des Familiennamens, »du hier?«

Sie begrüßt mich mit einem Wangenschmatzer auf beide Seiten, also mehr einer unverbindlichen Bekanntschaftsbegrüßung. Angemessen, denke ich. Edina trägt dabei eine Mischung aus angenehm salzigem Schweiß und einem kontrastierenden süßlichen, fast schon blumenartigen Parfum.

»Sollen wir vielleicht kurz …«

»Ein Café?«, frage ich.

»Was denn sonst?« Ohne zu lächeln. Ihre Unterarme sind zerkratzt, bis hinauf zu den Handaußenseiten. Von ihren Katzen allerdings. Deshalb hat sie beide Arme bis zu den Ellbogen mit Armreifen bedeckt.

»Sie lieben dich …«, sage ich.

Als sie mich unverständig ansieht, eher abwesend, abweisend, deute ich auf die Schnittwunden.

»Jaja …«

Um uns herum kreiseln einzelne verbliebene Seminaristen, mit gebeugten Schultern, Styroporbecher in der Hand, die Krawatten vom Wind hinter den Hals geweht, wie Galgen. In einem der Gebäude sehe ich im Vorübergehen gleißende Lichtfelder, die durch die offenen Türen der Seminarräume nach draußen brechen.
»Komm, wir nehmen irgendeins …« Edina schwebt mit demonstrativer Anmut durch die Straßen und deutet auf ein Café, das seine besten Tage schon hinter sich hat.
Ich nicke und öffne ihr die Tür.
Der Innenraum ist schummrig, nur durch wenige Kerzen beleuchtet, und müffelt stickig. Ein einziger Streifen Tageslicht schummelt sich durch die nicht vollständig heruntergelassene Jalousie, durch die Öffnung einer Lamelle. Eine Kerze auf der Fensterbank erstickt röchelnd, und ihr letztes Rauchzeichen bleibt in dem schmalen Sonnenband sichtbar, zerhackt, wie ein surreales Flackern.
»Passt …«, sage ich.
Edina schweigt.
Das Flackern einiger Teelichter auf der kleinen Theke wird von einer Stanniolverpackung gebündelt und gelblich warm an die Decke gelenkt. Gleichzeitig schwärzen sie Schattenrisse am Espressoautomaten, von Lampen und Drähten. Ich öffne das Fenster, weil es mir eine Spur zu gemütlich ist, und der überraschende Windzug lässt die Kerzen flackern und bringt damit die fotokopierten Getränkeblätter, vor allem aber die Schatten, zum Tanzen.
»Alles gut?«, fragt Edina.
»Alles gut …«
»Es wird früher dunkel …«
»Ja … die Zeit rast …«
»Das kannst du laut sagen«, sagt Edina, »ich habe die erste Zellulitis-Ecke bei mir entdeckt …«

»Aber das macht doch nichts«, antworte ich, um irgendein Gespräch in Gang zu halten. »Frauen haben ein anderes Bindegewebe als Männer, weil der weibliche Körper aufs Kinderkriegen eingestellt ist.«
»Mit den Oberschenkeln?«
Ihre Stimmlage verschiebt sich zu einem tonlosen Interviewdeutsch. So eine näselnde Unsicherheit, mit einem leichten Räuspern bei jedem Satzanfang.
»Bist du mir böse?«, frage ich. Smalltalk liegt mir nicht. Ich lege ihr eine Hand in den Nacken, also freundschaftlich, denke ich, fast schon väterlich, aber sie schaut mich nicht an. Ich habe eher den Eindruck, ein minderjähriges Mädchen zu begrabschen, das neben mir in der U-Bahn sitzt.
»Es war schön«, sagt sie tonlos, »aber ich habe das Gefühl, wir sollten uns nicht mehr sehen. Ich habe mich mit David ausgesprochen …«
»Okay.«
Hartnäckig verteidigter Stolz vereist augenblicklich das Café. Ein merkwürdiges Gefühl, denke ich, das nicht zu uns beiden passt. Und das uns gleichzeitig stärker und stärker an sich zieht.
»Ich wünsche dir alles Gute«, sage ich.
Plötzlich beginnt sie zu weinen.
Es wirkt irgendwie unpassend, es wirkt übertrieben, und ich betrachte gleichzeitig fasziniert, wie sich ihr wimmerndes Wesen in eine pathetische Komposition dramatisiert. Ich warte eigentlich nur auf den Moment, an dem sie erstarrt und mit großer Geste aufspringt, weil sich in einem solchen Moment bekanntlich eine tiefere Dimension der Leidenschaft zeigen soll. Oder so ähnlich. Aber sie bleibt sitzen.
»Es war die falsche Zeit …«, sagt sie leise. »Am falschen Ort …«

Sie flüstert aufgebracht, aber gleichzeitig klar. Sie intoniert die Worte, als könne sie damit Edelsteine schleifen.
»Es war eine Illusion, Edina.« Mein Blick starr an die Zimmerdecke geheftet, um die Wirkung meiner Eingabe abzuschwächen.
Allerdings verweigert sie sich einem erneuten Gefühlsausbruch und sinniert stattdessen über eine treffende Definition. Absurd lange, denke ich. Unangemessen lange.
»Ich dachte …«, formuliert sie endlich vorsichtig, »*du* wärst in *mich* verliebt …«
Sie heult auch nicht mehr. Ihr ganze Persönlichkeit fällt in sich zusammen, als habe ihr ein Administrator soeben wegen eines bürokratischen Formfehlers gekündigt.
»Dann sind wir uns ja einig«, sage ich kühl, »in unserer gegenseitigen Enttäuschung …«
Ihre Augenbrauen huschen nach oben. Sie betrachtet mich in einer merkwürdigen Mischung aus Ekel und Verzweiflung, bevor sie kühl vor mir herumlächelt.
»Vielleicht sollte ich besser gehen …«
Edina antwortet nicht. Sie scheint immer weiter in sich zusammenzuschrumpfen. Ihr Blick wirkt jetzt wie abgeriegelt. Unergründlich.
Ich stelle meinen Stuhl umständlich korrekt an den Tisch heran, um ihr die Möglichkeit für eine letzte Reaktion zu geben. Für irgendwas. Aber sie sitzt einfach nur da und verliert von Sekunde zu Sekunde jeglichen Ausdruck.

4

Der Sommer geht zu Ende, denke ich und streiche meinem Sohn über die gebräunte Haut. Sie liegt so fein am Schulterblatt, so eng am Knöchel, dass ich das Sonnenöl extrem behutsam auftrage. Als könne sie unter meinen groben Tatzen zerreißen.

»Ich kann schon schwimmen, Papa.«

»Das will ich sehen.«

Einen Baum ansehen, denke ich plötzlich, die Sonne, immer nur in der Gegenwart ankoppeln: *Das ist doch lächerlich!* Was soll mir das bringen, denke ich zunehmend aufgebracht, während mein Kleiner lächelt. Ich brauche einen Job!

Und genauso unvermittelt beantwortet sich mein Ausbruch von selbst: *exakt.* Es bringt nichts. Aber es nimmt auch nichts, es ist wie ein Geschenk. Und es ist einfach da. Jetzt. Es ist einfach nur kostenlos da. Und in diesem Moment fühle ich mich wieder leicht und hell.

»Ein Baum …«, sage ich zu Junior.

Der Kleine nickt.

Ich sehe meinen Sohn an und sehe mich selber. Obwohl ich doch völlig anders bin. Aber ich sehe sein Strampeln, seine Kreativität, gleichzeitig seine Unlust, ich lausche auf jede Regung, als sei sie ein Augenzwinkern durch die Zeiten hindurch. Obwohl er völlig anders ist.

Und anders bleiben darf.
Ich sehe seine Unbefangenheit. Diese Welt jenseits von Arbeit, Geld und Ansehen. Es ist eine schöne Welt.
Ich erhalte meinen Selbstwert ausschließlich durch meinen Beruf, durch mein Einkommen, denke ich. Und dabei merke ich doch, wie zerbrechlich diese Vorgabe ist. Letztlich ist mein sogenannter Selbstwert nur ein Bild in den Köpfen anderer Leute. Ich bin kein guter Mensch, weil alle sagen, ich bin gut. Und ich bin kein schlechter Mensch, weil alle sagen, ich bin schlecht. Und letztlich ist auch ein sogenannter Erfolg nur eine zufällige Mehrheitsentscheidung.
»Ich kann schneller schwimmen als du, Papa.«
»Das will ich sehen …«
Jetzt bin ich doch glücklich.
Mein Unglück ist der feste Glaube, dass ich ohne eine bestimmte Vorgabe nicht glücklich sein könne. Deshalb bin ich auch so erschöpft, denke ich, und so unzufrieden. Gereizt. Ich will alles erzwingen. Und dabei brauche ich streng genommen nur diesen Augenblick, um glücklich zu sein, nur diesen Baum, diese Sonne, dieses Wettschwimmen.
»Erster!«, jubelt der Kleine und schlägt am Beckenrand an.
Neben ihm steht ein junger Mann wie versteinert im Wasser und umklammert seinen Brustkorb. Er hat einen brennend roten Sonnenbrand, aber nur auf der linken Gesichtshälfte. Dort zieht sich die Färbung bis zum Hals hinunter. Er ist wahrscheinlich besoffen in der Sonne eingeschlafen.
»Revanche?«, frage ich.
Das Leben ist jetzt, denke ich. Und nur jetzt. Es umgibt mich, wie das Wasser, aber sobald ich aus dem Becken steige, bemerke ich es wieder nicht.

»Schon wieder gewonnen ...«, jubiliert der Kleine.
Wir trocknen uns ab und essen ein Eis.
Wir entdecken Piraten im Gebüsch.
Wir spielen Auto.
Und immer wieder transportieren wir Waren auf der Decke, mit Lastwagen, von einer Fabrik hin zu einer Baustelle und wieder zurück. Das kann gerne eine Stunde dauern.
Darin ist er anders, denke ich, diese Autobegeisterung.
Fußball interessiert ihn überhaupt nicht.
Darin ist er erst recht anders.
Aber wenn man nichts mehr erwartet, geht eine neue Welt auf.
Ich mag es, mit ihm im Sommer heimzukehren, aus dem Freibad, zurück in die Wohnung, in der sich die Luft inzwischen drückend aufgeheizt hat, während aus den unteren Etagen Gesprächsfetzen und Gerüche wie auf weiteren Wellen zu uns hinaufgehoben werden. Porzellanklirren. Streitfetzen, Liebesschwüre, mitunter anzüglich, vermischt mit Essensgerüchen, die uns alle verbinden.
Der Sommer geht zu Ende, denke ich, und öffne das Fenster noch weiter, um die langsam kühlende Abendluft einzulassen.
»Hörst du?«
Das Dunkel ist erfüllt von Grillen und Gesurr. Und Geraschel. In der Regentonne des Nachbarn spiegelt sich das Licht der Terrassenbeleuchtung, an den Rändern gebrochen durch die Flügel der ertrunkenen Fliegen und Falter. In einem Anfall von Übermut zerreiße ich die letzte Bewerbungsabsage in Flockengröße und lasse sie als Schneegruß in den Abendhimmel rieseln. Mitten in den Lichtkegel der Warnbeleuchtung.

»Das sind Millionen Schmetterlinge, die wie ein Murmeln in den Himmel steigen …«

»Das hebst du aber wieder auf, Papa …«

In Wirklichkeit brauche ich nichts zu meinem Glück, denke ich.

Das Leben ist jetzt. Und Leben bedeutet, alle sogenannten Hindernisse beiseitezulassen und nur den gegenwärtigen Moment unverbraucht einzuatmen.

»Morgen«, antworte ich. »Morgen …«

5

Ich wohne auf dem Land, also dort, wo die Welt noch in Ordnung ist, und damit das so bleibt, moniert mein Vermieter, müsse der Hausflur zukünftig jede Woche geputzt werden. Er sieht zwar keinen Dreck auf den grau gesprenkelten Fliesen, aber er hat »einen Verdacht«. Und deshalb fordert er einen unterschriebenen Putzplan ein.

Und ich werde ausziehen.

Das ist ein bescheuerter Gedanke, weil ich noch keine neue Wohnung habe und weil ich arbeitslos bin, aber es geht nicht mehr, denke ich.

»Ach soo, ein Verdacht …«

Seine Gesichtszüge sind eigentlich zu fein für einen Bauern, denke ich, seine Finger zu schmal und zu lang für einen Handwerker, sein Charakter zu düster, gleichzeitig von einer engelhaften Transzendenz, sein Brustkorb zu schmal, sein Witzreservoir ausgetrocknet.

»Ein Verdacht«, antwortet er.

Inzwischen kann ich die Reihenfolge beobachten, denke ich. Zuerst der Ärger. Daraufhin, schon feinjustiert, der Anspruch, diesen Ärger loszuwerden. Aber noch mit Schmackes, also willentlich, mit dem Kopf durch die Wand. Ich werde versuchen, ihn jetzt zuzulassen. *Hallo Ärger, wie geht's?* Eher amüsiert, denke ich, eher brüderlich. Und damit bin ich wieder in der Wirklichkeit. In der

Betrachtung. Und damit kommt schon Ruhe auf, spüre ich, aber ich darf mich jetzt auch nicht in ein Sezieren meiner Gefühle verlieren, um nicht wieder alles zugrunde zu denken.

Nur anschauen. *Hallo Ärger.*

Meine Hände sind warm. Atmen. Der Blutdruck darf steigen, aber ich lasse ihn dabei links liegen. Soll er ruhig steigen.

Und er sinkt, denke ich.

»Ich werde ausziehen«, sage ich langsam, und der Vermieter wird plötzlich kalt. Seine buschigen Augenbrauen zwirbeln sich nach oben hin zusammen. Seine Frau hat offensichtlich gespürt, dass irgendetwas nicht stimmt, und kommt unterstützend hinzu. Sie ist eher klein und korpulent, mit einem enormen, fleischigen Doppelkinn. Sie trägt einen grünen Polyesterpullover, und in ihrem glänzenden Wabbelkinn spiegelt sich ansatzweise der Farbton des Pullovers wie ein blühender Schimmelbelag.

»Ausziehen?« Sie starrt mich nur an und blinzelt dabei. Dabei legt sie ihre Hände ineinander, bis die Knöchel weiß und rot heraustreten. Als ob sie ihre Panik kontrollieren wolle.

»Ja, ich werde ausziehen …«

Schweigen.

Sie wirken beide so, als seien sie mit der Welt und ihren abstrusen Gepflogenheiten da draußen nicht sonderlich vertraut, und als seien sie heute Morgen nur vorsichtig aus ihrem Versteck gekrochen, um einen schüchternen Blick auf einige der Bewohner zu werfen. Um dort nur schnell ihre Putzpläne und Mülltonnentaktiken wie feines Seidenpapier zu verschenken und dann schnell wieder zu verschwinden.

»Sie haben uns sehr enttäuscht …«, sagt der Vermieter.

6

Loslegen, denke ich. *Endlich*. Mehr ist nicht zu sagen. Mein Schritttempo hat sich mittlerweile enorm verlangsamt. Ich will gar nicht mehr rennen, weil ich so deutlicher die Gegenwart spüre.
Frauen in Zweiergruppen schlendern ziellos an mir vorbei, an ihrer Bluse oder dem Pullover wackelt ein Namensschild. Sie verbringen ihre Mittagspause. *Raus an die Luft*, an diesen Leitspruch kann ich mich noch gut erinnern.
Ich muss mich nicht mehr beeilen, sondern wach sein. Schauen. Völlige Zeitverschwendung, denke ich, und das ganz bewusst.
Meine Spannungen loslassen. Indem ich sie befrage, also aushorche, wo ich mich immer noch mit verstiegenen Ansprüchen unter Druck setze und wo mich meine Sorgen immer noch piksen.
Aber loslassen, denke ich. *Hallo Ärger*. Ich kann nicht mit Fäusten in der Tasche pilgern und mit aufeinandergepressten Zahnreihen loslassen. Meine Probleme werde ich so nicht bekehren, das ist mir inzwischen klar, weil ich sie eher verschenken muss.
Mitten im Mittagspausenaufbruch klingelt es auch in einer Schule. Lachen, Lärm, dringt schrill über die Dächer. Der Hall liegt wie Nebel über den Straßen, dabei noch etliche Gassen entfernt.

Und sofort: Verzauberung.
Schweigen.
Das Interessante an dem Loslassen ist, dass ich meine Verbitterung abgebe. Diese Wunden aus der Vergangenheit. All diese Kränkungen, die mir sonst immer ungefragt durch den Schädel surren, diese Bilder, wie mich jemand widerlich behandelt hat. Vielleicht, denke ich, habe ich diese Wunden gebraucht, um an meiner Verbitterung festhalten zu können. Jetzt schaue ich mich einfach so an, wie ich bin. Doof und faul und naiv. Aber es ist in Ordnung. Einfach nur auf das schrille Lachen der Kinder lauschen, es ist in Ordnung, mein Leben nicht in der Hand zu haben. Anders zu sein, als ich sein sollte. Müsste. Es ist in Ordnung, nichts ändern zu können.
Aber ich lebe.
Doof und faul und naiv, denke ich. Aber ich lebe.
Und ich muss erst einmal den Nullpunkt akzeptieren, bevor ich irgendetwas anpacken könnte.

7

Ich will eine Antenne werden, denke ich, eine globale WLAN-Box, die alles empfängt, was immer auch eintrudelt. Und der letzte konsequente Schritt dazu ist, nicht mehr zu gehen, sondern zu sitzen.
Neben mir weht eine junge Frau an einer Parfümerie vorbei und betatscht fast schon im Vorüberschreiten die draußen aufgestellten Sonderposten. Sie streichelt die verpackten Duftkartons und umfasst zärtlich einige Flakons.
Und ich sitze mittlerweile.
Wie abgemacht, denke ich, jetzt lasse ich mich auf eine Bank an den Ringen nieder. Und schaue. Und ich werde jetzt alles loslassen, denke ich, mein Gefühlschaos, mein Sorgenkarussell, mein Murren.
Schweigen.
In der Einsamkeit, spüre ich, geht einiges ab. Es regt sich allerlei Seelenschutt und drängt nach oben. Aber es ist nicht richtig, denke ich, dass sich mit dem Moment des Sitzens wirre Gedanken anmelden. Es ist eher so, dass ich mir beim Sitzen dieser wahnwitzigen Gedanken überhaupt erst bewusst werde. Weil ich sie beim Fußball oder beim Sex überhören kann. Da könnte mich auch ein Geistesblitz zu Boden raffen. Aber wenn ich mich auf eine Bank setze, dann höre ich die Flöhe husten.

Also lausche ich ihren Rachenklängen. Dem Flohhusten. *Stille.* Da ist nichts mehr, denke ich plötzlich, kein einziger Gedanke. Was natürlich absurd ist. *Stopp.*
Wer beobachtet eigentlich mein Denken?, frage ich mich. Und wie beobachte ich mein Denken?
Irgendwie bin ich von meinen Gedanken unterschieden. Ich bin nicht mein Denken, denke ich und lache. Und erinnere mich abrupt daran, wie mich ein Klassenlehrer beim Tuscheln erwischt hatte. Der Mann war bleich und weißhaarig, aber aus seinen beiden Nasenlöchern wuchs jeweils ein starres, schwarzes Haar. Zusammengenommen zwei zusammengehörige Insektenbeine, erinnere ich mich. Es sah aus, als hätte der Rest des Leibes sich in dem unterrichtenden Kopf verfangen. Und wieder wird mir klar, dass ich von dem damaligen Gefühl abgekoppelt bin. Und von dem heutigen Eindruck. Also bin ich nicht das Gefühl, denke ich.
Also muss ich alles, was mir passiert, auch nicht persönlich nehmen. Folglich ist es sinnvoller, die Dinge so zu betrachten, als hätte ich überhaupt keinen Bezug zu ihnen. Denn der einzige Grund, weshalb ich mich manchmal traurig und niedergeschlagen fühle, ist der, dass ich meine Traurigkeit und Niedergeschlagenheit persönlich nehme.
In einem gegenüberliegenden Bürokomplex betritt ein elegant gekleideter Mann den Balkon und zupft unablässig an seiner Kleidung herum. Er raucht allerdings nicht im Freien. Stattdessen öffnet er eine Dose und mümmelt Kekse. Die Krümel werden durch den Wind in alle Richtungen getragen.
Schweigen.
Eine junge Frau mit einer Katzenbox steht neben der Bank im Menschenstrom. Sie trägt eine schwere, schwarze Brille

mit kantigen Formen, die ihrem weichen, süßen Gesicht beinahe etwas Lustiges gibt.
»Tierarzt …«, sagt sie und deutet auf das flauschige Innenleben. Ihr Innehalten mitten im Gewühl, mit dieser Katzenbox auf dem Arm, lässt sie einerseits verloren wirken, andererseits strahlt sie gerade in der Kombination mit dem schönen Tier eine derartige Präsenz aus, als würde sie durch ihre Haut eine verbotene Strahlung aussenden.
»Sagen Sie mal … Waren Sie nicht schon gestern mit der Katze unterwegs … und vorgestern, in der U-Bahn?«
Sie legt den Zeigefinger an die Oberlippe und setzt sich neben mich auf die Bank. Ich erinnere mich, wie ich früher versucht habe, die Katze einer Freundin zu überlisten, um sie zum ungeliebten Tierarztbesuch einzufangen. Sie hatte mir einen Trick mit einem Handtuch empfohlen. Dazu sollte ich die Katze auf den Arm nehmen und behutsam auf ein Tuch legen. Aber der Stofffetzen lag nicht auf dem Sofa, sondern über der geöffneten Klappe des Katzenkäfigs. Einmal hat es funktioniert, und ich erinnere mich heute noch, wie die Katze wortwörtlich den Boden unter ihren Füßen verlor, und wie sie mich daraufhin anstarrte. Du musst sie immer wieder »einfach nur so« auf den Arm nehmen, hatte meine Freundin gesagt. Damit die Katze wieder Vertrauen gewinnt. Aber das Tier hatte sofort meine Verkrampfung gespürt, erinnere ich mich, meine betonte Gleichgültigkeit, und vor allem wohl meinen Herzschlag.
»Psssst …«, sagt die Frau und nimmt ihren Zeigefinger endlich wieder runter. »Tiere geben so viel, und die Leute sind so unglücklich. Sooft es geht, nehme ich meine Kätzchen in einem Körbchen mit in die U-Bahn. Die Leute glauben, ich sei auf dem Weg zum Tierarzt, aber in Wahr-

heit gehe ich mit den Katzen nur durch die Straßen, um die Menschen zum Lächeln bringen. Und das klappt auch … Man muss die Menschen zum Lächeln bringen … Zur Liebe …«

8

Im Schweigen, denke ich, bin ich mir inzwischen vertrauter als im Quatschen. Das Wichtigste, was ich bisher gelernt habe, ist die Fähigkeit, allein sein zu können. Zu schweigen. Und mir selbst, meinen Gedanken und Gefühlen zu trauen. Und mich nicht mehr zu hassen, denke ich. Und allein sein zu können. Es war ein Fehler, mich mit Edina einzulassen, weil es nicht darum gehen kann, einander die Einsamkeit erträglicher zu machen.

Es ist keine Liebe, wenn ich meine Leere mit dem Atem eines anderen Körpers füllen möchte. Es passt dazu, dass ich bei einer Körperdrehung auf eine Hauswand mit einem schäbigen Miniaturfenster sehen kann, das von innen mit schmutziger Pappe und den schmierigen Fetzen irgendeiner Landesfahne verhangen ist. Die vertrauten fetten, dreckigen Tauben mit ihren trüben Knopfaugen haben sich auch schon auf dem Fenstersims versammelt.

Einsamkeit bekomme ich nicht durch Edinas Atem, sondern nur durch Berührung mit der Wirklichkeit in den Griff. Aber je mehr ich mich der Einsamkeit in den Weg stelle, desto stärker habe ich das Gefühl, dass es sie gar nicht gibt. Und auch gar keine Leere.

Je mehr ich mich all dem aussetze, was in mir wie auf Töpfe schlägt, desto stärker spüre ich, wie es sich aus dem

Staub macht. Und dafür meldet sich das zu Wort, was ich die ganze Zeit gesucht habe.
Friede.
Auch die fetten Tauben sind doch nur ein Spiegelbild. Also werde ich immer dann, wenn sie mir mit ihrem Gurren den letzten Nerv rauben, darauf achten, was mir dieses Gurren sagen möchte. Auch Edina, David, selbst mein Sohn. Der Baum. Die Bank. Die Sonne. Letztlich ist das alles nur ein Spiegelbild, weil ich mich selbst nicht ansehen will. Nur wenn es ein schönes Bild ist, stimme ich natürlich zu. Und damit mir selber. Und wenn es ein verzerrtes Bild ist, wenn es hässlich wird, von Schlieren überzogen, dann überdecke ich den Spiegel mit einem Tuch und pikse mit meinem Zeigefinger nach außen.
Aber letztlich, denke ich, bin ich von Spiegeln umgeben.
»Das ist Betrug!«
Nicht weit von meiner Bank entfernt gibt es eine Tankstelle. Die Gesprächsfetzen, die mich vorwärtsgelockt haben, stammen allerdings aus einer Autowaschanlage mit Selbstbedienung, unmittelbar daneben.
»Sie hören von meinem Anwalt!«
Die Münzwaschanlage ist der Grund allen Übels. Denn offensichtlich funktioniert dort kaum etwas. Also stürmen wütende Männer – und meist sind es Männer, und zwar immer neue, wütende Männer in den kleinen Verkaufsraum der Tankstelle und schimpfen dort. Nur dass die Tankstelle nichts mit der Münzwaschanlage zu tun hat. Aber das ist den wütenden Männern egal. Über dem Verkaufstresen hängt ein großer, gelber Zettel, auf dem in schwarzen Lettern verzeichnet ist, es habe keinen Sinn, sich hier aufzuregen. Aber die Männer schimpfen.
»Betrug!«
Und die Frau an der Theke in der Tankstelle lächelt. Es ist

nicht überheblich, nicht mal mehr genervt, sie steht darüber. Es passiert eben jeden Tag, dass Männer sie beschimpfen, und jeden Tag erneut, obwohl sie nichts dafür kann und über ihr ein großer Zettel hängt, der auf diesen Umstand hinweist. Und sie lächelt.

»Danke«, sage ich.

Jetzt lächelt die Frau zum ersten Mal nicht mehr.

Wenn ich es genauso hinkriege, denke ich, mich von Stress und Sorgen frei zu machen, dann tauche ich in eine Form von Unendlichkeit. Weil dann keine Zeit mehr existiert. Und was ich dann im Betrachten durchleide, das ist wie erlöst. Es kommt nicht mehr zurück.

Wenn ich es genauso hinkriege, einfach nur zu schauen, dann trage ich den Seelenschutt in mir Schicht für Schicht ab. Und es kommt nicht mehr zurück. Einfach nur zu schauen, denke ich. Nur das, was ist, bis ich mich selber vergesse.

Und erlöst bin.

In Wirklichkeit brauche ich nichts weiter zu meinem Glück.

Ich muss nur staunen. Immer mehr. Die Tankstelle ist die gleiche, denke ich, der Baum ist nicht anders, die wütenden Männer sind dieselben wie noch vor einer Stunde. Ich habe mich im Prinzip auch nicht verändert. Das ganze Leben poltert und rattert genauso weiter wie noch vor einer Woche. In mir drin spüre ich sogar schon wieder einen Anflug von Sorge und von Wut, und trotzdem, denke ich, gibt es einen gewaltigen Unterschied. Weil ich die Tankstelle und die Bäume, selbst die wütenden Männer anders ansehe.

Ich staune.

Und damit stehe ich tatsächlich darüber.

»Sie halten mich wahrscheinlich für bescheuert, dass ich

hier lächle«, sagt die Frau an der Tankstellentheke. Sie hat mehrere Tätowierungen in der Armbeuge. Interessanterweise nur dort. Sie sind schon dunkel, verwaschen, und wirken wie ein Schatten.

»Um Gottes willen, nein«, antworte ich.

»Das ist eine dunkle Welt«, sagt die Frau, ohne dass es übertrieben klingt. Sie ist extrem hell und faltenlos gepudert, trägt einen schwarzen Lippenstift. Auch die Augenlider sind minutiös gearbeitet, die rötliche Kurzhaarfrisur sitzt perfekt. Irgendwie wirkt ihr fein geschaffener Kopf wie abgetrennt vom Rest ihres unauffälligen Körpers. Wie abgestorben.

»Wir haben in dieser Dunkelheit nur eine Chance, indem wir leuchten. Dann machen wir die Welt hell ... Wir müssen leuchten ...«

Danke, sage ich.

»Ein meisterhafter Roman.«
ZDF, aspekte

ROBERT KISCH

Möbelhaus

Roman

Ein renommierter Journalist verliert durch die Wirtschaftskrise seinen Job. Er hat einen kleinen Sohn. Er muss Geld verdienen. Und strandet als Möbelverkäufer in der Provinz. In einem der größten Möbelhäuser der Republik. Er trifft auf ehemalige Maurer, Musiker, Hoteldirektoren, Architekturstudenten – alles dabei im Kreis seiner Kollegen. Robert Kisch berichtet mit spitzer Feder von seinem neuen Leben: absurd, beklemmend, entlarvend.

DROEMER